關鍵詞是謀殺

THE WORD IS MURDER

Anthony Horowitz

安東尼・赫洛維茲——著　尤傳莉——譯

1

葬禮計畫

在一個晴朗的春日，就是那種陽光亮得幾乎是白色，看似會帶來溫暖卻其實頗冷的天氣，上午剛過十一點，黛安娜·庫柏在富勒姆路過了馬路，走進一家葬儀社。

她是個矮個子、非常幹練的女人；她的雙眼、剪得俐落的髮型、走路的模樣，都透著一股堅定。要是在路上看到她走過來，你的第一個直覺就是閃到旁邊讓她過。不過，她其實沒有任何刻薄之處。六十來歲，一張和善的圓臉。她的衣著昂貴，灰白的風衣敞開，露出粉紅色的毛衣和灰色裙子。她脖子上戴著一條沉重的項鍊，由珠子和寶石串成，不見得昂貴；手指上的幾個鑽戒就一定很昂貴了。富勒姆和南肯辛頓這一帶的街道上，有很多像她這樣的女人。她可能正要去吃午餐，或是要去某家藝廊。

那家葬儀社是「康瓦利思父子」。位於一排連棟房屋的末端，店名以古典字體漆在樓房的正面和側面，所以從哪個方向走過來都會看到。正門上方有一個維多利亞時代的舊時鐘，把兩組字從中隔開，時鐘相當適切地停在十一點五十九分，差一分就午夜十二點了。在正面和側面的店名下方，都有同樣的說明文字：獨立葬儀社：創立於一八二〇年的家族企業。這家店有三面窗子面對著街道，其中兩面裝了窗簾，第三面是空的，但是放了一件大理石製造的、攤開的書，上面刻著一句出自莎士比亞劇作《哈姆雷特》的台詞：悲傷來臨時，都不是單槍匹馬，而是成群結隊。所有的木頭——窗框、房子正面、大門——都漆成深藍色，接近黑色。

庫柏太太開門時，裝在一個老式彈簧機件上的鈴鐺發出響亮的聲音，一聲。然後，她發現自己置身於一個小小的接待區，兩張沙發，一張矮几，幾個書架上放了書，那些書散發出沒人閱讀的特有淒涼感。一道階梯通往樓上，一條窄廊往前延伸。

一名女人幾乎立刻就出現，矮胖，兩條粗腿穿著沉重的黑色皮鞋，一路走下樓梯。她臉上帶著禮貌而和氣的微笑。那微笑表明這是個微妙、痛苦的行業，但這家店將會冷靜而有效率地迅速執行。她名叫艾齡．斐司，是喪葬禮儀師羅勃．康瓦利思的助理，也同時身兼接待員。

「早安。我可以效勞嗎？」她問。

「是的，我想要安排一個葬禮。」

「是要幫某個最近死亡的人安排嗎？」她講「死亡」這個字眼具有說明性。不講「過世」，不講「身故」。她工作時力求講話直白，因為她知道，這樣講話最終可以讓所有人少一點痛苦。

「不是，」庫柏太太回答：「是為了我自己。」

「我明白了。」艾齡．斐司沒眨眼——為什麼要眨眼呢？安排自己的葬禮一點也不稀奇。

「你有預約嗎？」她問。

「沒有。我不知道需要預約。」

「我去看看康瓦利思先生是不是有空。請坐。要不要喝杯茶或咖啡？」

「不用，謝謝。」

黛安娜．庫柏坐下。艾齡．婁司進入走廊消失了，幾分鐘後，她又跟在一個男人身後出現。這個男人太符合喪葬禮儀師的形象了，簡直就像是一個演員在扮演這個角色。他身上當然是深色西裝和顏色晦暗的領帶。但是光從他站著的模樣，似乎就暗示他為自己在場而覺得歉意。他雙手在身前交握，形成一個深感遺憾的姿勢。他的臉憂傷地皺著，加上已經稀疏、逼近禿頭，以及貌似實驗失敗的短絡腮鬍，整個人毫無一絲開朗。他年約四十，戴著染色鏡片的眼鏡，鏡框深陷在鼻梁兩側，不光是框住，也同時遮蔽了他的眼睛。他也在微笑。

「早安，」他說：「我是羅勃．康瓦利思。我聽說你想跟我們討論葬禮計畫。」

「是的。」

「要喝杯茶或咖啡嗎？麻煩這邊請。」

這位新顧客被帶領沿著走廊往前，來到盡頭的一個房間。這裡跟接待區同樣樸素，只有一點不同。書架上放的不是書，而是資料夾和一些小冊子，如果打開來看，就會看到棺材、靈車（傳統或馬拉的）的照片、價目表。如果討論時考慮火化，還有兩格架子上排列著一些骨灰罈。兩張扶手椅彼此面對，其中一把旁邊有張小辦公桌。康瓦利思在這把椅子坐下，拿出一枝銀色的萬寶龍鋼筆，放在筆記本上。

「是你自己的葬禮。」他開口道。

「是的。」庫柏太太忽然幹練起來，想立刻進入正題。「我已經想好了種種細節。我想你們應該沒有意見吧。」

「是的。個人的需求對我們來說很重要。現在這個時代，預先計畫葬禮以及一般所謂的訂製或主題葬禮，是我們業務的一大支柱。能提供完全符合客人需求的服務，是我們的榮幸。等到我們討論完，如果你可以接受我們的條件，我們就會提供給你一張完整的發票和約定條款的明細。你的親友什麼事情都不必做，當然，除了他們要到場參加。另外，根據我們的經驗，我可以跟你保證，如果他們知道葬禮的一切都是按照你的意願安排，會讓他們非常安心。」

庫柏太太點頭。「好極了。那麼，我們就開始來討論吧？」她吸了一口氣，立刻開始。「我想要裝在厚紙板棺材裡土葬。」

康瓦利思正要記下來。他暫停了一下，筆尖停在紙頁上方。「如果你想要環保葬禮，我可以建議用回收木料製作的棺材，或甚至是垂柳枝製作的，來取代厚紙板嗎？有時候厚紙板可能會……不完全牢靠。」他謹慎地選擇用詞，沒把種種可能性說出來。「柳枝的價錢差不多，但是外觀看起來好太多了。」

「好吧。我想埋葬在布朗普頓墓園，我丈夫的旁邊。」

「他是最近過世的嗎？」

「十二年前。我們已經買了那塊墓地，所以沒有問題。另外儀式的部分，我想要的是這些……」她打開手提袋，拿出一張紙，放在辦公桌上。

那位喪葬禮儀師往下看了一眼。「看得出來，這事情你已經花了很多心思。」他說：「另外請容我說，這個儀式考慮得非常周到。既有宗教氛圍，又能體現人道主義關懷。」

「唔，有一段聖經《詩篇》的朗誦，以及一首披頭四的歌。外加一首詩，一段古典音樂，還有兩個人致詞。我不希望儀式拖太久。」

「我們可以把時間控制在……」

黛安娜．庫柏已經計畫好她的葬禮，而且她很快就會需要。同一天約六個小時後，她被謀殺了。

她死的時候，我還沒有聽說過她，而且對於她如何遇害幾乎一無所知。我可能曾經注意到報紙上的標題——演員的母親被謀殺——但是照片和報導的大部分，全都集中在更有名的兒子身上，這位男星剛被找去主演一部美國的電視影集。我前面敘述的談話只是大概的情形，因為我當然不在場。不過，我後來去拜訪過康瓦利思父子葬儀社，跟羅勃．康瓦利思和他的助理（也是他的堂姊）艾齡．婁司都仔細談過。如果你沿著富勒姆路走，就會毫無困難地認出這家葬儀社。裡頭的各個房間完全就是我描述的那樣。其他細節則大部分是來自目擊者的證詞，以及警方的報告。

我們知道庫柏太太走進葬儀社的時間，是因為她的行蹤被監視攝影機拍下來了，街道上和當天她從自己家搭的巴士上都有。她的怪癖之一是向來都利用公共交通工具。其實她完全雇得起自家司機。

她在十一點四十五分離開葬儀社，走到南肯辛頓地鐵站，搭皮卡迪里線到綠園站。接著，在聖詹姆斯街、靠近福南梅森百貨公司的一家昂貴餐廳慕拉諾餐館，她跟一個朋友吃了一頓提早的午餐。之後，她搭計程車到泰晤士河南岸的莎士比亞環球劇場，不是要去看戲，而是因為她是這家劇場的董事，要去那裡的二樓開董事會，從兩點開到快五點。她六點零五分回到家，此時剛開始下雨，但是她帶了傘，到家後就放在前門旁一個仿維多利亞風格的傘架上。

三十分鐘後，有人勒死了她。

她住在不列顛尼亞路一排高級的連棟房屋內，就在切爾西一個大家稱之為「世界末日」的地帶再往西一點——以她的狀況，倒是很貼切。這條街上沒有監視攝影機，所以無從得知誰在謀殺的大約時間進出過她家。隔壁鄰居的房子都是空的。一戶的產權屬於一家國際財團，總部在杜拜，通常都出租，不過剛好這個時間空著。另一戶的屋主是退休律師和他太太，但他們剛好去法國南部。所以沒有人聽到什麼。

她的屍體在兩天後才被發現。她雇用的斯洛伐克籍清潔工安爵雅．克魯伐內克每星期會過去打掃兩次，星期三早上她過去時，看到了屍體。黛安娜．庫柏趴在客廳地板上，脖子繞著一條紅繩子，就是通常用來綁住窗簾的那種繫繩。警方的鑑識報告（就像所有這類文件一樣，文字不帶感情、近乎冷漠）仔細描述了頸部的鈍性創傷、斷裂的舌骨、眼睛的結膜。但安爵雅看到的狀況糟糕許多。她來這裡工作兩年了，逐漸喜歡上她的雇主，庫柏太太總是對她很親切，常常停下來跟她一起喝咖啡。在那個星期三，安爵雅開門時看到了一具死屍，而且顯然倒在那邊有一段時間了。就她所能看到的部分，屍體的臉已經轉為淡紫色，雙眼空盲地瞪著，舌頭怪誕地吐出，是一般的兩倍長度；一隻手臂外伸，戴著鑽戒的一根手指正好指著她，像是在控訴。中央暖氣一直開著。屍體已經開始發臭。

根據安爵雅的證詞，她當時沒有尖叫，沒有嘔吐。她默默退出房子，用手機打電話報警。直到警方到達前，她都沒再進屋過。

一開始，警方認為黛安娜．庫柏是一樁入室行竊的被害人。屋裡的某些東西被拿走了，包括珠寶和一台筆記型電腦。很多房間被翻過，東西被撒了一地。但總之，屋子的門窗都沒有外力破壞的痕跡。顯然是庫柏太太幫攻擊者開了門，但警方不確定她是否認識這個人。兇手出其不意地從後頭勒住她。她沒有什麼反抗的跡象。屋裡沒有指紋、沒有DNA、沒有任何線索能顯示行凶者是事先計畫好的。而且作案時兇手非常小心，他先用別的事情轉移她的注意力，然後從客廳天鵝絨窗簾旁的掛鉤上拿了紅繩子。他悄悄走到她身後，用繩子圈住她的脖子，用力一拉。應該只花一分鐘左右，她就死了。

但接下來，警方發現了她去拜訪過康瓦利思父子葬儀社的事情，這才意識到這個案子是個難解之謎。想想看，不會有人安排了自己的葬禮，然後在同一天被殺害。這不是巧合。兩個事件之間是有關連的。是她不知怎地曉得自己就要死了嗎？是有人看到她進入葬儀社又出來，出於某些原因而受到刺激，於是採取行動嗎？誰知道她去過葬儀社了？

這個案子絕對是個謎，而且需要專家來偵破。同時，這個案子原先也絕對跟我毫無關係。這一點即將改變了。

2

霍桑

黛安娜．庫柏被殺害的那個晚上，我輕易就可以回想起來。當時我跟我太太正在慶祝：去倫敦市區埃克斯茅斯市集街的高檔西班牙餐廳「摩洛」吃晚餐，喝了不少酒。因為那天下午我按下了電腦上的傳送鍵，把我新的長篇小說寄給出版商，結束了八個月的工作。

《絲之屋》這部福爾摩斯續集作品，是我從來沒想過要寫的。當初柯南．道爾產權會突然找上了我，他們決定，有史以來第一次，要把他們的名字和權威提供給一部新小說。我迫不及待地抓住這個機會。我十七歲那年第一次閱讀夏洛克．福爾摩斯系列小說，從此這些故事就陪伴我一生。我不光是因為深愛福爾摩斯這個人物（雖然他無疑是所有現代偵探之父），也不光是因為那些難忘的謎。主要吸引我的，是福爾摩斯和助手華生醫師所生活的那個世界：泰晤士河、出租馬車嘩啦啦駛過卵石街道、煤氣燈、繚繞的倫敦之霧。那就像是我被邀請住進福爾摩斯與華生的住所貝克街二二一號b座，成為文學史上最偉大友誼的無聲見證人。我怎麼能拒絕？

從一開始我就覺得，我的工作是隱形的。我要設法躲在柯南．道爾的陰影裡，模仿他的文學比喻和獨特風格，但是絕對不闖入。我不會寫出任何他不可能寫的東西。我之所以會提起這個，純粹是因為我一直很擔心自己在那本書裡會表現得太顯眼。但是現在這本書裡，我沒有別的辦法，只能把發生的事情一五一十寫出來。

難得一次，我沒在忙任何電視劇。我擔任編劇，以二次大戰為背景的《戰地神探》影集系列已經完結，是否回歸還要打一個問號。我已經寫了超過二十集、每集兩小時的劇本，前後總共十六年，是戰爭本身的將近三倍時間了。我累了，更糟糕的是，劇中時間已經進行到一九四五年八月十五日，也就是二次大戰的對日戰爭勝利日，再也沒有戰爭可以當背景了。我不太確定接下來該怎麼辦。有個演員曾建議過接下來寫「和平偵探」，我不認為行得通。

同時，我手上也剛好沒在寫小說。此時，我主要被視為童書作家，但我暗自希望《絲之屋》能改變這個狀況。在二〇〇〇年，我出版了「少年間諜艾列克」冒險系列作的第一集，這個系列後來賣出世界各地的版權。我很喜歡寫童書，但是隨著每一年過去，我就擔心自己離讀者愈來愈遠。我才剛滿五十五歲，該是展開新篇章的時候了。當時，我碰巧要去威爾斯有「書鎮」之稱的瓦伊河畔海伊（Hay-on-Wye）參加文學節，去談這個系列的第十本，也應該會是最後一本《毒蠍奮起》。

我書桌上最令人興奮的案子，或許就是一部電影劇本的初稿：《丁丁歷險記續集》。當初大導演史蒂芬．史匹柏找上我，讓我大感驚奇，他現在正在閱讀這份劇本的初稿。電影將會由彼得．傑克森執導。這是全世界最重要的兩個導演，一開始我很難相信自己突然就在跟他們合作的事實；我不確定這是怎麼發生的。我承認我很緊張。這個劇本初稿我已經看了大概有十幾次，而且盡全力說服自己整個方向是正確的。那些角色合理嗎？動作場面夠強嗎？再過一個星期，傑克森和史匹柏正好都會在倫敦，我將會跟他們碰面，聽他們對這個草稿的建議。

所以當我的手機響起，而我不認得那個號碼時，就在想會不會是他們其中之一打來的——當然不是這兩個人親自撥電話，而是助理打來，先確定找到了我，再讓我跟他們說話。當時是上午大約十點，我正坐在倫敦公寓的頂樓辦公室裡，閱讀麗貝卡．威斯特的《叛國罪的意義》，這本書是研究二次大戰後英國生活的經典著作。我最近開始思考這可能是《戰地神探》的正確方向：冷戰。我會把主角丟進間諜、叛徒、共產黨份子、原子科學家的世界裡。這時，我闔上書，拿起手機。

「東尼？」一個聲音問。

絕對不是史匹柏，很少人叫我東尼。老實說，我不喜歡這個暱稱。大家向來都叫我安東尼，或者少數朋友會叫我安特（Ant）。

「是的？」

「你最近還好嗎？老哥，我是霍桑。」

其實，他還沒說出自己的名字，我就知道是他了。那些沒有起伏的母音，那種奇怪的腔調，一部分倫敦東區腔，一部分北方腔。也或者是「老哥」這個用詞。

「霍桑先生，」我說。當初介紹我們認識的人說他的名字是丹尼爾，但是從一開始，我就覺得喊他的名字很不自在。他也從不這樣自稱……事實上，我從沒聽過其他任何人這樣稱呼他。

「很高興接到你的電話。」

「是的。是的。」他一副不耐煩的口氣。「聽我說——你現在有空嗎？」

「對不起，有什麼事嗎？」

「不曉得我們可不可以碰個面。你今天下午有什麼事？」

順便講一聲，這就是他的典型作風。他是那種目光狹窄的人，覺得全世界都會照他的想法安排。他沒問我能否明天或下星期跟他碰面，就非得是馬上，非得配合他的需求。就像我前面解釋過的，這天下午我其實沒什麼事，但是我不打算這麼告訴他。「這個嘛，我不確定……」

「我們就約三點，去我們以前常去的那家咖啡店吧，叫什麼來著？」

「J＆A？」

「就是那家。我有件事得問問你。你能來的話，我會很感激的。」

J＆A位於倫敦市中心的克勒肯維爾，從我住的地方走過去只要十分鐘。如果他要我到倫敦另一頭，那我可能就會猶豫，但是老實說，我被挑起了好奇心。「好吧，」我說：「就三點。」

「太好了，老哥。我們三點見。」

他掛斷了。丁丁的初稿還在我面前的電腦螢幕上。我關掉檔案，想著霍桑。

我認識他是在前一年，當時我正在寫一部五集的迷你電視影集，預定幾個月後要播出。那部影集叫《正義與否》，是律政劇，由男星詹姆斯．柏爾福主演。

《正義與否》的靈感來源，就是編劇苦思新點子之時，偶爾會問自己的老問題之一：律師怎麼有辦法幫一個他們明知有罪的人辯護？順帶一提，簡短的答案是沒辦法。要是當事人在庭審前自白有罪，辯護律師就會拒絕代表他……至少必須是無罪推定。於是我想出一個故事：一個動物保護運動人士在他的辯護律師威廉．崔維斯（柏爾福飾演）設法打贏官司，讓他無罪釋放後不久，開心地跟律師坦承他殺了一個孩子。結果崔維斯精神崩潰，搬到薩福克郡。然後，有一天，崔維斯在薩福克郡首府伊普斯威奇的火車站等車時，碰巧又看到那名動保人士。幾天後，這個動保人士被殺害，問題是：是崔維斯幹的嗎？

基本上，這部影集就是辯護律師和調查他的警探之間的對決。崔維斯是個陰鬱的角色，精神上受了傷害，還可能頗危險，但是他依然是故事中的英雄，必須讓觀眾支持他。所以這個警探，我刻意把他寫得盡量不討喜。觀眾會發現他凶惡、近乎種族歧視、易怒、好鬥。而當時我所根據的藍本，就是霍桑。

平心而論，霍桑其實以上皆非。唔，反正他沒有種族歧視。不過，他真的太討厭了，搞得我以前甚至害怕跟他碰面。他和我實在是完全相反。我就是沒辦法搞懂他在想什麼。

當初是這部影集的製片統籌找他來幫我的，說他曾是倫敦警察廳裡專門偵辦刑事案件的偵緝督察，在位於普特尼的分隊工作。他在警隊裡有偵辦謀殺案的十年資歷，後來突然被開除，原因不明。在影視圈裡，協助拍攝警察劇的前任警察多得令人驚訝。他們會提供各種小細節，好讓劇情感覺上很真實，而且說句公道話，霍桑在這方面很擅長。他憑直覺就知道我需要什麼，也知道這些小細節在螢幕上的效果。我還記得一個例子。在最初的一個場景中，我筆下虛構的主角警探正在檢查一具死了一個星期的屍體，犯罪現場的法醫遞給他一罐維克斯清涼藥膏，好讓他塗在鼻子下方。薄荷氣味會掩蓋屍臭。這個細節就是霍桑告訴我的，要是你看到這場戲，就會明白那一刻讓整體都逼真起來。

我第一次見到霍桑，是在這部影集的製作公司「最後一刻影視」的辦公室裡。日後我們開始合作，我就可以隨時聯絡他，問他各式各樣問題，然後把那些答案寫進劇本裡。這一切都可以透過電話，所以第一次見面只是個形式，介紹我們認識一下而已。那天我到製作公司的時候，他已經坐在接待區裡，蹺著二郎腿，大衣折起放在膝上。我立刻就知道他是我要見的那個人。

他塊頭不大。看起來並不特別有威脅性。可是就連他站起來的那個簡單動作，都會讓我不禁陷入思考。他身上有一種像黑豹或花豹一樣敏捷的特質，而且那對淺褐色眼珠中有一種奇特的惡意，像是在挑戰、甚至威脅我。他大約四十歲，頭髮是一種無法確定的顏色，耳朵周圍剪得非常短，才剛開始轉灰。他鬍子刮得很乾淨，膚色蒼白。我有個感覺，他可能小時候一度很俊美，但是在人生中的某個時間發生了變化，於是現在他雖然不算醜，卻是出奇地沒有吸引力。他整個人就像是變成了一張沒拍成功的照片。那天他一身光鮮的西裝、白襯衫、領帶，風衣搭在手臂上。他看著我的表情充滿興趣，甚至有些失禮，好像我不知怎地讓他感到驚訝。就連我進門時，都覺得他正在摸我的底。

「哈囉，安東尼，」他說：「很高興認識你。」

他怎麼知道我是誰？那個辦公室有很多人進進出出，沒有人宣布我到了。我也沒跟他說我是誰。

「我非常仰慕你的作品。」他說，在某種程度上，這就是在告訴我，他沒看過我寫的任何東西，而且也不怕讓我知道。

「謝謝。」我說。

「我聽說了你們要拍的這個影集。聽起來非常有趣。」他是故意諷刺嗎？他講這些話的時候，就是一臉無趣的表情。

我露出微笑。「我很期待跟你合作。」

「這會很好玩的。」他說。

但是從來沒有好玩過。

我們很常通電話，但是也碰面過大約六次，主要是在製作辦公室或J&A咖啡店（他老是在抽菸，有時是手捲菸，否則就是蘭伯特&巴特勒或里奇蒙這類便宜牌子）。我聽說霍桑住在艾塞克斯郡，但是不曉得哪個城鎮。他從不談自己，也不談自己當警察期間的事情，更絕口不提自己是怎麼離開的。當初找他來的製片統籌跟我說，霍桑曾偵辦過一些很受矚目的謀殺案，而且頗有聲譽，但是我在谷歌上完全查不到他。他的頭腦顯然非常厲害。雖然他表明自己不是寫作者，也對我正在編劇的這個影集沒有表露出任何興趣，但是他總是能想出恰到好處的劇情，甚至我還不必問他。在這部影集的頭幾場戲裡，就有一個他貢獻的例子。律師威廉．崔維斯幫一個黑人青年辯護，警方栽贓說這青年偷了一個獎章，聲稱是在那個青年的夾克裡找到的。但是，那個獎章最近才剛清潔過，而警方檢查那個青年的口袋時，並沒有發現氨基磺酸或氨的痕跡——這兩種都是銀器清潔劑最常見的成分——證明那個獎章之前不可能放在這名黑人青年的口袋裡。這一切全都是霍桑的點子。

我不能否認他幫了我，可是我有點怕見他。他老是立刻進入正題，幾乎完全沒有寒暄閒聊。你會以為他總該對某件事情有點意見——天氣、政府、日本福島大地震、威廉王子的婚姻。但是，除了我們要處理的正事，他從來不談別的。他喝咖啡（兩顆糖，不加奶），抽菸，但是跟我在一起時從不吃東西，連餅乾都不吃。而且他總是穿著一模一樣的衣服。老實說，每次碰面時，我像是看著同一張他的照片。他就是一成不變到這種地步。

不過，好玩的是，他好像知道我的一大堆事情。他知道我前一晚出門喝酒，知道我的助理生病，知道我整個週末都在寫稿。我不必告訴他這些事情，而是他告訴我！我曾經懷疑他是不是跟製作公司辦公室的某個人常常聊天，但是他提到的那些資訊完全是隨機的，似乎都不可能事先安排好。我始終沒搞懂他是怎麼曉得的。

我犯過的最大錯誤，就是給他看劇本的二稿。通常在拍攝前，我大概會潤十幾次稿。接著，我會得到各方的建議，從製作人、電視台（這部影集是ＩＴＶ電視網）、我的經紀人；稍後則是導演和主演明星。這是一個共同努力的過程，不過有時候會讓我受不了。這磨人的劇本就永遠不能順利一回嗎？但是只要有進步、每次修過的都比前一稿好，這個過程就是管用的。中間總是要有一些取捨，而且想到每個參與者都是想讓劇本更完美，還是能給我一些安慰的。

霍桑不明白這一點。他就像一堵磚牆，一旦他決定某個東西是錯誤的，你就別想闖過他那一關。有一場戲，我寫到主角警探去見他的主管，是一位總警司。在此之前，那位動保人士的屍體剛在一個偏遠的農莊被發現。那位總警司請警探坐下，警探回答：「我站著就好，如果你不介意的話，長官。」這是個小細節，我只是想顯示出這個主角不太服從權威，但是霍桑就是不放行。

「這種事不會發生。」他斬釘截鐵地說。我當時坐在一家星巴克外頭——我不記得是哪裡的星巴克了——劇本草稿就放在我們之間的桌上。一如往常，他穿西裝、打領帶，此時正在抽他身上的最後一根菸，用空菸盒充當菸灰缸。

「為什麼？」

「因為如果你的長官叫你坐下，你就會坐下。」

「他最後是坐下了啊。」

「是啊，不過還先頂嘴了一下。這有什麼操他媽的意義？只不過讓他自己看起來很蠢而已。」順便講一下，霍桑滿嘴粗話。要是我逐字複製他講的話，每隔一行我就得寫一次F開頭的字。

我努力解釋。「演員們會了解我想要表達什麼，」我說：「這只是一個細節，出現在整場戲的一開頭，不過這個關鍵就顯示出兩個人的互動。」

「但是不真實，東尼。根本就是一堆廢話。」

我又試圖跟他解釋有很多不同的真相，電視裡的真相跟現實世界的真相可能關係不大。我爭辯說我們對警察、醫師、護理師……甚至罪犯的了解，大部分都是受到電視上的影響，而不是反過來。但是霍桑已經下定決心。他本來是協助我編劇，但現在他看了劇本無法信服，於是他不喜歡。每一場有關警察的戲，我們都要爭執一番。他只看到文書工作、制服、檯燈之類的小問題，根本不在乎劇情。

等到我五集的劇本都完成交出，往後再也不必對付他，我真是鬆了一口大氣。之後再有其他疑問，我就請製作辦公室寫電子郵件給他。影集在薩福克郡和倫敦拍攝。飾演那位警探的是一位非常出色的演員查理．克里德－邁爾斯，有趣的是，在體型上，他跟霍桑極為相似。但是不光是如此。霍桑實在搞得我太火大了，於是我故意把一堆他的陰暗面加在這個角色上。我還給了他一個非常相似的名字。從丹尼爾變成馬克：都是聖經人物名。姓則是從霍桑（Hawthorne）轉為溫彭（Wenborn），都是兩個音節、押尾韻。我常幹這種事。當我在第四集末尾把他寫死之時，我露出了微笑。

於是這天下午，我漫步走向咖啡店，心裡很好奇他想要什麼，同時又有一種模糊的疑慮。霍桑不屬於我的世界，而且坦白說，當時我也不需要他。但另一方面，我還沒吃午餐，碰巧J＆A有全倫敦最棒的蛋糕。這家咖啡店位於一條小巷內，就在克勒肯維爾路旁邊，而且因為在小巷子裡，所以通常人不會太多。霍桑正在戶外座位等我，坐在一張桌子前，面前擺著咖啡和香菸。他穿的衣服跟我上次見到他時一模一樣：同樣的那套西裝、同樣的領帶和風衣。他抬頭看著我走來，點了個頭——這就算是打招呼了。

「那個影集怎麼樣了？」

「那個給演員和劇組的試映會，你真該來參加的。」我說。我們之前在倫敦包下了一家飯店，播放前兩集。霍桑也受邀了。

「我當時很忙。」他說。

一個女侍出來，我點了一杯茶和一片維多利亞海綿蛋糕。我知道我不該吃這樣的東西，但是你試試看一天獨處八小時。我以前寫作中途會抽菸，但三十年前就戒掉了。蛋糕大概也同樣糟糕。

「你最近還好嗎？」我問。

他聳聳肩。「沒得抱怨。」他看了我一眼。「你去鄉下了？」

我當天早上剛從薩福克郡回來，我太太和我才去那邊住了兩天。「是啊。」我小心翼翼地說。

「你又收養了一隻小狗！」

我好奇地看著他。這完全是他的典型作風。我還沒跟任何人說我離開倫敦兩天，當然也沒在推特上提。至於小狗，是我們鄰居的。我們只是在他們離家時幫忙照顧而已。「你怎麼知道這些的？」我問。

「只是根據經驗的猜測。」他不理會我的問題。「我希望你能幫我個忙。」

「怎麼幫？」

「我要你寫我。」

每回跟霍桑見面，他總是有辦法讓我驚訝。你跟大部分人相處都知道自己的位置。你們會形成一種關係，你會逐漸了解他們，之後就大致設定了遊戲規則。但跟他從來就不是這樣。他有一種奇怪的、反覆無常的特質。正當我以為自己搞清了我們的關係要往哪個方向發展時，他就會證明我錯了。

「什麼意思？」我問。

「我希望你寫一本關於我的書。」

「為什麼我要這麼做？」

「為了錢。」

「你要付我錢？」

「不。我想我們五五分帳。」

有兩個人走過來要坐在我們隔壁桌。我趁著他們經過的片刻，思索著要說什麼。對於拒絕霍桑，我很緊張。也就是說，我已經知道——而且是立刻就知道——我要拒絕他。

「我不明白，」我說：「你指的是什麼樣的書？」

霍桑那對淺褐色、有如唱詩班男童的眼珠看著我。「我來解釋給你聽，」他說，好像這事情非常清楚明顯。「你知道我會幫影視圈做一點事情。你大概也聽說我被倫敦警察廳踢出來了。好吧，那是他們的損失，而且我不想談那些前因後果了。重點是，我也會幫警方做一些顧問工作。非正式的，碰到有不尋常的案子出現，他們就會找我。大部分案子都相當簡單，不過有時候不是。而碰到這種超出他們日常經驗範圍的案子，他們就會來找我。」

「你說真的？」我覺得很難以相信。

「現在的警察就是這樣。他們削減太多開支了，根本沒有真正做事的人。你聽說過第四集團跟信佳集團嗎？都是一群蠢貨，但是他們承包了很多警方的事務，派來的調查人員無能到極點。還不止這樣，我們以前在蘭貝斯區有個大實驗室，血液採樣之類的都送去那邊化驗，但現在那裡賣掉了，那類事情都外包給私人公司。花的時間和成本是兩倍，可是他們好像不在乎。我也是一樣。我就是接外包的案子。」

他暫停下來，好像要確定我一路都有聽懂。我點點頭。他點了一根香菸，又繼續說。

「我接案子的收入還不錯。按日計酬，外加費用什麼的。不過問題是，你知道——老實說，我不喜歡提這個——我有點缺錢。現在被謀殺的人就是不夠多。後來，我在這個電視劇的製作過程中認識你，又聽說你也寫書，我就想到，其實我們可以彼此幫忙。各拿五成。我碰到一些真的很有趣的事情。你可以寫我。」

「但是我對你幾乎一無所知，」我說。

「你會慢慢認識的。其實，我現在手上就有一個案子。現在才剛開始查，不過我想應該很對你的胃口。」

女侍送來我的蛋糕和茶，但現在我真希望自己沒點。我只想回家。

「你為什麼認為有人會想閱讀關於你的書？」我問。

「我是個偵探。大家喜歡閱讀偵探故事。」

「但是你不是正式的警探。你被開除了。順便問一下，你是為什麼被開除的？」

「我不想談那個。」

「唔，如果我要寫你，你就得告訴我。我得知道你住在哪裡、是不是已婚、早餐都吃什麼、放假去哪裡。大家閱讀謀殺故事就是為了這些。」

「你是這麼想的？」

「沒錯！」

他搖搖頭。「我不贊同。關鍵詞是謀殺。謀殺本身才重要。」

「聽我說，真的很抱歉。」我想溫和一點拒絕他。「這是個好點子，我很確定你手上的案子很有趣。但是恐怕我實在太忙了。總之，這個差事也不適合我。我寫的都是虛構的偵探。我才剛完成一本有關夏洛克．福爾摩斯的小說。我以前寫過《白羅神探》和《駭人命案事件簿》的電視影集。我是個專門寫虛構類的作家。你需要的是寫犯罪實錄那類的。」

「有什麼差別？」

「差別可大了。我控制我的故事，我喜歡知道自己在寫什麼。其中一半的樂趣就是創造出犯罪和線索和其他一切。如果要我跟著你到處跑，只為了寫下你看到什麼、說了什麼，那我成了什麼？很抱歉，我沒有興趣。」

他隔著香菸看著我，臉上的表情並不驚訝，也沒有被得罪，好像他早知道我會這麼說。「我想你寫這本書會很暢銷，」他說：「而且對你來說很簡單。我會把你需要知道的一切告訴你。你難道不想聽聽我是怎麼工作的？」其實我還真的不想，但沒來得及阻止他，他又繼續說下去。「一個女人走進一家葬儀社，就在倫敦另一頭的南肯辛頓區。她安排好自己的葬禮，每一個細節都交代好。同一天，六個小時後，有人謀殺了她……進入她的房子，勒死了她。這有點不尋常，你不覺得嗎？」

「她是誰？」我問。

「她的名字目前還不重要。不過她很有錢，她兒子很有名。還有另一件事，據我們所知，她在這個世界上沒有任何敵人。人人都喜歡她。這就是為什麼我被找去。這一切沒有一點說得通。」

有那麼短暫的片刻，我被打動了。

寫謀殺故事最困難的部分，就是想出情節，而在那一天，我腦子裡半點情節都沒有。畢竟，任何人想殺人的原因就只有那麼多。你殺人，是因為你想從別人身上得到什麼：他們的錢，他們的老婆，他們的工作。你殺人，是因為你怕他們。他們知道有關你的某件事，或許還威脅你。你殺人是為了報仇，因為他們有意或無意間對你做了什麼。或者，我猜想，你殺人是出於意外。寫了二十二集的《戰地神探》之後，我已經把各種可能性都幾乎寫光了。

然後還有做功課的問題。要是我決定了兇手，比方說是個飯店主廚，那我就得創造出他的世界。我得去拜訪飯店，得了解外燴這一行。要讓這個人真實可信，就意味著我要下很多苦功，而他只是第一個角色，接下來我還必須創造出二、三十個角色，所有的角色都潛伏在我的腦袋裡。我得了解警察辦案程序：指紋、鑑識科學、DNA……所有其他種種。我在寫第一個字之前，可能就得花好幾個月研究。我累了。才剛寫完《絲之屋》，我不確定自己有那個力氣開始弄下一本。

實際上，霍桑提供了我一條捷徑。所有情節都會送到我面前。而且他說得沒錯，這案子聽起來的確很有趣。一個女人走進葬儀社。這其實是相當不錯的開場。我幾乎可以看到第一章了。春日的陽光。倫敦一個高級地段。一個女人過了馬路……

還是難以想像。

「你是怎麼知道的？」我沒頭沒腦地冒出一句。

「什麼？」

「剛才，你說我從鄉下回來，還說我養了一隻小狗。是誰告訴你的？」

「沒人告訴我。」

「那你是怎麼知道的？」

他沉下臉——似乎不想告訴我。但同時，他正想從我這邊得到些什麼，於是一時間，情勢對我有利。「你的鞋底黏了沙子，」他說：「你蹺腳時我看到了。所以你要不是經過建築工地，就是之前都在海邊。我之前聽說過你在薩福克郡的歐佛德村有棟房子，所以我猜想，你一定就是去那邊住了兩天。」

「那小狗呢？」

「你的牛仔褲上有個爪印，就在膝蓋下方。」

我檢查了一下。的確，是有一個爪印，模糊得連我自己都沒注意到。但是他注意到了。

「慢著，」我說：「你怎麼知道是一隻小狗？也有可能是個子小的小型犬。而且，你怎麼知道我不是在路上碰到這隻狗的？」

他用同情的目光看著我。「有個誰坐下來啃過你左邊的鞋帶，」他說：「我想那不會是你吧？」

我往下看。我不得不承認我很佩服。但同時也很氣自己沒能獨力想出解答。「對不起，」我說：「從你剛剛所說的，聽起來的確是個有趣的案子，我相信你可以找到一個作家幫你寫。但是就像我跟你說過的，你應該去找個記者或類似的人。就算我願意寫這本書，我也沒辦法。我正在忙別的事情。」

我正好奇他會作何反應。再一次，他又讓我措手不及。他只是聳聳肩。「是啊，好吧。這只是個想法。」他一手作勢要掏褲口袋。「你要我一起結掉那個嗎？」

他指的是茶和蛋糕。「不。沒關係。我會去結帳。」我說。

「我喝了咖啡。」

「我也會一起付掉。」

「唔，如果你改變主意，你知道怎麼聯絡我。」

「是的，當然。如果你要的話，我可以跟我的文學經紀人談一下。她可能有辦法推薦一個寫手人選。」

「不，別費心了。我會找到人的。」他轉身離開了。

我吃了蛋糕，否則浪費掉就可惜了。然後我回到家，剩下的下午就在閱讀。我盡量不要去想霍桑，但就是沒法把他趕出我的腦海。

身為全職作家，你最難做到的事情之一就是推掉工作。你摔上一扇門，它可能再也不會打開，而你總是有種恐懼，深怕自己可能錯過了門外的什麼。幾年前，一個製作人打電話給我，問我有沒有興趣把一個瑞典流行合唱團的歌曲改編為音樂劇。我拒絕她了——這就是為什麼我的名字沒出現在《媽媽咪呀！》的海報上（也領不到半毛版稅）。順便講一聲，我完全不後悔。如果這齣音樂劇最後是由我來編劇，很難說會不會那麼成功。但這只是要說明大部分作家長期的不安全感。一樁古怪的罪案碰巧是真實發生的。一個女人走進葬儀社。霍桑這個反常、複雜、但聰明絕頂的偵探，被警方找去當某種顧問。我拒絕他的提議，是不是又犯了一個錯誤？我拿起書，繼續投入工作。

兩天後，我去參加海伊文學節。

說來好笑，全世界各地居然有那麼多文學節。有些我認識的作家其實都不再寫作了；他們只是花時間旅行各地，從一個熱鬧聚會到下一個。我常納悶，要是我天生口吃或害羞要怎麼辦。現代作家必須有表演能力，而且往往是要面對大批群眾。你幾乎就像是個單口喜劇表演者，只不過觀眾提出的那些問題從來不會改變，你最後總是會講同樣的那幾個笑話。

無論是在北約克郡哈洛蓋特的犯罪寫作節、巴斯的童書節，格拉斯哥的科幻作家活動，或是薩福克郡濱海小鎮奧爾德堡的詩歌節，感覺上英國每一個城市都有個文學節慶，然而海伊文學節——在這個市集小鎮邊緣一片亂糟糟的泥濘田野上舉行——卻成為最著名的文學節之一。很多人不辭遠途來到這裡，而且多年來的講者包括兩位美國總統、幾位火車大劫案的劫匪，還有《哈利波特》系列的作者J．K．羅琳。我很興奮能去那裡，在一個大帳篷裡跟大約五百名兒童演講。一如往常，裡頭也有零星的成人。喜歡我電視編劇作品的讀者常常會來參加我的活動，而且會樂意坐在那裡聽四十分鐘的少年間諜艾列克，以便能聽我談一點《戰地神探》。

那次演講進行得很順利。在場的兒童很活潑，也問了一些很棒的問題。我還努力穿插談了些《戰地神探》。就在我快要講滿六十分鐘、收到工作人員打暗號要我收場時，忽然發生了一件怪事。

有個坐在第一排的女人，一開始我以為她是老師或是圖書館員。她相貌平平，大約四十歲，圓臉，長長的金髮，眼鏡用鍊子掛在脖子上。我注意到她，是因為她似乎是單獨前來，同時也因為她對我的演講似乎並不特別感興趣。我講的笑話她一個都沒笑。我擔心她可能是記者，現在常有報社派記者到作家講話的場合，你開的任何玩笑、任何輕率的評論，都可能被斷章取義，用來對你不利。所以當她舉起手、一個大會工作人員把麥克風遞給她時，我滿心戒備。

「我很好奇，」她說：「你為什麼總是在寫幻想的作品？為什麼你不寫任何真實的？」

我在各地文學節上被問到的問題，大部分之前都已經碰到過很多次。我的點子是哪裡來的？

我最喜歡的角色是哪個？寫一本書要花多少時間？但眼前這個女人所提的問題從來沒有人問過，我有點生氣。她的口氣並不無禮，但是她的提問中還是有個什麼刺痛了我。

「《戰地神探》就是寫實的，」我回答：「每一集都是根據真實故事改編的。」

我正要繼續解釋自己做了多少研究，說我過去一個星期都在閱讀有關艾倫・納恩・梅的資料，他曾把原子彈的秘密資料提供給蘇聯，而如果《戰地神探》還要續拍新的一季，我下一集劇本的靈感來源可能就會是他。但是這個女人打斷了我。「我相信你有採用真實故事，但是我想說的是，那些都不是真實的罪案。而你的其他電視影集——《白羅神探》和《駭人命案事件簿》——都完全是想像出來的。你寫過一個十四歲的間諜，我知道很多小孩喜歡，但那也一樣。我不想不禮貌，但是我很想知道，為什麼你對真實世界沒有更感興趣。」

「什麼是真實世界？」我反駁。

「我只是指真實的人。」

有些小孩開始不耐煩起來。該結束這個話題了。「我喜歡寫虛構的東西，」我說：「我就是個虛構類作家。」

「你不擔心你的書可能會被人認為不重要嗎？」

「我不認為非得要寫真實的東西，作品才會重要。」

「對不起。我很喜歡你的作品。但是你的這個說法我不贊同。」

基於霍桑兩天前才跟我提出邀約，眼前這個插曲是個奇怪的巧合。我離開前又找了一下那個女人，但是沒看到她，她也沒拿書來找我簽名。在回倫敦的火車上，我忍不住想著她所說的話。她是對的嗎？我的作品太專注於想像嗎？我正要轉型當成人作家，但是我的第一部作品《絲之屋》卻離現代世界再遙遠不過。我的一些電視影集作品——比方《正義與否》——的背景，很清楚是設定在二十一世紀的倫敦，但或許我真的花太多時間活在想像中，如果再不小心一點，我就可能會失去對現實的敏感度。說不定我已經失去了。或許一個接觸現實的短期速成班，會對我有好處。

從瓦伊河畔海伊到倫敦的帕丁頓車站是很漫長的一段路。等我回到家，已經做出決定了。我一進門就拿起電話。

「霍桑嗎？」

「東尼！」

「好吧。五五分帳。我加入。」

3

第一章

霍桑不會喜歡我的第一章。

這件事我先拿出來講。因為我其實是過了一陣子才給他看的，而且還很不情願。他對《正義與否》的挑剔，我至今記憶猶新，讓我寧可先保密——但是他很堅持，而既然我們這回的合作關係是平等的，我怎麼能拒絕？但是我想，重點是要跟他解釋這本書是怎麼寫的。這本書是由我執筆，記錄的卻是他實實在在的舉動，而老實說，從一開始，這兩者就不匹配。

當時我們兩個坐在一家星巴克裡，我們的調查過程似乎有許多家星巴克點綴其中。我之前已經把第一章的稿子用電子郵件寄給他了，這時看到他從公事包裡拿出列印稿，上面充滿了紅色的圈圈和叉叉，我就知道麻煩大了。我對自己的文字作品有很強的保護欲。可以說，我寫出來的每一個字都是思考過的。（「一」這個字有需要嗎？「老實說」會不會比「可以說」好一點？）我答應跟霍桑合作時，曾經這麼假設：雖然案子由他負責，但碰到寫作時，他會退居二線，讓我作主。但結果他很快就讓我醒悟了。

「全都寫錯了，東尼，」霍桑開口了。「你誤導了讀者。」

「什麼意思？」

「第一句就錯了。」

我看著我所寫的。

在一個晴朗的春日，就是那種陽光亮得幾乎是白色，看似會帶來溫暖卻其實頗冷的天氣，上午剛過十一點，黛安娜·庫柏穿過富勒姆路，走進一家葬儀社。

「我看不出有什麼錯，」我說：「當時的確是大約十一點。她走進一家葬儀社。」

「但不是你寫的這樣。」

「她搭了巴士沒錯啊！」

「她是在她家那條街的街口搭上的。我們知道這個，是因為監視攝影機拍到了她。巴士司機後來跟警方供述時，也說記得她。但是問題出在這裡，老哥。你為什麼要寫她穿過富勒姆路？」

「為什麼不行？」

「因為她沒有。這是十四號巴士，她的上車地點是切爾西村，也就是標示著代號『U』的巴士站，在走出不列顛尼亞路的對面。這輛巴士載著她經過切爾西足球俱樂部、郝譚西亞路、伊迪絲路、切爾西與西敏醫院、鮑佛街這幾站，最後來到老教堂街，巴士站代號HJ，她在這一站下車。」

「你對倫敦巴士路線的知識太厲害了，」我說：「但是我不太明白你的重點。」

「她不必過馬路。因為她下車的時候，就已經在葬儀社的同一邊了。」

「有沒有過馬路，真的有差嗎？」

「唔，可能有。如果你說她穿過馬路，就表示她下了巴士後，又先去別的地方，才走進葬儀社——這個可能很重要。她有可能去了銀行，提領了一大筆現金。她有可能那個早上跟某個人吵了一架，而且說不定就是她被殺害的原因。同樣的這個人有可能跟蹤她過街，看到她去了哪裡。她有可能過馬路時停在某輛車前面，導致跟駕駛人爭吵。別那樣看我！路怒症謀殺比你以為的更常見。但是真正的事實，就是她在自己家獨自起床，吃了早餐，然後去搭巴士。這是她出門做的第一件事。」

「那你希望我怎麼寫？」

他已經在一張紙上寫了些字，這時遞給我。我看著裡頭的內容：

十一點十七分整，黛安娜．庫柏在老教堂街（HJ）巴士站下了十四號巴士，回頭沿著人行道走了二十五公尺。接著她走進康瓦利思父子葬儀社。

「我才不要這樣寫，」我說：「這看起來像是警方報告。」

「至少這是精確的。還有那個鈴鐺，在這裡是怎麼回事？」

「什麼鈴鐺？」

「第四段．就在這裡。你說葬儀社大門上方有一個裝在彈簧機件上的鈴鐺。唔，我沒注意到任何鈴鐺。因為那門上根本就沒有。」

我努力保持冷靜。日後我很快就會明白，這就是霍桑的作風。當他下定決心要做一件事，就會比我所碰過的任何人都容易激怒我。

「我加入鈴鐺是為了營造氣氛，」我解釋道：「你得容許我製造一點戲劇效果。我想要表現出康瓦利思父子這家店有多麼傳統又老派，而加上鈴鐺是個簡單、有效的方式。」

「或許吧。但是這就形成了很大的不同。假設有個人一路跟蹤她到那裡，假設這個人偷聽到她講了什麼話。」

「你指的是之前跟她吵架的那個人？」我諷刺地問。「或許是某個她在銀行碰到的人？你認為是這樣的嗎？」

霍桑聳聳肩。「是你說庫柏太太安排葬禮和她同一天被謀殺，這兩件事是有關的。至少，你是這樣跟讀者暗示的。」他刻意拖長「讀者」的第一個音節，搞得聽起來像是個髒字眼。「但是你得考慮到別的可能。或許安排葬禮和謀殺的時間只是巧合——不過我要老實跟你說，我不喜歡巧合。我偵辦刑案二十年了，總是發現一切都不會憑空發生。或許庫柏太太知道自己快死了。或許她遭到了威脅，知道自己不可能逃得過，於是安排了葬禮。這是有可能的，但是不太說得通，因為她為什麼不乾脆去報警？另外還有第三個可能性：某個人發現她安排了葬禮。有可能是任何人。這個人或許是跟蹤她進入店裡，才偷聽到她安排葬禮。因為門上沒有那個該死的鈴鐺，任何人進出都不會被發現。但是你的版本就不是這樣了。」

「好吧，」我說：「我會刪掉鈴鐺。」

「還有萬寶龍鋼筆。」

「為什麼？」我在他還沒回答前就阻止他。「好吧。無所謂。我也會把那個刪掉。」

他拿著那份列印稿東摸西摸，好像要找出一句他喜歡的。「你對於資訊有點選擇性。」最後他終於說。

「這話是什麼意思？」

「唔，你說庫柏太太只利用公共交通工具，但是你沒解釋為什麼。」

「我有寫這是她的怪癖！」

「我想你會發現不光是這個原因而已，老哥。另外還有葬禮本身的問題。你很清楚她對自己的儀式有哪些要求，但是你沒有寫下來。」

「聖經《詩篇》裡的一段！披頭四！」

「但是哪段《詩篇》？披頭四的哪首歌？你不認為這些資訊很重要嗎？」他拿出一本筆記本打開來。「《詩篇》三十四。我要時常感謝上主；我要不斷地讚美他。披頭四的歌是〈艾蓮娜瑞比〉。另外那首詩的作者是一個叫雪維亞．普拉絲的。或許這個你可以幫我，東尼，因為我讀了這首詩，他媽的一個字都看不懂。她指定要用的古典音樂是傑瑞邁亞．克拉克的〈小號即興前奏曲〉。她要他兒子致……那個字眼該怎麼說？」

「悼詞。」

「好吧。另外，或許你應該提一下誰跟她在慕拉諾餐館共進午餐。是一位戲劇製作人，名字是雷蒙．克魯恩。」

「他是嫌疑犯嗎？」

「唔，她才剛在一齣他製作的音樂劇裡損失五萬鎊。從我的經驗，錢和謀殺往往是密切相關的。」

「我還漏掉了什麼？」

「庫柏太太在同一天辭掉了環球劇場的董事，你不認為這也很重要嗎？她已經做了六年，而她死的那一天，就剛好決定要放棄一切。然後還有安爵雅．克魯伐內克，那個清潔工。你是從哪裡知道她躡手躡腳退到街上，打電話叫救護車的？」

「是警方跟她的訪談紀錄。」

「我也看了那份紀錄。不過你憑什麼覺得她沒撒謊？」

「她為什麼要撒謊？」

「我不知道，老哥。不過她有犯罪紀錄，所以或許她不是那麼親切可愛。」

「這個你怎麼曉得？」

「我查過了。最後，還有死者的兒子戴米恩．庫柏。或許值得一提的是，他才剛從他老媽那邊繼承了兩百五十萬鎊，或許正好派上用場，因為我聽說他在洛杉磯那邊有錢的問題。」

我不吭聲了。我的胃裡有一種下沉的感覺。「什麼錢的問題？」我問。

「就我的了解，大部分都只是些小問題。不過他在好萊塢山莊有一棟房子，裡頭有游泳池，還有一輛保時捷九一一。他有個英格蘭女朋友跟他一起住，但是她不可能太喜歡他，因為有一大堆女人跟他廝混……可能還不光是廝混而已。」

「這一章有任何好的地方嗎？」我問。

霍桑想了一下。「我喜歡『世界末日』那個玩笑。」

我看著面前散亂的紙稿。「也許這不是個好點子。」我說。

霍桑首度朝我微笑。他笑時，我看到了他童年曾有的模樣。那就像是他心底有個什麼總是在努力要掙脫出來，但是被他的西裝、領帶、蒼白的面容、惡意的眼神給困住了。「才剛開始呢，老哥。這只是第一章。你可以廢掉重寫。重點是，我們得找出一起工作的方式，一個……」他思索著適當的用詞。

「一個工作方法（*modus operandi*）。」我建議了一個拉丁文的詞。

他豎起一根手指。「可別用這種上流的詞彙，你只會惹火別人。不。你只要寫發生的事情就好。我們會跟各個嫌疑犯談話，我會確保你得到所有的資訊。你唯一要做的，就是把這些整理成適當的順序。」

「那如果你沒辦法破解這個案子呢？」我說：「說不定警方會搶在你前頭，查出誰殺了黛安娜・庫柏。」

他一副被冒犯的表情。「倫敦警察廳裡都是一堆蠢蛋，」他說：「要是他們有頭緒，就不會花錢找我了。這一點我已經跟你解釋過。很多謀殺案是在頭四十八小時內破案的。為什麼？因為大部分兇手根本不曉得自己在幹什麼。他們是一時氣憤而殺人，臨時起意的。等到他們開始想到鮮血噴濺、車牌號碼、監視攝影機，就太遲了。有人會設法掩蓋行蹤，但是以現代的鑑識科學，他們完全沒有逃過的希望。

「但是還有很小一部分謀殺——或許只有百分之二——是出自預謀。這些案子是事先計畫好的，可能是找職業殺手，或者有些瘋子為了好玩而殺人。警方總是曉得的，碰到難題時他們都心裡有數。這時候他們就會往外找個像我這樣的人，因為他們知道自己需要幫忙。所以我的意思是，你得信任我。要是你想增加更多細節，就先問我。否則，只要寫下你看到的。這不是丁丁歷險記。好嗎？」

「慢著！」霍桑又一次讓我大驚失色。「我從來沒告訴你我在寫丁丁歷險記。」

「你說過你正在跟史匹柏合作，他要執導的就是這部片。」

「他是製片。」

「總而言之，是什麼讓你改變主意來寫這本書？是你太太嗎？我敢說她告訴你什麼才是對的選擇。」

「別再往下說了，」我說：「如果我們要訂出規則，那第一條就是你永遠不要過問我的私生活：我的書、我的電視劇、我的家人、我的朋友。」

「我很好奇你按照這個順序排列……」

「我會寫關於你。我會寫關於這個案子。等到你破案了——如果能破案的話——我會想辦法，看能不能讓我的出版商有興趣出。但是我不會讓你欺負我。這畢竟是我寫的書，要寫什麼都由我決定。」

他睜大眼睛。「冷靜點，東尼。我只是想幫忙而已。」

這就是我們達成的協議。我不會再給霍桑看任何書稿，寫作期間絕對不行，寫完之後大概也不會。我會寫我想寫的，所以如果我要批評他，或者寫一些自己的想法，我也照樣放手去做。但是涉及到犯罪現場、偵訊或諸如此類的，我會謹守事實。我不會想像、推斷，或是用可能誤導的描述文字去加以渲染。

至於第一章，忘了鈴鐺和萬寶龍鋼筆吧。黛安娜．庫柏和雷蒙．克魯恩一起吃了午餐。安爵雅．克魯伐內克可能沒說實話。但是我要確保其他部分都準確無誤，包括一個日後將會清楚指出兇手身分的線索。

4

犯罪現場

星期一早上我去黛安娜．庫柏家，發現有個穿制服的警察站在屋外。一條白底藍字的警方膠帶——上面的字樣是：「**警方封鎖線／禁止跨越**」——橫過前門，不過，一定有人跟他說了我會去，因為他根本沒問我的名字，就立刻就讓我進門了。

通常狀況下，當我抵達一個犯罪現場，那裡會是我編寫出來的。我不需要描述它：導演、場地經理、美術指導、道具組會幫我做大部分的工作，挑好各種東西，從家具到牆壁的顏色。我總是會察看最重要的細節——破裂的鏡子、窗台上的血指紋，任何對劇情有重要意義的事物——但是這些東西可能還沒布置好，因為還要看攝影機對著哪個方向。我常常擔心，對於住在裡頭的被害人來說，那個房間似乎是大太多了。但是接下來，拍攝期間會有十個、二十個人必須塞進去，而且觀眾從來不會注意到房間太大。事實上，這個房間會擠滿演員、技術人員、燈具、電線、軌道、移動式攝影車，還有其他一切，搞得我很難想像在螢幕上看起來會是什麼樣。

身為編劇，在拍片現場是個奇特的經驗。走進一個完全是靠我腦袋所想像出來的場景，很難形容那種興奮感。沒錯，我在那裡完全沒用處，而且不管我站在哪裡，幾乎確定都會礙著別人，但是劇組人員始終都對我客氣有禮，即使我們根本沒什麼話可以說。我的工作已經在幾個星期前完成了；而他們的工作才剛開始。所以我會坐在一張折疊椅上，椅背上從來不會有我的名字。我會在一旁觀看，我會跟演員們聊天，或許某個場務人員會帶一杯裝在保麗龍杯裡的茶給我。當我坐在那裡，我會覺得很欣慰，心知這一切都是我的。我是這個場景的一部分，而這個場景也是我的一部分。

庫柏太太的客廳則是截然不同。當我踏在那厚厚的、粉紅與灰兩色構成花卉圖案的厚地毯上，看著那水晶吊燈、那舒適的仿古家具、散放在茶几上的《鄉間生活》和《浮華世界》雜誌，還有嵌入式書架上的書（現代小說，精裝本，沒有一本是我寫的），覺得自己像個闖入者。我獨自漫遊在這個最近有人住過的地方，就像在逛博物館似的。

警方調查人員留下了那些標示犯罪現場的黃色塑膠立牌，上頭有數字，不過數量並不多，顯示他們沒有太多發現。一個古董餐具櫃上有一整杯透明的液體、看起來是水（12），我注意到旁邊放了一張信用卡（14），上頭是黛安娜·庫柏的名字。這些是線索嗎？光用看的實在是看不出來。客廳裡有三面窗子，每一面都有一對天鵝絨窗簾，一路垂掛到地上。其中五片窗簾都用尾端有繩結、垂著流蘇的紅色繫繩繫住，掛在鉤子上。最接近門的窗簾（6）則鬆開來，讓我想到不久以前，一名中年婦人曾站在我現在站的地方，瞪著眼睛，雙拳對空亂揮。我低頭看，注意到地毯上有一塊污漬，又有兩個警方的號碼立牌標示著。她的腸子在她快死時鬆弛了，這類細節我通常就不讓電視觀眾們看到了。

霍桑進入客廳，穿著往常那套西裝——這個句子我鐵定不需要再寫了。他正在吃一個三明治，我花了一會兒才明白，他一定是自己做了這個三明治，而且是在庫柏太太的廚房，利用她的食材做的。我瞪著他。

「怎麼了？」他問，滿嘴食物。

「沒事。」我說。

「你吃了早餐沒？」

「不用了，謝謝。」

他一定是聽出我聲音裡的意味。「浪費掉就可惜了，」他說：「反正她也不需要了。」他拿著三明治在客廳揮了一圈。「所以你有什麼想法？」

我不確定該如何回答。這個客廳非常整潔。除了那個平板電視（放在一個電視架上，而不是裝在牆上），客廳裡的一切都屬於上一個年代。黛安娜．庫柏過著井井有條的生活，雜誌都放在恰當的位置，而各種擺設（玻璃花瓶和瓷偶）都定期擦去灰塵。她連死都死得很整潔。沒有最後一刻的掙扎，沒有翻覆的家具。攻擊者只留下一個污痕：半個泥濘的鞋印，位於靠近前門的地毯上。我可以想像她如果看到了，會皺起眉頭。她沒被毒打或強暴。從很多方面來說，這都是一場安靜的謀殺。

「她認識兇手，」霍桑說：「但他不是熟人。是一名男子，至少一百八十二公分，體格強壯，視力很差。他過來就是專程為了要殺她，而且沒在這裡待很久。她留下他獨自在客廳一會兒，自己去廚房。她希望他就要走了，但緊接著他就殺了她。他殺完人之後，就搜索屋裡，拿走幾樣東西，但死者的財物不是他來這裡的目的。這是有個人恩怨的。」

「你怎麼可能知道這一切？」就連我說出口的時候，都很氣自己。我知道他就是希望我這樣問。我完全落入了他的圈套。

「他到的時候，天色已經逐漸轉暗，」霍桑說：「這個地區之前發生了幾樁入室竊案。一個中年婦人獨居在這個昂貴的區域，不會幫一個完全不認識的人開門的。幾乎可以確定兇手是男人。我聽說過女人勒死女人，但是——我敢擔保——非常少見。黛安娜．庫柏一百六十公分，如果兇手比她高，就比較省事。他勒死她的時候，把她的舌骨弄斷了，這告訴我們他很強壯，雖然我承認她也算是個老太太，所以舌骨無論如何都可能斷掉。

「我怎麼知道他是專程來殺她的？三個原因。他沒留下任何指紋。當天晚上天氣溫暖，但是他戴了手套。他沒待在這裡很久，動手殺人前只待在客廳裡，你也可以看得出這裡沒有咖啡杯，沒有喝過調酒的空玻璃杯。要是他是她的朋友，傍晚六點鐘，他們大概會一起喝一杯。」

「他可能是在趕時間。」我說。

「看看沙發上的墊子，東尼。他甚至沒坐下來過。」

我走到之前看到的那個玻璃杯旁，忍著沒把杯子拿起來。警方和鑑識人員一定來過這裡，我非常驚訝他們把這杯子留下了。他們不是會把杯子帶走、趕緊化驗嗎？我也這麼問霍桑。

「他們又拿回來了。」他說。

「為什麼？」

「為了我。」他露出那種特有的、沒有笑意的淡淡微笑，然後把剩下的三明治吃光。

「所以的確有人喝了東西。」我說。

「那只是水。」他嚼一嚼吞下去。「我猜想是他離開前跟她要一杯水。這樣她就會離開客廳夠久，讓他可以鬆開窗簾，拿走繫帶。否則她在場，他就沒辦法去拿了。」

「但是他沒喝水。」

「他不想留下DNA。」

「那信用卡呢？」我看過上面的名字，印在上頭的是**黛安娜．J．庫柏**。發卡銀行是巴克萊銀行。到期日是十一月。比她人生的到期日晚了六個月。

「那個就有趣了。為什麼這張信用卡沒跟其他的一起放在她皮包裡？她是拿出來付什麼錢，而且這就是她開門的原因嗎？上頭只有她自己的指紋，沒有其他人的。所以你就得到一個可能的情況了。有個人要求她付錢，她就去拿信用卡，趁她在忙著要拿的時候，他溜到她身後勒死她。但是接著，那張信用卡為什麼沒掉在地板上？」他搖頭。「另一方面，那張信用卡可能跟她被勒死一點關係都沒有。我們再看看吧。」

「你剛剛說那個兇手視力很差。」我說。

「是啊——」

「那是因為他漏掉了她手指上的鑽石戒指。」我搶著說，免得霍桑又要解釋每一個細節。

「那個戒指一定很值錢。」

「不，不，老哥。你完全搞錯了。他顯然對那個戒指沒興趣。無論兇手是誰，他拿走幾件珠寶和一台筆記型電腦，都只是為了讓這個案子看起來像是入室行竊。不過他要不是忘了戒指，就是沒辦法從她手指上拔下來，又判定不要那麼費事去找一把修枝剪。他不可能漏掉這個鑽戒。他勒死她的時候，鑽戒就在他面前。」

「那你怎麼知道他視力不好？」

「因為他踩進了門外的那個水窪，所以才會在地毯上留下腳印。順便講一下，那個看起來是男人的鞋。他在其他每個方面都很謹慎，只有這麼一個失誤。你不把這些寫下來嗎？」

「我大部分都記得。」我拿出我的蘋果手機。「不過如果可以的話，我想拍些照。」

「請便。」他指著餐具櫃上一張四十來歲男子的黑白照片。「務必拍一張他的照片。」

「他是誰？」

「我猜是她丈夫，羅倫斯・庫柏。」

「離婚了？」

他用同情的眼神看著我。「如果他們是離婚，她就不會留著他的照片，不是嗎？他十二年前死了。癌症。」

我拍了照片。

之後，我跟著霍桑在屋裡每個房間逐一走過。拍下他指給我的每樣東西。我們從廚房開始，那裡有一種展示間的模樣：很多昂貴的東西，但是很少使用。黛安娜．庫柏的設備足以做出一頓米其林星級的豪華大餐給十個人享用，但她大概晚餐只吃一顆水煮蛋和兩片吐司麵包。冰箱上貼了好多磁鐵：古典藝術作品和著名的莎士比亞引文。冰箱上有一個鐵盒，是電影《納尼亞傳奇：賈思潘王子》的衍生商品。霍桑用一塊布墊著，免得自己碰到那個鐵盒，然後打開盒子看看。裡頭幾乎是空的，只有幾枚硬幣。

每樣東西都放在恰到好處的位置。窗台上有電視名廚傑米．奧利佛和約塔木．奧托連基的食譜書，烤麵包機旁邊的一個架子上放著筆記本和最近的信件。一塊黑板上記著這個星期要採購的清單。霍桑翻了一下信件又放回去。一個木雕魚固定在料理台上方的牆上，上頭有五個掛鉤，黛安娜用來掛鑰匙，而霍桑似乎對這些鑰匙特別感興趣——總共有四組，每一組都貼了標籤。我愣愣地拍了張照片，注意到根據那些標籤，上頭的鑰匙分別是用來開前門、後門、地窖門，還有另一處叫「司托納屋」的產業。

「這是什麼？」我問。

「她搬來倫敦之前住的地方。在肯特郡的沃爾默。」

「她還留著鑰匙，有點奇怪……」

我們找到一個放滿舊信和舊帳單的家用抽屜，霍桑翻了一下。裡頭有一本音樂劇《摩洛哥之夜》的介紹小冊子，封面的圖片是一把ＡＫ自動步槍，垂下的肩背帶形成了一個心形。小冊子的第一頁列出工作人員名單，其中一個製作人是雷蒙．克魯恩。

離開廚房後，我們上樓到臥室，經過了褪色的條紋壁紙，還有一張張裱框的老舊戲劇節目表。《哈姆雷特》、《暴風雨》、《亨利五世》、《不可兒戲》、《生日派對》。每張都有戴米恩．庫柏的名字。霍桑大剌剌地直闖臥室，我跟在後頭卻有一絲不安，連自己都覺得驚奇。我再度感覺自己像是闖入者。才一個星期前，有一個中年婦人會在這裡脫掉衣服，站在落地穿衣鏡前，鑽進加大雙人床，床頭桌上放著一本史迪格．拉森的《玩火的女孩》。好吧，至少庫柏太太不必領教這本書有點令人失望的結局了。床上有兩組枕頭，我看得出其中一組有壓痕，是她的頭所造成的。我可以想像她醒來時一身溫暖，或許還有薰衣草的氣味。但是再也沒有了。對我來說，死亡一直就只是一種必需品，用來推動情節的。但是站在一個剛死去女人的臥室中，我可以感覺到死亡就在我身邊。

霍桑迅速翻找過抽屜、衣櫥、床頭櫃。她的梳妝台上立著一個相框，霍桑看了一眼，裡頭的照片是戴米恩．庫柏。我對他有點印象，不過老實說，我不太擅長記人臉，而且這些年輕、英俊的英格蘭男演員，我大部分都會搞混……尤其是他們打進好萊塢之後。霍桑在庫柏太太的鞋架後頭找到了一個保險箱，發現鎖著就一臉不高興，不過接著就算了。他尋找線索的方式讓我看得入迷。他沒跟我講話，簡直沒注意我也在場。他有點讓我想到機場的嗅聞犬。從來沒有任何理由假設任何行李箱裡會有毒品或炸彈，但是嗅聞犬會檢查每一個，只要有違禁品就一定能找出來。霍桑面臨同樣的不確定因素，也有著同樣的篤定。

檢查完臥室之後，他進入浴室。浴缸周圍放著大約二十個小瓶子：庫柏太太習慣把飯店提供的洗髮精和沐浴乳帶回家。霍桑打開洗臉台上方的一個櫥子，拿出三小袋替馬西泮——安眠藥。他拿給我看。

「有趣。」他說。這是他好一陣子以來頭一次開口。

「她在擔心什麼事情，」我說：「她睡不著。」

我跟著霍桑，看他繼續搜索屋內。二樓有兩間客房，但顯然有一段時間沒人用過了。裡頭太乾淨了，而且帶著寒意，因為要省錢而把中央暖氣轉小。他很快看了一圈，又退回走廊。

「你覺得那隻貓發生了什麼事？」他喃喃道。

「什麼貓？」我問。

「這位老太太的貓。灰色波斯貓。那種該死的可怕玩意兒，看起來像是長了毛的健身球。」

「我沒看到貓的照片。」

「我也沒看到。」

他什麼都沒再說，我忽然覺得很煩。「如果我要寫你，你就得告訴我你是怎麼工作的。你提出的這些事情全都非常好，但是不能只講一半。」

他皺起眉頭，好像努力想搞懂我剛剛講的話，然後他點點頭。「事情非常明顯，東尼。樓下的廚房裡有個貓碗。還有枕頭。你沒注意到嗎？」

「枕頭的凹陷？我以為是她的頭造成的。」

「我不太相信，老哥。除非她的頭髮很短、銀灰色，而且有魚的氣味。她睡在床的左邊。因為書就擺在左側。貓跟她一起睡，在床的右邊。顯然是一隻沉重的、相當大的貓。我猜是灰色波斯貓，像她這樣的女人會養的貓——但是貓不在這裡。」

「或許警察帶走了。」

「或許吧。」

我們回樓下，再度進入客廳時，我看到屋裡不再只有我們兩個。一名穿著廉價西裝的男子坐在沙發上，兩腿張開，一個資料夾攤開放在膝上。他的領帶歪了，襯衫最上方的釦子沒扣。我感覺他是個老菸槍。有關他的一切都不健康：他皮膚的顏色，稀疏的頭髮，斷掉過的鼻子，大大的肚腩緊貼著長褲的腰帶。他跟霍桑年紀相仿，但是塊頭更大、更不結實。他有可能是退役的拳手，不過我猜他一定是警察。我在電視上看過這種類型太多次了——不是戲劇節目，而是新聞報導，站在法院外頭，笨拙地對著鏡頭唸事先準備好的聲明。

「霍桑，」他語氣裡沒有絲毫熱情。

「密道斯偵緝督察！」霍桑諷刺地講出正式頭銜，好像對方其實不夠格。「你好啊，傑克。」

他又補上一句。

「他們跟我說要找你來參與這個案子，我聽到時真不敢相信。我覺得這個案子明明很單純。」他這才第一次注意到我。「你是誰？」

我不太確定要怎麼介紹自己。

「他是作家，」霍桑說，幫我解圍。「他跟我一道的。」

「什麼？要寫你？」

「寫這個案子。」

「我希望你得到批准了，」他稍作停頓。「我遵照上面的吩咐，把所有一切都擺給你看。東西都拿回來了，擺成我們發現時的樣子。如果你問我，這完全是浪費時間。」

「我沒有問你，傑克。沒人問過你。」

他聽了沒吭聲。「所以你都看過了？看完了嗎？」

「我正打算離開。」不過霍桑站著沒動。「你說這案子很單純。所以你怎麼想？」

「我才不要把我的想法告訴你，希望你不介意。」他懶洋洋地起身。我這才發現他的塊頭比我原先想的要大，比我們兩個都高出一截。他收拾那些紙張，然後才忽然想到似的，把那些紙張遞過來。「他們叫我把這些給你。」

那個資料夾裡有照片、鑑識報告、目擊者證詞，還有過去兩個星期黛安娜．庫柏家裡的有線電話和手機的所有通聯紀錄。霍桑看了第一頁一眼。「她六點三十一分發了一則文字簡訊出去。」

「沒錯。就在她被勒死之前。殺我的兇手是……啊！」他把自己逗笑了。「我看過那則簡訊了，實在看不出什麼道理，所以就留給你去破解了。」他走到餐具櫃的那杯水前，旁邊擺著信用卡。「如果你不介意的話，我就把這個拿走了。」

「請便。」

我這才注意到密道斯戴著手套。他還帶來了某種塑膠蓋子，用來封住玻璃杯，然後把杯子拿起來要帶走。

「杯子上唯一的指紋是她的。」霍桑說：「而且沒有DNA。那杯水沒人喝過。」

「你看到報告了？」密道斯似乎一頭霧水。

「沒必要看什麼，老哥。太明顯了。」他微笑。「你看到廚房裡的那個鐵盒子了嗎？《賈思潘王子》同款？」

「裡面只有幾枚硬幣。沒有指紋。什麼都沒有。」

「也沒有驚喜。」霍桑看了餐具櫃一眼。「那張信用卡呢？」

「信用卡怎麼樣？」

「最後一次使用是什麼時候？」

「有關她的財務細節，我們查到的都在裡頭了。」密道斯朝檔案夾點了個頭。「私人帳戶裡有一萬五千鎊，另外存款帳戶裡還有兩萬鎊。她過得還不錯。」然後他想到霍桑的問題。「她最後一次使用這張信用卡，是一個星期前。在哈洛德百貨公司。她都在那邊買雜貨的。」

「燻鮭魚和奶油乳酪。」

「你怎麼知道？」

「放在廚房裡，我拿來當早餐了。」

「那是證物！」

「再也不是了。」

密道斯那張臉很臭。「還有其他什麼是你想知道的嗎？」

「有的。你發現那隻貓了嗎？」

「什麼貓？」

「這就回答我的問題了。」

「那我就不打擾了。」密道斯握著那個玻璃杯，那模樣像是一個魔術師正要從裡面變出一條金魚。他朝我點個頭，「幸會了，」他說：「不過，跟這傢伙在一起，如果我是你，我會注意自己的安全，尤其是接近樓梯的時候。」

他講完似乎很滿意，又朝客廳裡看了最後一圈，然後把玻璃杯端在身前走出去了。

5

受傷的男人

「他講那什麼意思……關於樓梯的笑話？」

「查理．密道斯是個蠢蛋。他講話沒有任何意義。」

「查理？你剛剛喊他傑克。」

「每個人都喊他傑克。」

此時，我們坐在富勒姆大道地鐵站附近的一家咖啡店外頭——幸好出了太陽——好讓霍桑可以抽菸。他已經把密道斯剛剛給他的資料看過一遍，也讓我看了。裡頭有黛安娜．庫柏生前和死後的照片，差異之大讓我很震驚。安爵雅．克魯伐內克所發現的屍體，完全不像生前那個衣著考究、充滿活力、投資於戲劇、在梅菲爾的昂貴餐廳吃午餐的女士。

我十一點進去，那是我開始工作的時間。我看到她，立刻就知道發生了很可怕的事。

裡頭附了安爵雅的證詞，是她不流利英語的逐字稿。還有一張她的照片：一個苗條的圓臉女子，很男孩氣，一頭刺蝟式短髮，戒備地盯著鏡頭。霍桑跟我說過她有犯罪紀錄，但是我很難相信她會謀殺黛安娜．庫柏。她個子太小了。

裡頭還有很多其他資料。事實上我這才想到，霍桑有可能就在這裡、在這張桌子上，配著咖啡和香菸，破解了這樁謀殺案。我希望不會。要是發生了這種事情，這本書就會非常薄了。或許是因為心裡有這個想法，所以我想先談談別的。

「你是怎麼認識他的？」我問。

「誰？」

「密道斯。」

「我們以前在普特尼的同一個分隊工作。他的辦公室就在我隔壁，雖然我總是壓下怒氣，不過有幾次我還是忍不住爆發了。」

「我不懂這話是什麼意思。」

「就是你得要求別隊的人幫忙。比方做逐戶訪查……諸如此類的。」霍桑似乎急著想進入正題。「你想談黛安娜．庫柏嗎？」

「不想，」我說：「我想談你。」

他望著攤在桌上的那些資料。他什麼都不必說，眼前他顯然只關心這些資料。但是難得一次，我守住自己的立場，而且下定決心。「我們如果要合作，唯一的方式就是你讓我進入你的生活，」我說：「我得知道關於你的事情。」

「沒人對我有興趣的。」

「如果真是這樣，我就不會在這裡。如果真是這樣，這本書就賣不出去了。」我看著霍桑又點起一根香菸。三十年來頭一次，我也很想跟他要一根來抽。「聽我說，」我小心翼翼地繼續說：「這類書一般不會說是謀殺被害人故事，也不會說是犯罪故事，而是稱為偵探故事。這是有原因的。我冒了很大的險。要是你現在就破了這個案子，我就沒有東西可以寫了。更糟糕的是，如果你根本破不了案，那就完全是浪費時間。所以了解你是很重要的。要是我知道你的事情，要是我能找出一些東西讓你更……更人性，至少會是個開始。所以你不能把我問你的每個問題都置之不理。你不能躲在這堵牆後頭。」

霍桑退縮了。好笑的是，憑著他蒼白的皮膚，以及那對煩惱、幾乎像小孩的雙眼，他看起來竟然是一副脆弱的樣子。「我不想談傑克・密道斯。他不喜歡我。碰到大便擊中風扇時，他很樂意看到我離開❶。」

「什麼大便？什麼風扇？」

「我離開的時候。」

他就只打算說這些了，於是我在心裡提醒自己，日後要再繼續追問。現在顯然不是好時機。我打開自己帶來的筆記本，拿出一枝筆。「好吧。趁我們坐在這裡，我想問幾個關於你的問題。

❶大便擊中風扇（the shit hits the fan），意指碰到很災難性的狀況。

我連你住在哪裡都不曉得。」

他猶豫了。撬開他的嘴真是比鑽木取火還要難。「我在間士丘那邊有個住處，」他最後終於說。我常常開車經過間士丘，那是位於倫敦東北方的一個郊區，就在前往薩福克的途中。

「你結婚了嗎？」

「是的。」我看得出他接著要繼續多說一些，但他還是拖了一會兒。「我們現在不在一起了。別問我這方面的事情。」

「你有支持哪個足球隊嗎？」

「兵工廠。」他語氣不冷不熱，我猜想他就算是足球迷，大概也不是太認真的。

「你常去看電影嗎？」

「偶爾。」他開始不耐煩了。

「那音樂呢？」

「音樂怎樣？」

「古典音樂？爵士樂？」

「我沒那麼常聽音樂。」

我一直想著小說和電視影集《摩斯探長》裡熱愛歌劇的同名主人翁，這個機會也消失了。

「你有小孩嗎？」

他把嘴裡的香菸猛然抽出來，像一根毒飛鏢似地握在手裡，於是我明白我逼得太快、太過分了。「這樣行不通的，」他凶巴巴地說，那一刻我可以輕易想像他在警察局偵訊室裡的樣子。他看著我的眼神近乎輕蔑。「關於我，你愛怎麼寫就怎麼寫，全都用編的也無所謂。有什麼差別？但是我不要跟你玩他媽的益智問答比賽，現在不行，永遠都不行。我手上有個死掉的女人，有人在她家客廳勒死了她，對我來說，眼前只有這個最重要。」他抓起桌上的一張紙。「這個你到底要不要看？」

我大可以當場就回家的，我大可以忘了整件事——而且考慮到後來發生的事情，如果我這時離開可能會比較好。但是，我才剛離開謀殺現場，感覺上簡直就像我認識黛安娜．庫柏，而出於某些原因，我覺得自己欠她什麼，或許是因為我看過的照片，還有她死後的慘狀。

我想要了解更多案情。

「好吧，」我說，放下筆。「給我看吧。」

那張紙上是黛安娜．庫柏臨死前傳給她兒子的那則簡訊的螢幕截圖。

我看到那個曾受傷的男孩

我很害怕

「你想這是什麼意思？」他問。

「她還沒寫完就被打斷了，」我說：「沒有句點。她來不及說她害怕什麼。」

「也許她只是害怕。也許她太害怕了，顧不了最後的句點。」

「密道斯說得沒錯。這個簡訊看不出任何道理。」

「那麼或許這個有幫助。」霍桑又抽出三頁來，是十年前報紙上登過的報導。

《每日郵報》——二〇〇一年六月八日，星期五

雙胞胎男孩一死，駕駛人肇事逃逸

另一男孩目前情況危急，但醫師說他可望康復。

一名八歲男孩正在為生命奮戰，而他的雙胞胎兄弟則被撞死，因為一名近視眼駕駛人撞上兩位兒童後，就駛離現場。

傑瑞米．高文全身多處受傷，包括頭骨破裂和腦部嚴重受傷。他的兄弟提摩西則當場死亡。

這場車禍發在星期四下午四點半，地點是肯特郡濱海度假勝地迪爾鎮的航海路。

這兩名被描述為「形影不離」的男孩當時正要回旅館，由二十五歲的保母瑪麗．歐布萊恩陪同。她告訴警方：「那輛車轉彎後開過來。駕駛人根本沒有減速。她撞到兩個小孩，就開走了。我幫這家人工作三年，我太震驚了。我無法相信她居然沒停下來。」

警方已逮捕一名五十二歲的女人。

《每日電訊報》——二〇〇一年六月九日，星期六
撞死雙胞胎之一的近視眼駕駛人遭警方逮捕

撞死八歲雙胞胎之一提摩西・高文，並使其兄弟重傷命危的駕駛人，已知名叫黛安娜・庫柏，現年五十二歲，是肯特郡沃爾默鎮的長期居民，她正從皇家五港高爾夫球俱樂部返家時，途中發生了車禍。

庫柏太太在俱樂部跟朋友喝過酒，但是酒精濃度並未超標，目擊證人也證實她並未超速。不過她開車時沒有戴眼鏡，而在警方事後的檢測中，她看不清八公尺外的車牌號碼。

她的律師發表以下聲明：「我的當事人當天下午去打高爾夫球，車禍發生在她返家途中。很不幸她一時找不到自己的眼鏡，但因為回家的路相當近，她以為不戴眼鏡也可以開。她承認車禍發生後她一時慌張，就直接先開回家。總之，她完全知道自己行為的嚴重性，事發後兩個小時內就跟警方聯繫。」

警方根據一九八八年道路交通法案第一節，以及第一七〇節第二條與第四條，控告庫柏太太。罪名是危險駕駛致死並於肇事後逃逸。

庫柏太太的住家地址位於沃爾默利物浦路。她的丈夫在久病後剛去世。她二十三歲的兒子戴米恩・庫柏是皇家莎士比亞劇團的演員，上次演出是在西區劇院的《生日派對》。

《泰晤士報》——二〇〇一年十一月六日，星期二
車禍肇事逃逸駕駛人獲釋，被害人家屬呼籲修法

一位八歲男孩在肯特郡濱海小鎮迪爾過馬路時被撞死，他的母親今天在駕駛人獲釋時公開發言。

駕駛人是現年五十二歲的黛安娜·庫柏，她開車時沒看到兩兄弟，導致提摩西·高文當場死亡，他的雙胞胎兄弟傑瑞米則是腦部多處嚴重受傷。因為庫柏太太的眼鏡掉在她打高爾夫的俱樂部內，駕車時八公尺外的東西都看不見。

肯特郡的坎特伯里刑事法院在聽審後認為，她沒戴眼鏡並不違法。奈吉爾·魏斯登法官說：「你不戴眼鏡開車並不明智，但法律並沒有規定要戴，而且你的確非常後悔。考慮到這點，我決定判處監禁並不適當。」

庫柏太太被判吊扣駕照一年，加上違規記點九點，並需繳付九百鎊。法官也建議三個月的修復式正義❷，但是雙胞胎的家人拒絕跟她見面。

雙胞胎的母親茱迪絲·高文在法院外表示：「如果一個人看不見，根本就不應該允許他們開車。要是這樣不違法，那就應該修改法律。我一個兒子死了，另一個兒子成了殘廢。而她得到的懲罰卻像是只被打了一下手心而已。這樣是不對的。」

道路安全公益機構的發言人說：「任何人如果無法完全控制自己的汽車，就不應該開車。」

我查看三篇報導上方的日期，找出了其中的關係。「這一切是發生在整整十年前。」我宣布。

「是九年又十一個月。」霍桑糾正我。「車禍是在六月初。」

「大致上，還是可以算十週年。」我把三篇報導遞還給他。「那個活著的男孩……他腦部受傷。」我拿起黛安娜．庫柏的簡訊截圖。「……曾受傷的男孩。」

「你認為兩者有關連？」

我覺得他是在諷刺，但是我沒上鉤。「你知道她現在住在哪裡嗎？」我問：「我是說茱迪絲．高文？」

霍桑查了其他資料。「有個地址在哈羅山丘。」

「不是肯特郡？」

「車禍時他們可能是去那裡度假。六月的第一個星期……正好是夏季學期的期中假。」

所以霍桑可能真的有小孩。不然他怎麼會曉得這種事？但是我不敢再提起這個話題。而是

❷ restorative justice，亦中譯為「修復式司法」，採自願方式，建議定罪者會見受害者、向受害者或社區賠償。重點在於以對話促進彼此了解，從而修復受損的社會機能，以及被害人對社會的信任。

問：「我們要去看她嗎？」

「還不必急。而且我們還要到這條馬路的另一頭去見康瓦利思先生。」我一時腦子空白。不曉得他講的是誰。「那位喪葬禮儀師，」他提醒我。他開始收拾文件，把桌上的紙張攏向自己，像個賭場莊家在收拾一副牌。說來有趣，密道斯偵緝督察這麼不喜歡他，但是倫敦警察廳裡有個高官卻很把他當回事。這位高官下令讓犯罪現場保持原狀好讓他檢查，而且要確保他完全能掌握所有狀況。

霍桑擰熄香菸。「走吧。」他說。

再一次，我注意到，咖啡錢是我付的。

我們搭十四路巴士沿著富勒姆路往東，就是黛安娜・庫柏死去那天搭的同一條路線。如果照霍桑的說法，我們在十二點二十六分下了巴士，然後回頭走到葬儀社。

我好久沒到葬儀社了，上一次是我父親過世的時候——而那是非常久以前了。當時我二十一歲。儘管他已經病了很久，結束還是來得非常突然，全家人都不知所措。出於一些我至今仍不太明白的原因，一位叔叔出面掌管葬禮的種種安排……我父親本來長年都是不可知論者，但死前不久卻表示他想要有個正統的葬禮。我很確定我叔叔認為他是在幫我們的忙，但是很不幸，他是個大嗓門、固執己見的人，我始終沒辦法太喜歡他。即使如此，我還是陪著他去北倫敦的一家葬儀社。在猶太家庭裡，人死後很快就會下葬，我還沒有時間接受發生的一切，依然處於震驚狀態。

我模糊記得有個很大的房間，不太像葬儀社，倒比較像是火車站的失物招領處。裡頭一切都很暗，是各種深淺的褐色。有個絡腮鬍的矮個子男子站在櫃台後方，穿著不合身的西裝，戴著猶太圓頂小帽，應該是喪葬禮儀師或是助手之一。彷彿在惡夢裡，我看到一大堆人包圍著我，這些人是顧客還是工作人員？我隱約記得當時毫無隱私。

我叔叔正在討論葬禮的價錢，而葬禮是次日就要舉行。他沒問我的想法，只是忙著跟櫃台後那名男子討論各式各樣的棺材和不同的選擇，我站在一旁聽著他們的聲音變得愈來愈有火氣，直到我明白這兩個人已經是在激烈爭辯。我叔叔指控那位喪葬禮儀師想坑我們，這句話終於正式引爆戰火。對方勃然大怒。他本來就已經吵得滿臉通紅，這會兒一根指頭猛朝我們戳，大吼著，嘴唇上濺著點點唾沫。

「你想要桃花心木，就要付桃花心木的價錢！」

我根本不曉得我父親最後是裝在桃花心木還是膠合板的棺材裡下葬，坦白說我也不在乎。那位葬儀社人員的怒火和他所講的話，在我的記憶裡迴盪了將近四十年。於是讓我決定我的葬禮將會是簡短、便宜、非特定教派的。而眼前，當我跟著霍桑進入康瓦利思父子葬儀社，把門悄悄帶上時，當年這段記憶也依然跟隨著我。

這家葬儀社就跟我之前的描述差不多，比我記憶中為父親葬禮而去的那家葬儀社更小、也沒那麼嚇人，不過這回當然沒有我私人的感情牽扯在內。霍桑向艾齡·婁司自我介紹，接著我們被直接帶到走廊盡頭羅勃·康瓦利思的辦公室，不久前黛安娜·庫柏就是來到這個房間裡，安排種種她現在需要的細節。這一回，艾齡留下了，堅定地坐在一張椅子上，彷彿黛安娜・庫柏突然過世是她的錯，她等著要跟她的堂弟一起被偵訊。再一次，我忽然很好奇在這裡工作會是什麼樣，坐在一個放著那些小骨灰罈的房間裡，持續提醒著我們現在的種種和未來的種種，總有一天都會裝進裡頭。順帶講一聲，霍桑沒介紹我。他從來不介紹我的。他們一定以為我是他的助理。

「我已經跟警方談過了。」康瓦利思開口。

「是的，先生。」霍桑喊他「先生」，這實在很有趣。我立刻看出他在面對目擊證人或嫌犯，或任何有助於他調查的人，就會變得不太一樣。他會給人很平凡、甚至巴結的印象。我愈了解他，就愈明白他這樣是刻意的。人們跟他講話時就會降低戒心。他們不曉得他是什麼樣的人，不曉得他只是在等待解剖他們的適當時機。對他來說，客氣只是一個外科口罩，是他拿出手術刀之前要先戴上的。「因為這個罪案的不尋常性質，我被找來對調查過程提供獨立的援助。我很抱歉要佔用你的時間……」他對康瓦利思露出假慈悲的微笑。「你介意我抽菸嗎？」

「唔，其實呢……」

太遲了。香菸已經啣在他的雙唇間，打火機已經點亮。婁司太太皺起眉頭，把辦公桌上一個白鐵小碟子推過去讓他當成菸灰缸。我注意到小碟子邊緣刻了一圈字：得獎者羅勃・丹尼爾・康瓦利思，二〇〇八年最佳喪葬禮儀師。

「可以請你從頭開始，再講一次你跟庫柏太太的會面經過嗎？」

羅勃・康瓦利思照做了，講話很審慎，想必他多年來跟失去親友的人交談，也都是用這樣的口氣。雖然霍桑批評我在第一章加了某些潤飾，但是康瓦利思告訴我們的，都大致符合我原先所寫的。庫柏太太非常明智、幹練、精確。她上門時沒有預約，所有事情都講好之後，就離開了。

事後回想，我對羅勃·康瓦利思可能有點不公平。我原先描述他皺臉且哀傷，但可能是我把這個人和他的職業搞混了。拿掉屍體、防腐液、埋葬、淚水，我很確定他是個和善的人，如果在派對上碰到他，你會很樂意跟他聊聊。不過最好不要問他從事什麼行業。

「庫柏太太在這裡待了多久？」霍桑問。

艾齡·婁司簡直像是一直在等著這個問題。「她在這裡待了剛超過五十分鐘。」她回答得俐落又精確，像是在報時似的。

「我本來要說一小時的，」康瓦利思附和道：「我們很仔細地討論過各種安排。還有價格。」

「她要付你們多少錢？」

「艾齡可以提供你們一份完整的細目。她在布朗普頓墓園已經有一塊墓地，所以省了一大筆錢。倫敦的長眠之地就跟一般房地產一樣，這幾年來價格大幅上漲。最後的數字，包括英格蘭聖公會的葬禮費用和掘墓工人，總共是三千鎊。」

「三千一百七十鎊。」艾齡·婁司糾正他。

「她是用信用卡付款的嗎？」

「是的，她付了全額，不過我向她保證她有十天的猶豫期，以防萬一她有別的想法。在這方面，我們跟雙層玻璃窗的銷售人員是一樣的。」這是他的小笑話。他露出微笑。艾齡·婁司則是皺起眉頭。

「這些錢你們會怎麼處理？」我問：「我的意思是，如果她沒死……」

「這些錢會交給第三方託管。有一個叫做『黃金特許』的信託基金，我們是成員，這個信託基金會保管款項，同時當然也會計算通貨膨脹。」我之前曾胡亂想到，或許葬儀社會希望庫柏太太早點死，因為這麼一來，他們就可以提供葬禮服務，成為第一個從中獲利的。但是如果她已經付了錢，那麼情況應該相反才對。我很高興我之前沒說出來。

即使如此，霍桑還是狠狠看了我一眼，讓我知道我剛剛的提問讓他很不爽。「你覺得她當時的心情怎麼樣？」他問，完全改變話題。

「就是任何人來到這裡會有的心情，」康瓦利思回答：「她有點不自在，至少一開始是這樣。我們這個國家向來很忌諱談到死。我總說，真可惜我們不像瑞士那樣，他們發明了所謂的死亡咖啡館，有個機會可以邊喝茶、吃蛋糕，邊討論自己必然會有的死亡。」

「如果你們有杯茶的話，我是不會拒絕的。」霍桑說。

康瓦利思看了艾齡．婁司一眼，她站起來，腳步沉重地走出辦公室。

「你剛剛說，她已經想好自己葬禮的種種安排了。」

「是的。她都寫下來了。」

「你還有她寫下來的清單嗎？」

「沒有，她帶走了。我影印了一張，但是也附在我給她的摘要裡了。」

「你覺得她有什麼急迫性嗎？她有沒有告訴你，她為什麼要挑那一天來這裡？」

「她看起來並不認為自己有危險，如果這是你想問的。」康瓦利思搖搖頭。「規劃自己的葬禮並不稀奇，霍桑先生。她沒生病。她並不緊張或害怕。這些我都已經跟警方說過了。我也告訴他們，我和婁司太太聽到她被謀殺的消息，都非常震驚。」

「你為什麼打電話給她？」

「什麼？」

「我有她的電話通聯紀錄。你在下午的兩點零五分打電話給她。她當時剛到環球劇場，要參加一個董事會議。你跟她談了一分半鐘。」

「你說得沒錯。我需要她丈夫墳墓的地號。」康瓦利思微笑。「我得聯繫墓園管理處，登記預定的埋葬。這個資訊她之前沒告訴我。另外有件事我或許應該提一下。我跟她講電話的時候，聽到背景裡有一些爭執的聲音。她說她會再回電給我，不過當然，她始終沒有回電。」

艾齡．婁司端著給霍桑的茶回來了，放下時茶杯撞得茶碟嘩啦響。

「還有其他我能效勞的嗎？霍桑先生。」康瓦利思問。

「我想要知道……你們兩位都跟她談過話嗎？」

「艾齡當時帶著她來這個辦公室……」

「我只在接待區跟她簡短談過，但是沒留下來跟她討論。」艾齡．婁司插嘴說，一邊坐回原先的位子。

「她在這裡有落單的時候嗎？」

康瓦利思皺眉。「好奇怪的問題。你為什麼想知道？」

「我只是有興趣而已。」

「沒有。我從頭到尾都陪著她。」

「她離開前，去使用了衣帽間。」婁司太太說。

「你指的是廁所。」

「沒錯。那是她唯一落單的時候。我帶她到那裡，沿著走廊就到了，之後我陪她回來拿她的東西。另外我想指出，她離開的時候心情非常愉快。如果要說和之前有什麼不同，那就是她整個人顯得很放心——不過很多人離開這裡時都會這樣。事實上，我們的服務也就是為了要讓人放心。」

霍桑用三大口喝光他的茶，接著我們站起來要離開。此時我又忽然想到。「她沒提到一位提摩西．高文的事情吧？」

「提摩西．高文？」康瓦利思搖搖頭。「他是誰？」

「是她多年前在車禍中不小心撞死的男孩，」我說：「他有個兄弟，傑瑞米．高文……」

「真是太不幸了，」康瓦利思轉向他堂姊。「她跟你提過這兩個名字嗎？艾齡。」

「沒有。」

「我不認為他們跟這件案子有任何關係。」霍桑趕緊打斷，不讓他們繼續討論下去。他伸出一隻手。「謝謝你花時間跟我們談，康瓦利思先生。」

到了外頭的馬路上，霍桑轉向我。

「拜託幫我個忙，老哥。跟我在一起的時候絕對不要發問。什麼事都不要問。行嗎？」

「你希望我坐在那裡，一聲都不吭？」

「沒錯。」

「我又不笨，」我說：「我可能有辦法幫上忙。」

「唔，你提出的這兩點，至少有一個是錯的。不過重點是，你在場不是為了要幫忙的。你說過這是個偵探故事，而我是偵探。事情就這麼簡單。」

「告訴我你曉得了什麼，」我說：「你去過犯罪現場，看過電話通聯紀錄，跟葬儀人員談過。你現在曉得什麼了嗎？」

霍桑思索著我的問題。他雙眼中有種空茫，一時之間，我還以為他又要斷然拒絕我。然後他忽然同情我了。

「黛安娜．庫柏知道她就要死了。」他說。

我等著他再補充別的，但他只是轉身快步走下人行道。我想著自己還有什麼選擇，然後跟在後頭。從各個角度而言，我都在努力要追上他。

6 證人們的供述

我對黛安娜．庫柏所知不多，但是顯然不會有很多人排隊等著要謀殺她。她是個中年寡婦，自己一個人獨居。她家境富裕，但不是超級有錢；她是一個劇場的董事，兒子是知名演員。她有睡眠障礙，養了一隻貓。沒錯，她因為投資一個製作人的戲而損失了錢，另外她雇了一個有犯罪前科的清潔工，但是這兩個人會有什麼理由非得勒死她？

最引人注意的一件事，就是她曾撞死一個小男孩、又害他兄弟重傷的事實。這樁車禍是因為她沒戴眼鏡的疏忽而導致的。更糟糕的是，撞到人之後，她沒有停下來，而是肇事逃逸。儘管發生了這一切，她卻被判無罪。如果我是提摩西和傑瑞米．高文的父親，或是他們家的親戚，我自己可能都很想殺了她。而且這一切是發生在恰恰十年前：好吧，九年又十一個月。夠接近了。

這是一個明顯的謀殺動機。要是高文一家住在北倫敦的哈羅山丘，那我不明白為什麼我們不直接去那裡，我這麼告訴霍桑。

「一步一步來吧，」他回答：「還有其他幾個人，我想先找他們談。」

「那個清潔工嗎？」此時我們坐在計程車上，正經過牧者叢圓環，往西北要去阿克頓，安爵雅．克魯伐內克就住在那個地區。霍桑也打電話給雷蒙．克魯恩，約了稍後要碰面。「你該不會懷疑她吧？」

「沒錯，我懷疑她跟警方撒謊。」

「那克魯恩呢？他跟這個案子有什麼關係？」

「他認識庫柏太太。有百分之七十八的女性被害人都是被認識的人殺害。」他要繼續說下去，但我連忙打斷他。

「真的？」

「我以為這個你已經曉得了，你是電視劇編劇啊。」他沒理會禁止吸菸的標誌，就按鈕讓計程車的車窗降下，然後點了根菸。「丈夫、繼父、情人……統計上，這些是最可能的兇手。」

「雷蒙．克魯恩不是上述這些人。」

「他有可能是她的情人。」

「她死前看到了那個曾受傷的男孩，就是傑瑞米．高文！她說她很害怕。我不懂為什麼你要浪費時間。」

「車上不能吸菸！」計程車司機朝著對講機抱怨。

「少囉唆。我是警察。」霍桑平靜地回答：「你之前用的那個詞是什麼？工作方法（*modus operandi*）。這就是我的工作方法。」他把煙吹向車窗外，但是又被風吹回車內。「從最接近她的人開始，一路朝外發展。這就像是做逐戶訪查，要從隔壁鄰居開始，而不是從住在街尾的人家開始。」他將目光轉向我，又是一副偵訊的口吻。「你對這個方法有意見嗎？」

「我只是覺得，這樣在倫敦到處跑有點瘋狂，而且是花我的錢。」我低聲說。

霍桑沒再吭聲。

感覺上好像開了很久，計程車終於在南阿克頓住宅區的邊緣停下，這個住宅區雜亂無序地擴展，由板式樓房和二次大戰之後幾十年來冒出的高樓組合而成。其中有一些景觀美化的草坪、樹木、行人通道，不過整體效果很令人喪氣，只因為有太多住家擠在這裡。我們走過一個滑板公園旁，那公園看起來好幾年沒在使用，於是成了地下通道，牆上滿是粗糙的塗鴉，亂糟糟的圖案互相重疊。這裡可不會有塗鴉大師班克西的作品。

一群二十來歲、身穿帽T或長袖運動衫的人坐在陰影裡，用陰鬱而懷疑的目光觀察著我們。幸好霍桑似乎認得路，我緊跟著他。我回想起在瓦伊河畔海伊文學節那個女人跟我說過的話。或許她希望我寫的真實世界，就是像眼前這樣。

安爵雅．克魯伐內克住在一棟高樓的二樓。霍桑已經先打過電話，她正在等我們。我從警方檔案中知道她有兩個小孩，不過現在是下午一點半，想必小孩都還在學校。她的公寓打掃得很乾淨，但非常小，只有最基本的家具：三張椅子圍著一張餐桌，電視前面有一張沙發。就連最能言善道的房仲也不好意思把這個客廳稱為開放式。廚房融入客廳，兩者完全沒有界線。這是一房一廳公寓，我不曉得他們晚上要怎麼睡覺。或許兩個小孩睡臥室，而媽媽就睡在沙發上。

我們坐下來，隔著餐桌面對她。上方的鉤子垂掛著一些湯鍋和平底鍋，離我們的腦袋只有幾吋。安爵雅沒問我們要喝茶還是咖啡。在美耐板貼皮餐桌對面，她疑心地看著我們，一個小個子、黝黑的女人，本人比我看過的照片更強悍。她穿著T恤，下身的牛仔褲破爛得不可能是故意製造的流行效果。霍桑點起一根香菸，她也接受了他給的一根，所以我坐在那裡環繞著香菸的煙霧，想著自己有沒有辦法在死於某種二手菸疾病之前，先寫完這本書。

一開始，霍桑對她很和善。他輕鬆地引導她說出了給警方的供述，也是我在第一章已經描述過的。她進入庫柏太太的房子，看到屍體，就趕緊退出來，打電話報警，在那邊等到警方趕來。

「當時你身上一定溼透了。」霍桑說。

「什麼？」她疑心地看著他。

「你發現屍體的那天早上在下雨。換了我是你，我就會在廚房裡等。舒服又溫暖，而且裡頭有電話，不必用你自己的手機打。」

「我立刻到外頭。這個我都說過了。警察問我發生了什麼事，我就告訴他們。」

「我知道，安爵雅，」霍桑說：「我看過你給警方的供述。不過我大老遠從倫敦另一頭跑來跟你當面談，是因為我希望你告訴我實話。」

接下來是一段很長的沉默。

「我說了實話。」她的口氣聽起來沒什麼說服力。

「不，你沒有。」霍桑輕嘆一聲，好像他很不願意做這事情。「你來這個國家多久了？」他問。

她立刻戒備起來。「五年。」

「幫黛安娜．庫柏工作了兩年。」

「是的。」

「你每星期去幫她工作幾天？」

「兩天。星期三和星期五。」

「你跟她說過你以前的那個小麻煩嗎？」

「我沒有過什麼麻煩。」

霍桑哀傷地搖著頭。「你有的麻煩可多了。在哈德斯菲德——你原先就住在那裡。順手牽羊。一百五十鎊罰款加上賠償。」

「你不明白！」安爵雅狠狠瞪著他。我真希望這個房間大一點。我覺得自己在這裡格格不入，而且離她這麼近很不自在。「我沒有東西吃。沒有丈夫。我的小孩，四歲和六歲，沒有東西吃。」

「所以你就從一家慈善商店偷東西。唔，那家慈善商店叫『拯救兒童』，我想你是名副其實加以利用了。」

「不是……」

「而且那是你第二次犯案，」她還來不及否認，霍桑就繼續說下去。「當時你已經是在有條件釋放的狀況下。我想你的運氣很好，碰到法官剛好心情不錯。」

安爵雅還是不肯屈服。「我幫庫柏太太工作兩年了。她很照顧我，所以我就不必偷東西了。我是個誠實的人。我照顧我的家人。」

「唔，等到你進了監獄，就沒辦法照顧你的家人了。」霍桑讓她慢慢理解這番話。「你跟我撒謊，最後就得去坐牢。你的小孩會有人照顧——或許他們會被送回斯洛伐克。我想知道你拿了多少錢。」

「什麼錢？」

「你的雇主放在《賈思潘王子》鐵盒裡的家用錢。你知道賈思潘王子是什麼吧？是納尼亞傳奇裡的一個角色。她兒子戴米恩．庫柏也演了那部電影。她的那個鐵盒放在廚房裡。我看過裡頭，發現只剩幾枚硬幣。」

「那是她放錢的地方，沒錯。但是我沒拿。是小偷拿的。」

「不。」霍桑生氣了。他的雙眼更暗，拿著香菸的手緊握成拳頭。「那個小偷搜過屋裡，沒錯。他東翻西翻了一些東西，看起來是刻意要讓我們知道他翻過哪裡。但是這個不一樣。鐵盒又放回原來的地方，蓋子也轉緊了。有人擦掉了上頭的指紋，顯然是看了太多電視上的犯罪影集。我想你沒搞懂。鐵盒表面一定要有些指紋才對。你的。你雇主的。我猜想是你拿走裡頭的鈔票，沒碰硬幣。結果有多少？」

安爵雅不高興地瞪著他。我很納悶她聽懂了多少。「我拿了錢。」最後她終於說。

「多少？」

「五十鎊。」

霍桑一臉痛苦的表情。「多少？」

「一百六十。」

他點頭。「這樣好多了。而且你也沒有在房子外頭等。當時明明在下雨，你何必出去呢？我想知道的是，你還做了什麼？還拿了什麼？」

我看到安爵雅猶豫著無法做出決定。她要承認更多不法行為，可能會害自己惹出更多麻煩嗎？或者她要努力騙過霍桑，冒著再度激怒他的危險？到最後，她決定理智一點。她站起來，從一個廚房抽屜拿出一張折起來的紙，遞給霍桑，他打開來唸道：

庫柏太太，

你以為可以擺脫我，但是我不會放過你的。我跟你保證，之前說的只是開始而已。我一直在觀察你，我知道你最心愛的是什麼。你會付出代價的，相信我。

那是一封手寫信，沒有署名，也沒有日期和地址。霍桑的目光從信紙上抬起，詢問地看著安爵雅。

「一個男人去房子裡，」她解釋道：「三個星期前。他跟庫柏太太在客廳。我在樓上臥室，但是我聽到他們講話。他非常生氣……對她大吼大叫。」

「這是什麼時候的事情？」

「那天是星期三，大約一點。」

「你有看到他嗎？」

「他離開時，我朝窗外看。但是那天下雨，他撐著雨傘。我什麼都沒看到。」

「你確定那是個男人？」

安爵雅想了一下。「我想是的，沒錯。」

「那這個是怎麼回事？」霍桑舉起手裡那張紙。

「放在她臥室的桌子上。」安爵雅露出一臉羞愧，但我想她只是害怕霍桑會怎麼對付她。「她死後，我在屋裡看了一圈，發現了這個。」她暫停一下。「我想這個人殺了提布斯先生。」

「誰是提布斯先生？」

「庫柏太太有一隻貓。是大灰貓。」她張開兩手，比出那隻貓有多大。「她星期四打電話給我，叫我不要去。她非常沮喪，說提布斯先生不見了。」

「你為什麼把這封信拿走？」我問。

安爵雅看著霍桑，似乎是在徵求他的同意，無視我的問題。

霍桑點點頭，把那張信紙又折好放進口袋。我們兩個離開了。

「她拿走信，是因為她以為可以從中賺點錢。」霍桑說：「或許她認得那個去拜訪黛安娜·

庫柏的男人，撐著傘的那個。也或許她認為自己可以找到他。但她只是臨時起意，利用機會而已。她知道會有謀殺案調查，以為自己可以利用這封信。」

這時我們坐在另一輛計程車上，要回市區。我們還有一個人要見：雷蒙・克魯恩，就是黛安娜・庫柏死去那天共進午餐的戲劇製作人。現在我更相信這是浪費時間了。兇手的身分一定就在霍桑的口袋裡。你會付出代價的。還有什麼能比這個更清楚呢？但是他對於和安爵雅・克魯伐內克的訪談沒再多說什麼，只是深深陷入思緒中。事實上不光是如此，他根本完全沉浸其中。後來我才曉得，霍桑就是這樣。他只有在辦案時，才會整個人完全活了過來。他需要一樁謀殺案或其他暴力犯罪的案子。他只有這個存在的理由（*raison d'être*）——又是一個上流詞彙，我相信他會很討厭的。

克魯恩住在一個跟安爵雅・克魯伐內克大不相同的環境。他的家在市中心的「大理石拱門」後頭，靠近康諾特廣場，我一點也不驚訝這是一個劇場製作人的家。建築物本身就像一個紅磚砌成、很有立體感的舞台布景，有壯觀的前門，漆成鮮豔顏色的窗子完美對稱。每樣東西都是嶄新的，就連鐵欄杆裡的垃圾桶都整齊地排成直線。一道階梯往下通往地下室出口。上方還有四層樓。我猜想這棟房子有五個臥室，而且在倫敦市中心這裡，房價至少要三千萬鎊。

霍桑並不覺得這房子有什麼了不起。他用力戳著電鈴，好像跟那電鈴有仇似的。街上沒有其他人，我感覺這裡的大部分房子都是空的，屋主都是國外企業家。前首相安東尼・布萊爾不就住在這附近嗎？儘管位於市中心的中心，但是我其實沒來過這一帶。這裡感覺上根本就不像倫敦。

來開門的那個人，是每部古典偵探小說的必備人物，但是我從沒想到在二十一世紀還會碰到。克魯尼有個管家，貨真價實的，穿著條紋西裝，還有背心和手套。這名男子跟我年紀相仿，深色頭髮往後梳，一副莊嚴的模樣，想必他每天上工都固定擺出這個姿態。

「午安，先生。請進。」他不必問我們的名字。主人正在等我們。

我們進入一個大大的門廳，兩旁各有一個接待室，地板鋪了精美的地毯，天花板有一般的三倍高度。這裡一點也不像住家，比較像是飯店，只不過裡面沒有付費住客。我們爬樓梯時，我注意到一幅大衛・霍克尼的招牌泳池畫作，裡頭是個剛冒出水面的男孩。接著是一件法蘭西斯・培根的三聯畫。我們來到樓梯中段的平台，這裡有一件羅伯特・梅波索普所拍攝的巨幅裸體作品，但畫面中只有人體的局部。那是一張黑白照片：背景是白的，臀部和勃起的陰莖是黑的。這件作品的一側有一座古典雕像，是一個裸體的牧羊男孩。我們經過這些露骨的同性戀藝術作品時，霍桑看起來很不自在。他不光是撇著嘴唇，根本整個身體都厭惡地扭曲了。

一道巨大的拱門通往二樓的大起居室，跟整棟房子同寬，舉目所見之處都點綴著家具、燈、鏡子、藝術作品。每樣東西都很昂貴，但是我感覺更強烈的是整體上的冷漠，不帶感情。裡頭全都是嶄新的，品味絕佳。我四下張望著，想找一張亂丟的報紙或一雙沾滿泥巴的鞋子，可以透露出有人實際住在裡面，但只是徒勞。雖然這裡位於市中心，卻顯得如此安靜。整個地方讓我想起一口石棺，彷彿屋主刻意在裡頭裝滿了他生前的種種財富。

然而，當雷蒙・克魯恩終於出現時，他整個人卻是出奇地平凡。年約五十，穿著藍色天鵝絨外套，裡面是高領的套頭毛衣，他在一張超大沙發坐下，翹起二郎腿，那個正中央的位置太精確了，害我納悶在我們到達之前，管家是不是拿捲尺先量過，標示出他應該坐在哪個點。他體格健美，滿頭亮眼的銀髮，一對淡藍色眼珠帶著幽默意味，似乎很高興看到我們。

「請坐。」他比了個誇張的手勢，示意我們坐在他對面。「你們要不要喝咖啡？」他沒等到我們回答。「布魯斯，幫我們的客人準備咖啡，另外把那些松露巧克力拿來。」

「是的，先生。」那管家離開了。

「你們是為了可憐的黛安娜來的。」他沒等霍桑提問就開口。「我說不出我對這件事有多麼震驚。我是在環球劇場認識她的。那就是我們第一次見面的地方。而且當然，我跟她兒子戴米恩合作過，一個非常、非常有才華的年輕人。他參加過我製作的《不可兒戲》，是在乾草市場劇院演出的。那齣戲非常成功。我早知道他很有前途。警方告訴我出了什麼事的時候，我真不敢相信。這個世界不會有人想傷害黛安娜。她就是那種只會把美好和善意帶給大家的人。」

「你在她死去那天，跟她一起吃了午餐。」霍桑說。

「在慕拉諾餐館。沒錯。她走出車站時我看到了她。她在馬路對面跟我揮手，當時我心想她狀況應該不錯。但是我們在餐館坐下來之後，我立刻發現她跟平常不一樣，可憐。她在擔心她的寶貝貓提布斯先生。給一隻貓取這種名字很搞笑吧？貓不見了。我叫她別擔心，那隻貓大概是出去追老鼠，或是去做什麼貓會做的事情。但是我看得出來她心事重重。她沒辦法待太久。那天下午她還要去參加一個董事會。」

「你說你們是老朋友，但是據我所知，你們鬧翻了。」

「鬧翻了？」克魯恩的口氣很驚訝。

「她投資你製作的一齣戲，結果賠了錢。」

「啊，老天在上！」克魯恩彈了一下手指，打發掉這個指控。「你指的是《摩洛哥之夜》。我們沒鬧翻。她很失望，那是當然。我們兩人都很失望！我可以跟你保證，我在那齣戲損失的錢比她多太多了。但是這一行就是這樣。我的意思是，眼前我就有一大筆錢投資在《蜘蛛人》，私下跟你說，那齣音樂劇完全、完全是個大災難，但是同時我推掉了投資《摩門經》的機會。有時候，你就是會判斷錯誤。這一點她也明白的。」

「《摩洛哥之夜》是什麼？」我問。

「是一個愛情故事。背景在北非的一座古堡中。兩個年輕小伙子：一個軍人和一個恐怖份子。音樂很棒，劇本是根據一部非常成功的小說改編。但是觀眾就是不喜歡。我不懂。你看過沒有？」

「沒有。」我承認。

「問題就出在這裡。大家都沒看過。」

布魯斯拿著一個托盤再度出現，上頭放著三小杯咖啡，還有一個盤子裝著四個白色松露巧克力，疊成金字塔形狀。

「你製作過什麼成功的戲嗎？」霍桑問。

克魯恩很不高興。「你看看周圍，偵緝督察。如果我沒押對過幾個寶，你認為我能有這樣的房子嗎？如果你真想知道，我是音樂劇《貓》最早的投資人之一，而且之後安德魯．洛伊．韋伯的每一齣音樂劇我都投資了。還有《舞動人生》、《史瑞克》、丹尼爾．雷德克里夫主演的《戀馬狂》……我想我可以說，我取得的成就已經超出了我應得的那份。《摩洛哥之夜》應該要成功的，但是這種事情向來很難說。音樂劇就是這樣。不過我可以跟你保證一件事，那就是：到最後這齣戲只好認賠收掉的時候，黛安娜．庫柏對我並沒有不滿。她知道投資音樂劇就是這樣，而且說到底，她投資的那些錢實在不多。」

「五萬鎊？」

「對你可能是很大的一筆錢，霍桑先生。對很多人都是。但是黛安娜損失得起，否則她當初就不會投資了。」

接下來是一段短暫的沉默，我看著霍桑用那對明亮、無情的雙眼打量著克魯恩，我等著他會說什麼冒犯的話，但結果他開口提問時的口氣很審慎：「她有跟你說她那天上午去了哪裡嗎？」

「午餐之前？」克魯恩眨眨眼。「沒有。」

「她去了南肯辛頓的一家葬儀社，去安排自己的葬禮。」

克魯恩本來已經拿起一杯咖啡，正小心翼翼地舉在面前。他又把杯子放下。「真的？我實在想不到。」

「她在慕拉諾餐館裡沒提過？」霍桑問。

「當然沒有。要是她提過，我馬上就會告訴你了。像這樣的事情，你是不會忘記的。」

「你剛剛說她當時心事重重。她有沒有跟你談過她在擔心什麼？」

「唔，有的。她提到了一件事。」克魯恩回想一下。「我們談到錢，她提起有個人在騷擾她。都是因為她住在肯特郡時發生的那個車禍。那是在我們剛認識的時候。」

「她撞到兩個小孩。」我說。

「沒錯。」克魯恩朝我點頭。他又拿起咖啡杯，一口喝光。「那是十年前了。她丈夫癌症過世後，她就自己一個人住……真慘。他是牙醫。很多名流是他的病人，他們有一棟很不錯的房子，就在海邊。當時她住在那裡，出車禍時，戴米恩也正好過去住。我記得，當時是他巡迴演出中間的空檔，也或許他正在拍BBC的那個影集。我實在不記得了。

「總之，那完全不是她的錯。有兩個小孩，本來跟保母在一起，但是忽然就跑過馬路要去買冰淇淋，正好她轉彎開過來。她來不及停下，但是那家人還是怪她。我其實曾經跟那位法官聊了很久，他表明黛安娜根本沒有任何責任。當然整件事讓她非常煩惱。事後沒多久她就搬回倫敦，而且據我所知，她就再也不開車了。唔，也不能怪她，對吧？那整個經驗實在太恐怖了。」

「她跟你說過是誰在騷擾她嗎？」霍桑問。

「是的，她說了。是阿倫．高文，兩個男孩的父親。他去找她，提出各種要求。」

「他想要什麼？」

「要錢。我叫她不要理會。車禍是很久以前的事情了，現在跟她一點關係都沒有了。」

「她有提到他寫信給她嗎？」我問。

「他寫了信？」克魯恩看著不遠處。「不，我想她沒提。她只說他去找她，還說她不曉得該怎麼辦。」

「慢著，」霍桑插嘴道：「你說你跟那個法官談過，這是怎麼發生的？」

「啊——我認識他。奈吉爾·魏斯登是我的朋友。他也是投資人，投資過音樂劇版的《一籠傻鳥》，賺了不少錢。」

「所以克魯恩先生，你剛剛告訴我的是，黛安娜·庫柏撞死了一個小孩。她是你製作那些音樂劇的投資人之一。而法官宣告她無罪，這個法官也是你的一個投資人。我想問一下，他們兩個見過面嗎？」

「我不曉得。」克魯恩似乎很提防。「我不認為有。我希望你不是暗示裡頭有什麼不適當的狀況發生，偵緝督察。」

「唔，如果有的話，我們會查出來的。魏斯登先生結婚了嗎？」

「我不知道。你問這個做什麼？」

「無可奉告。」

但是我們走下樓梯要離開時，霍桑火冒三丈，而且這回我們經過那件梅波索普作品的時候，他沒再掩飾他的厭惡。我們走出屋子，繞過轉角，他點了根香菸。我看著他氣呼呼抽著，不肯看我的眼睛。

「怎麼了？」最後我終於問。

他沒回答。

「霍桑……？」

他轉向我，眼神恨毒。「你認為那樣沒關係，是吧？那個該死的基佬，坐在那裡，周圍環繞著那些色情玩意兒。」

「什麼？」我真的很震驚——不是因為他的想法，那個我已經猜到了。而是他表達的方式。他講「基佬」還刻意拉長音節，聽起來陌生又討人厭。

「首先，那些不是色情，」我說：「你知道其中某些作品值多少錢嗎？其次，你不能那樣稱呼他們。」

「什麼？」

「你講的那個詞。」

「基佬？」他嘲笑我。「你該不會認為他是異性戀吧？」

「我不認為他的性傾向跟這個案子有關。」

「唔，說不定有，東尼。如果他和他的法官朋友串通，幫黛安娜．庫柏脫罪的話。」

「這就是為什麼你問起魏斯登是不是已婚？你認為他也是同性戀者？」

「是的話我也不意外。那類人總要照顧自己人。」

我必須仔細斟酌我的措辭。突然之間，我意識到一切都改變了。「你在說什麼？你說『那類人』指的是什麼？你不能這樣講話。現在沒人會這樣講了。」

「唔，或許我就是會。」他惡狠狠盯著我。「我相信你有很多同性戀朋友，你是作家，又是電視編劇。但是就我自己來說，我不喜歡他們。我覺得他們是一堆變態，而且如果我走進某個人的房子，看到牆上有一根大屌，又發現他們有個變態朋友投資了一齣變態音樂劇，而且這個人可能還被說服而妨礙司法公正，那麼我就要說出我的想法。這樣你有意見嗎？」

「有。事實上，我的確有意見。非常有意見。」

我不敢相信自己所聽到的。我剛認識霍桑時，他針對幾個預定參與《正義與否》的演員們說過一、兩句挖苦的評語，但是出於某些原因，我從來沒想到他會排斥同性戀，也就是恐同。而如果他真的恐同，我就不可能寫他了。他剛剛說的有一點是真的，我的確有很多好友是同性戀者，要是我把霍桑寫成破案英雄，要是我讓他有任何發表意見的空間，他們大概就不會繼續跟我當朋友了。我突然意識到自己可能陷入很可怕的困境。那書評人呢？他們會把這本書修理得一文不值。我忽然可以看到自己的整個職業生涯都流進排水孔裡消失。

我轉身離開。

「東尼？你要去哪裡？」他在我身後喊道，口氣聽起來真的很驚訝。

「我去搭地鐵回家，」我說：「我明天再打電話給你。」

我走到街尾時，回頭看了一眼。他還站在那裡，望著我，看起來就像個被拋棄的小孩。

7 哈羅山丘

那天晚上，我跟我太太一起去了國家劇院。我弄到了大導演丹尼爾・鮑伊執導的舞台劇《科學怪人》的戲票，不過我卻沒法好好享受其中。主角演員強尼・李・米勒的頭二十分鐘都全裸在舞台上跑來跑去，我很納悶霍桑看了會怎麼想。我們大約十一點半到家，我太太直接去睡覺了，但是我熬夜到很晚，擔心著這本書。我還沒跟我太太聊過今天發生的事。我知道她聽了會說什麼。

如果是寫一本原創的謀殺解謎小說，我不會挑霍桑這種人當主角。我想這個世界已經有夠多白人、中年、壞脾氣的偵探了，所以我會努力想出一個比較獨特的。盲眼偵探，酒鬼偵探，強迫症偵探，靈媒偵探……這些都有人寫過，但是如果是以上四種都有的偵探呢？事實上，我比較想用女性偵探當主角，類似影集《謀殺拼圖》裡的莎拉・隆德。如果我筆下的主角比較年輕，比較堅決、比較獨立，有沒有穿厚毛衣都無所謂，我還會給她一點幽默感，這樣我寫起來會開心得多。

霍桑很聰明，這一點毫無疑問。我們在不列顛尼亞路的犯罪現場時，我很佩服他腦袋運轉的方式，而且他很快就證明了他對清潔工偷錢的推理是正確的。另外還有那隻失蹤的貓。密道斯偵組督察可能不樂意看到他，但是我感覺到其中還有一種不太情願的尊敬，而且顯然倫敦警察廳高層有個人對他評價很高。你又收養了一隻小狗！我還記得他有多快就把我摸透——我去過哪裡、做了什麼。他的確聰明，說不定還是聰明絕頂。

麻煩的是，我不太喜歡他，於是這本書就幾乎不可能寫出來。作者和自己筆下主角的關係非常奇特。就拿「少年間諜艾列克」系列的主角艾列克・雷德來說吧。我寫他已經超過十年了，雖然我有時會嫉妒他（他從來不老，他人見人愛，他拯救世界十幾次了），但我始終喜愛他，總是迫不及待要回到書桌前跟他一起冒險。當然，他是我創造出來的。我控制他，而且確保我能在各個方面都滿足年輕讀者。他不抽菸，不講粗話。他沒有槍。而且他當然不恐同。

最讓我最難以釋懷的就是這個：霍桑對雷蒙・克魯恩的反應。他後來在屋外講的那些話，真的讓我很震驚。我甚至不明白他對其他一切都那麼保密，為什麼當時卻對我那麼坦白。

有些人批評說現在大家都太敏感了，說因為我們很害怕引起反感，就再也不參與任何嚴肅的辯論了。但反正現狀就是如此。這就是為什麼電視上的政治談話秀變得這麼無聊，所有公共討論能談的空間都非常狹小，甚至只是一個用詞不當，都可能害自己惹上各式各樣的麻煩。

我記得有一次我上廣播電台節目，被問到同性婚姻的問題。當時有個熱門新聞，有一對在康瓦爾郡經營旅館的基督徒夫婦，拒絕給一對同性伴侶一個房間。所以我回答得很小心，一開始我表明我百分之百支持同性婚姻，而且我完全不贊同那對旅館主人的作法。不過講完這些之後，我繼續說，我們應該試著理解他們的觀點，因為他們至少是基於某種宗教信仰（即使我並不認同），而且或許他們不該收到一堆憎恨信和死亡威脅。我說，我們必須寬容對待一些不寬容的狀況。我以為這番話巧妙概括了我的信念。

但結果我的推特出現了一大堆辱罵的回文。有幾個老師寫給我，說我的書再也不會出現在他們學校了。還有一個人認為我寫的所有書都該被燒掉。近年來，全世界看事情都是非黑即白，所以儘管二十一世紀的小說家可以創造出恐同角色，但是聰明一點的話，就要讓這個角色非常卑劣，是作品中的大壞蛋。

我坐在書房裡，望著窗外，在地鐵新路線的建築期間，法靈頓地區到處冒出了一大堆起重機，這時，我看著那些起重機上頭的紅燈一閃一閃，問自己是否能繼續跟霍桑合作。一開始是什麼吸引我加入這個案子？我繼續做下去又能得到什麼好處？現在趁著我還沒全力投入，趕緊甩掉他，去做別的事情會很好多。此刻過了午夜十二點，我也累了。我預定該讀的書——麗貝卡・威斯特的《叛國罪的意義》——正面朝下放在我的電腦旁。我伸手把書拖過來，想著自己的時間應該要花在這上頭。一九四〇年代要安全得多。

此時我的手機發出一個叮聲。我低頭看著螢幕。是霍桑傳來的簡訊。

優尼可咖啡店

哈羅山丘

上午九點半。早餐。

哈羅山丘是高文一家居住的地帶。他是在告訴我：他接下來要去高文家。

我真的很想知道是誰殺了黛安娜．庫柏。這是實話。無論喜歡與否，我都已經介入了。我曾站在她家客廳，感覺到她是怎麼活著……以及怎麼死的。我看到了地毯上的污漬。我想知道誰寄那封信給她，想知道這個人是否帶走了她的貓。霍桑曾跟我說她知道自己快死了。怎麼可能？如果真的是這樣，為什麼她沒去找警察？最重要的，我很想見高文一家，尤其是傑瑞米這個「曾受傷的男孩」。有朝一日，我可能會在報紙上碰巧看到這個謎題的解答，甚至霍桑可能找到另一個人幫他寫這本書，但那樣還不夠好。

我想要親自在現場。

我忽然想到，我可以訂出自己的規則。誰說我得把所有發生的事情都一五一十寫下來？我完全沒必要提到霍桑對雷蒙．克魯恩的評論。說起來，我可以完全拿掉克魯恩家的那張黑白照片，還有引起這整個危機的其他藝術品。事實上，我想怎麼描述霍桑這個人，都看我高興。沒有什麼能阻止我把他寫得更年輕、更機智、更柔和、更有魅力。這是我的書！他要等到出書後才會看到，而到那個時候已經太遲了。反正只要書暢銷，他也不會在乎。

同時，我知道自己沒辦法這麼做。霍桑來找我，沒有隱瞞自己是什麼樣的人。要是我改變他，那會是池塘裡的第一絲漣漪，往下開啟一個過程，把整本書逐一改變，最後成為虛構的小說。我可以想像自己重新創造他談過話的所有人物，所有他去過的不同地方。那件該死的梅波索普作品會是第一個要拿掉的。那麼，這樣有什麼意義呢？我還不如回去寫小說，全部自己編。

上午九點。哈羅山丘。

我手裡還拿著手機，心中明白，往前只有一條路——雖然這表示要從根本上改變這本書的處理方式，而且也要改變我在其中的角色。有關霍桑的事情我不必撒謊，也沒必要去保護他，他可以照顧自己。但我會挑戰他的一些態度……事實上，我有責任去挑戰他。否則，我就很容易受到我害怕的那種批評所攻擊。

我才剛得知他對同性戀男子有意見。好吧，我絕對不會寬容，而且我會探索他為什麼會這樣想，要是最後導致我能多了解他一些，那麼當然不會有人抱怨。寫這本書的努力就值得了。有可能他自己就是同性戀者。畢竟，當高層政治人物或教士公開發言反對同性戀時，到頭來往往他們自己才是躲著不敢出櫃的人。我不想揭發他。儘管發生了之前的種種，但是我一點都不想傷害他。不過忽然間，我明白自己可能有一個目標了。

我要調查這位偵探。

我拿起我的手機，按了三個字。

明天見。

然後我就去睡覺了。

優尼可咖啡店就在哈羅山丘車站的同一條馬路上，位於一條破舊購物街的盡頭，靠近鐵路軌道。霍桑已經點了早餐：蛋、培根、吐司麵包，外加一杯茶。我忽然想到這是我第一次看到他坐下來吃一頓飯。他吃得很謹慎，像是覺得眼前的食物很可疑，於是動作迅速地切開，然後盡快叉起來送進嘴裡，好消滅那些食物。從吃進嘴的東西裡，他似乎沒有得到任何愉悅。我本來以為他可能會對前一天我們分手的方式道歉，但他只是朝我微笑，一點都不驚訝我會出現。我想他大概完全沒想過我不會去。

我坐在他對面的座位上，點了一個培根三明治。

「你好嗎？」他問。

「還好。」

即使我的口氣有點疏遠，他也沒注意到。「我已經查了一下高文一家，」他說。他邊吃邊說，但是不知怎地沒讓食物影響他講話。一本記事本放在他的餐盤旁。「父親是阿倫．高文，」他繼續說：「他自己開公司，是活動規劃師。他太太是茱蒂絲．高文，在一個兒童慈善組織做兼職工作。他們只有一個兒子。傑瑞米．高文現在十八歲了，腦部受傷。根據醫師的評估，他需要全天候的照顧——不過這個話所指的狀況，什麼可能都有。」

「你一點都不替他們覺得難過嗎？」我問。

他抬起目光看著我，一臉困惑。「是什麼讓你認為我沒有？」

「你一口氣列舉這些事實的方式。『他們只有一個兒子。』廢話！因為另一個被撞死了。至於還活著的這個，你剛剛是在暗示他可能是裝的或什麼。」

「我看得出你今天一起床心情就不好。」他喝了點茶。「除了聽說來的，我對傑瑞米・高文一無所知。但是，除非黛安娜・庫柏犯了錯，否則看起來，在她死的那一夜，他很有可能自己下床或離開輪椅，走到不列顛尼亞路。另外，我們別忘了，就在昨天，是你急著想要去他們家。你覺得針對他們的證據確鑿：阿倫・高文、茱蒂絲・高文，還有——如果他有辦法的話——傑瑞米・高文。要是我說錯了什麼，請糾正我。」

我的培根三明治來了。我其實不想吃。「我只是說，你對人可以稍微體貼一點。」

「這是為什麼你在這裡嗎？因為你想兩隻手臂圈住嫌疑犯，緊緊擁抱他們嗎？」

「不。但是——」

「你在這裡的原因，跟我是一樣的。你想知道誰殺了黛安娜・庫柏。如果是他們家的其中一個人，他們就會被逮捕。如果不是，我們就會離開，再也不會見到他們。無論是哪個結果，我們怎麼想他們，我們對他們有什麼感覺一點差別都沒有。」

他翻了一下記事本。那些筆記是手寫的，非常整齊而精確，字小得我要戴眼鏡才看得清楚。

「有關那場車禍，我做了個摘要。如果你聽了不會太難受……一個八歲小孩被撞死喔！」

「說吧。」

「差不多就像雷蒙・克魯恩告訴我們的。他們住在迪爾鎮的皇家旅館……只有兩兄弟和保母瑪麗・歐布萊恩。他們在沙灘玩了一整天，正在回旅館的路上，兩個小孩忽然衝過馬路要去買冰淇淋。保母在法庭上因此被刁難了一下，不過她發誓當時馬路是空的。她錯了。他們跑到一半，一輛汽車繞過轉角撞上他們。差幾吋沒撞上保母，但撞死一個小孩，另一個受傷，然後車子開走了。當時附近的人不少，目擊證人很多。要不是黛安娜・庫柏兩個小時後就去投案，那她的麻煩就大了。」

「她被宣判罪名不成立，你認為這樣對嗎？」

霍桑聳聳肩。「這個你得去找個律師問。」

「她認識法官。」

「她認識的某個人認識法官。不一樣的。」他好像忘了前一天他還暗示有同性戀者的串謀。「法官認識的人很多，」他又說：「不見得表示裡頭有什麼骯髒事情在進行。」

我們在悶悶不樂的氣氛中吃完早餐。女侍送上帳單。霍桑一眼都沒看，顯然等著我付帳。

「另外還有一件事，」我說：「到目前為止，我發現每次喝咖啡和每次搭計程車都是我付錢。如果我們要五五分帳，或許費用也該各付一半。」

「好吧！」他聽起來是真的很驚訝。

話才出口，我就後悔了。那些話主要是為前一天所發生的事情做出反擊，而不是真的想分攤成本。我看著他掏出皮夾，拿了一張好軟好皺的十鎊鈔票，要不是因為顏色，我根本不確定是什麼面額的。他把鈔票放在桌上，像一片水溝裡撿出來的秋天落葉。他的皮夾裡沒有別的鈔票，而即使我的要求完全正當，但我也只是讓自己顯得小氣又刻薄。順帶提一聲，這大概是霍桑最後一次付錢了。從此我再也沒有抱怨過。

我們一起離開咖啡店。我其實對哈羅山丘這一帶很熟。《戰地神探》在這裡拍了不少外景，因為影集的舞台是二次世界大戰期間的南部濱海城市海斯廷斯，而哈羅山丘的主要商店街很有古老風味，就用來權充海斯廷斯的場景。只要音效配上一點海鷗叫聲，就非常有濱海城市的風味。我人生第一次讀的寄宿學校就在附近，五十年來這個區域都沒什麼變化，依然是有點奇異的孤立點，綠意盎然又清新脫俗，在廣闊蔓延的其他北倫敦郊區中卓然出眾。

「所以你昨天晚上在忙什麼？」我問霍桑，跟他一起往前走。

「什麼？」

「我只是好奇你做了什麼。有出門吃晚餐嗎？有在忙這個案子嗎？」他沒回答，於是我又說：「是為了寫書要用的。」

「我吃了晚餐，做了些筆記，然後去睡覺。」

但是他吃了什麼？他跟誰一起睡覺？他看了電視嗎？他有電視機嗎？

他不會告訴我的，而且現在也不是提問的時機。

我們來到羅斯博洛街一棟維多利亞式的房子，三層樓高，使用的那種暗紅色磚頭總會讓我想到狄更斯的小說。房子跟馬路之間隔著院子，裡頭一條碎石子小徑，有雙車位車庫，從看到的第一眼，我就覺得從沒看過這麼悽慘的建築物——從枯乾的、半荒廢的花園，到剝落的油漆、窗欄花箱裡枯死的花朵、空盪無燈光的窗子。

這裡住著高文一家……或至少，還活著的三個家庭成員。

8 受傷的人

我最喜歡的編劇之一是奈傑爾．克奈爾，他最為人津津樂道的是創造出古怪的夸特馬斯教授這個角色。他曾寫過一部恐怖影集《石帶》，裡頭暗示一棟房子的所有結構物，包括磚頭和灰泥，都可能會吸收它所見證的各式各樣情緒並予以「重播」，包括恐懼。我進入高文家位於羅斯博洛街的住宅時，就想到這部影集。這棟房子很昂貴。在哈羅山丘，這麼大的房子至少值兩百萬鎊。但是門廳很冷——說不定比外頭還冷——又很暗。整棟房子都迫切需要重新裝潢。地毯上有太多污漬，而且有點破爛了。空氣中讓人覺得可能有什麼，可能是潮溼或木材的乾腐菌，但其實只是悲慘，一再錄製又重新錄製，直到記憶庫全滿。

開門的是一個五十來歲的女人。應該比黛安娜．庫柏年輕十歲或十五歲。她疑心地看著我們，好像我們是來跟她推銷東西的；事實上，她整個肢體語言都很戒備。這位是茱蒂絲．高文。我可以輕易想像她在慈善組織裡工作。她有一種脆弱的特質，好像自己也需要人救濟，但心知永遠得不到。改變她人生的悲劇依然黏著她不放。當她跟你開口要求幫助或募款時，永遠都是跟私人有關的。

「你是霍桑嗎？」她問。

「很高興認識你。」霍桑的聲音聽起來很真誠，我發現他再次換上了另一副面孔。他之前對安爵雅・克魯伐內克很嚴厲，對雷蒙・克魯恩冷淡而超然，但現在面對茱蒂絲・高文，則是一副有禮而親切的模樣。「謝謝你願意見我們。」

「你們要不要進來廚房？我來煮一點咖啡。」

霍桑沒解釋我是誰，她似乎也沒興趣問。我們跟著她走進樓梯另一側的廚房。這裡比較溫暖，但是陳舊而帶著淺淺的黃褐色調。很有趣，白色物品可以告訴你很多關於房子和主人的事情。冰箱當初安裝時應該很昂貴，但那是太久以前了。冰箱的表面有一種發黃的光澤，貼著磁鐵和舊的便利貼，上頭寫著食譜、電話號碼、緊急地址。烤箱油膩，洗碗機已經用到破爛了。另外還有一台滾筒式洗衣機，正在緩緩旋轉著，渾濁的水拍打著透明玻璃門。整個廚房收拾得乾淨整齊，但是需要花錢維護。一條生了疥癬的威瑪犬戴著灰色口套，趴在角落裡半醒半睡，看到我們進去時拍打了一下尾巴。

霍桑和我在一張大得令人不舒服的松木餐桌旁坐下，同時茱蒂絲・高文從水槽裡拿起一個滲濾式咖啡壺，在水龍頭底下沖洗一番，然後開始煮咖啡。她邊弄邊跟我們講話。我看得出她就是那種永遠不會只做一件事的人。「你想跟我談有關黛安娜・庫柏。」

「想必你跟警方談過了。」

「非常簡短。」她走到冰箱前，拿出一盒塑膠盒裝的牛奶，聞了一下，然後放在料理台上。

「他們打了電話給我，問我最近是不是見過她。」

「你有嗎？」

她轉身，雙眼挑釁。「十年沒見過了。」然後她又回頭忙，把餅乾放在一個盤子上。「我為什麼會想見她？我為什麼會想接近她？」

霍桑聳聳肩。「聽到她死了，我想你不會太遺憾吧。」

茱蒂絲．高文停下手上的事情。「霍桑先生。你之前說你是什麼身分？」

「我是協助警方的。這個案子相當敏感，顯然有各式各樣的複雜狀況，所以他們找我加入。」

「你是私家偵探？」

「是顧問。」

「那你的朋友呢？」

「我是跟他一起工作的。」我說。這麼說既簡單又是實話，而且不會惹來進一步追問。

「你是暗示我殺了她？」

「我完全沒有這個意思。」

「你剛剛問我是不是見過她。還暗示她死了我很高興。」熱水壺燒開了，她匆忙過去關掉。

「唔，有關第二點，我很高興沒錯。她毀了我的生活，毀了我們全家的生活。她根本不該開車，結果她坐在方向盤後頭一秒鐘，就殺了我的一個孩子，奪走了我的一切。我是固定上教堂的基督徒，一直想原諒她。但是當我聽到她被謀殺，如果說我不高興，那就是在撒謊。這樣或許是一種罪，或許我的想法錯了，但是我還是覺得她活該。」

我看著她沉默地煮咖啡，擺弄著馬克杯和牛奶小罐，好像把氣出在這些東西上頭。她端著托盤來到餐桌，坐在我們對面。「你還想知道什麼？」她問。

「我想知道你能告訴我們的一切，」霍桑說：「不妨就從那個事故開始吧？」

「事故？你指的是我兩個兒子在迪爾發生的事。」她露出短暫的苦笑。「這個字眼這麼簡單，不是嗎？一個事故，好像是潑出牛奶或撞上另一輛汽車。他們打電話來的時候，我人在倫敦，他們當時也是這樣說。『恐怕發生了一個事故。』當時我還以為或許是房子或工作出了什麼問題。我沒想到我的提摩西當時躺在停屍間裡，而另一個兒子則永遠不會有正常生活了。」

「當時你為什麼沒跟他們去海邊？」

「我在參加一個會議。我那時在庇護所工作，他們在西敏區有個兩天的活動。我丈夫則出差去曼徹斯特。」她暫停一下。「我們現在不在一起了，這也可以歸咎於那個事故。當時是夏季學期的期中假，我們決定讓兩個兒子和他們的保母出門旅行幾天。她帶他們去海邊的迪爾。那家旅館有個特惠方案，我們才會選那裡。兩個男孩興奮極了。城堡和海灘，往北還有拉姆斯蓋特的那些隧道網絡。提摩西的想像力很豐富，他生活中的每件事都是一場冒險。」

她倒了三杯咖啡，讓我自己加糖和牛奶。

「他們的保母瑪麗當時幫我們工作剛滿一年，她非常棒。我們完全信任她——事後我們一再檢討發生的事情，但是從來都不認為是她的錯。警方和所有的證人也這樣認為。她現在還跟著我們。」

「負責照顧傑瑞米？」

「是的。」茱蒂絲停了一會兒。「她覺得自己有責任，」她繼續說：「傑瑞米終於出院後，她發現自己沒辦法丟下他不管，於是留下了。」又一個暫停。她要很努力才有辦法回憶過去。「當天他們三人去海灘玩。在那邊划船。天氣很好，不過還太冷，沒辦法游泳。那條馬路就在海灘旁邊，中間只隔著一道矮牆和一條人行道。兩個男孩看到一家冰淇淋店，雖然瑪麗一直朝他們大喊，他們還是衝過馬路。我實在不懂他們為什麼要這樣。他們才八歲沒錯，但是通常都還算懂事的。

「即使如此，庫柏太太應該要停車。她還有很多時間。但是她沒戴眼鏡，就直直撞上他們。我們後來發現，如果她站在馬路一側，幾乎就看不清對面。她根本不該開車的。結果，提摩西當場被撞死，傑瑞米被撞得飛起來。他腦部嚴重受傷，但是保住了一條命。」

「瑪麗沒受傷？」

「她很幸運。她當時往前跑，要去抓住兩個男孩。那輛車差幾吋就會撞到她。這些事在審判時都釐清了，霍桑先生。庫柏太太沒停車。稍後，她告訴警察說她慌了，但是你得問問自己，什麼樣的人會做這種事，把兩個小孩留在馬路上！」

「她回家去找他兒子了。」

「沒錯。戴米恩．庫柏。他現在很有名了，當時他剛好去母親家住。檢察官說她那時是竭盡全力想保護他，因為他還在讀戲劇學校，她不希望他的名字被媒體報出來。如果真的是這樣，那麼他們兩個都一樣壞。總之，同一天稍後她去投案了，不過是因為她沒有別的辦法。有很多目擊證人，而且她知道自己的車牌號碼被看到了。你以為判刑時法官會把這些事列入考慮，但結果根本沒有差別。她無罪脫身了。」

她拿起那盤餅乾請我拿。「不了，謝謝。」我說，同時我想著她一邊講著這些事，一邊還有辦法做著這麼家常、這麼老套的事情，真的好怪異。不過，我猜想她的生活就是如此，過去十年都活在迪爾那樁車禍的陰影下，對她來說，那已經變成新的日常。就像是她被關在精神病院太久，都忘記自己其實瘋了。

「我知道這對你來說很痛苦，高文太太，」霍桑說：「不過你和你丈夫到底是什麼時候分手的？」

「不痛苦，霍桑先生。其實正好相反。自從那天接到電話，從此我就不確定我有任何感覺了。我想這類事情就是會對你造成這種效果。你去工作，或者去拜訪朋友，也或許你去度個愉快的假，一切似乎都很完美，然後像這樣的事情發生了，你就開始會有一種不相信。我始終沒辦法真正相信這件事。就連在提摩西的葬禮上，我都還一直等著有人拍拍我的肩膀，叫我醒來。你知道，我有兩個很棒的雙胞胎兒子。各方面都很完美。我過著已婚的快樂生活。阿倫開的公司生意很好。我們才剛買了這棟房子……前一年是這樣。你從沒想到一切有多麼脆弱，直到被破壞了。那一天，一切都毀掉了。

「阿倫和我都自責當時不在場，自責一開始讓兩個男孩去度假。當時他在曼徹斯特出差。我想我剛剛講過了。我們的關係原本就有點緊張。任何婚姻都不容易，尤其是要撫養一對雙胞胎，但是失去提摩西之後，我們的婚姻就再也不一樣了。儘管我們去做過婚姻諮商，儘管我們做了能做的一切，但是我們畢竟得面對現實，那就是我們的婚姻走不下去了。事實上，他一個多月前已經搬出去。但是我覺得說我們分手並不準確。我們只是受不了在一起罷了。」

「你可以告訴我要怎麼找到他嗎？如果我能跟他談談，可能會很有幫助。」

她在一張紙上寫了些字，遞給霍桑。「這是他的手機號碼。你想要的話，可以打給他。在我們賣掉這裡之前，他暫時住在維多利亞區的一戶公寓。」她停下來，大概覺得自己說太多了。「阿倫的生意最近不太好，」她解釋道：「我們實在負擔不起這棟房子了，所以決定賣掉。我們會一直住在這裡，純粹是因為傑瑞米，這是他的家。因為他的傷，我們覺得住在一個他熟悉的地方比較好。」

霍桑點點頭。我向來知道他什麼時候就要發動攻擊。那就像是有個人在他面前揮著一把刀，而在那一瞬間，我看到刀光映入他眼中。「你剛剛說，你多年來都沒見過黛安娜·庫柏。那你丈夫是不是去找過她，你知道嗎？」

「他沒說他去過。我無法想像他為什麼要去找她。」

「另外，上個星期一，就是她死去的那天，你都沒去過她家附近？」

「沒有。我已經告訴過你了。」

霍桑輕輕搖頭。「但是你那天在南肯辛頓。」

「什麼？」

「你那天下午四點三十分的時候，走出南肯辛頓車站。」

「你怎麼知道？」

「我看過監視影片。高文太太，你要否認嗎？」

「我當然不打算否認。你的意思是，黛安娜．庫柏就住在那裡？」霍桑沒回答。「我根本不曉得。我以為她還住在肯特郡。我那天去國王路購物。房屋仲介要我去買幾樣東西，好把家裡布置得像樣點。我就去那邊逛家具店。」

我覺得不太可能。這棟房子太破敗了，而且茱蒂絲．高文顯然沒有錢，所以才要賣房子。她真的認為買幾件昂貴的家具，就會有差別嗎？

「你丈夫提過他寫信給庫柏太太嗎？」

「他寫信給她？這我完全不曉得。你得自己去問他。」

「那傑瑞米呢？」霍桑提到這個名字時，她整個人僵住了，然後霍桑又很快地說：「你剛剛說他跟你一起住。」

「是的。」

「他有可能去找她嗎？」

她思索了一會兒，我在想她會不會要求我們離開。但她再度保持冷靜。「我想你知道我兒子八歲時受了很嚴重的傷，霍桑先生。他的傷發生在腦部的顳葉和枕葉，這兩個區域控制人的記憶、語言、情感，以及視覺。他現在十八歲了，但是永遠沒辦法過正常生活。他有一些毛病，包括短期和工作記憶缺失、失語症、專注能力有限。他需要也接受全天候的照顧。」

她暫停一下。

「他會離開屋子沒錯——但從來不是單獨一個人。如果暗示說他可能接近庫柏太太，去找她講話或傷害她，都是非常可笑也非常過分的。」

「儘管如此，」霍桑說：「就在庫柏太太被謀殺之前，她傳了一則非常奇怪的文字簡訊。要是我的理解沒錯，她宣稱見到了你兒子。」

「那麼或許你的理解錯了。」

「她講得相當精確。你知道他上個星期一在哪裡嗎？」

「是的，我當然知道他在哪裡。他在樓上。他現在就在樓上。他不常離開自己的房間，而且絕對不會獨自離開。」

我們身後的門打開了，一名年輕女子進入廚房，她穿著牛仔褲和太大的襯衫，我立刻知道這位是瑪麗·歐布萊恩。她有一種保母的模樣和舉止，還有一種嚴肅，粗粗的手臂交抱在胸前，豐腴的臉，很直的黑色頭髮。她的年紀大約三十五歲，所以車禍發生時，她應該是二十五歲左右。

「對不起，茱蒂絲，」她說，她的愛爾蘭口音很重，一開口就聽得出來。「我不知道你有客人。」

「沒關係，瑪麗。這兩位是霍桑先生和……」

「安東尼。」我說。

「他們來問有關黛安娜．庫柏的事情。」

「啊！」瑪麗的臉一垮，雙眼轉去看向門。或許她是在想著自己能不能離開。或許她希望自己根本沒進來。

「他們可能也想跟你談談在迪爾發生的事。」

瑪麗點頭。「你們想知道什麼，我都會說。」她說：「不過天曉得，我已經講過幾百次了。」她在桌旁坐下。顯然她在這裡住了太久，因而都跟茱蒂絲平起平坐了，把這裡當成自己的家。不過同時茱蒂絲站了起來，走到廚房另一頭，於是我在想，他們的關係會不會有點緊張。

「我能幫上什麼忙嗎？」瑪麗問。

「你可以告訴我們那天發生了什麼，」霍桑說：「我知道你以前都說過，但是聽聽你的說法，對我們可能有幫助。」

「好吧。」瑪麗鎮定下來。茱蒂絲在旁邊看著。「那天我們離開海灘。我答應過兩個男孩回旅館之前可以去吃冰淇淋。我們住在皇家旅館，離海灘只有一小段路。我一再告誡過兩個男孩不能自己過馬路，一定要牽著我的手，通常他們也都很聽話。但是那天他們太累，腦子糊塗了。他們看到冰淇淋店就興奮起來，我還沒搞清楚發生什麼事，他們就跑過馬路了。

「我追在後頭，想抓住他們。同時，我看到那輛車開過來，是一輛藍色福斯車。我很確定車子會停下來，但是結果沒有。我還沒追上他們，那輛車就撞上來。我看到提摩西被撞到路邊，傑瑞米飛過空中。我本來以為他會傷得比較重。」她看了雇主一眼。「我真不希望在你面前把這件事從頭講一次，茱蒂絲。」

「沒關係，瑪麗。他們必須知道。」

「那輛車緊急煞車，停在往前大概二十碼的地方。我本來以為駕駛人會下車，但結果沒有。相反地，她忽然就加速，沿著馬路開走。」

「你有看到駕駛人的確是庫柏太太嗎？」

「沒有。我只看到她的後腦，而且其實看了也沒印象，因為當時我太震驚了。」

「請繼續。」

「剩下就沒什麼可以說了。很快地，一堆人不曉得從哪裡冒出來。冰淇淋店隔壁有一家藥房，那老闆是第一個趕到的。他姓崔維頓，幫了很大的忙。」

「那從冰淇淋店出來的人呢？」霍桑問道。

「店沒開。」茱蒂絲說，聲音裡有一絲苦澀。

「兩個男孩沒注意到店沒開，讓整件事感覺更糟糕。」瑪麗贊同道：「反正那家店就是沒開。但是門上只有一個小告示牌，所以他們沒看到。」

「接下來發生了什麼事？」

「警方趕到。一輛救護車來了。他們載我們去醫院……我們三個都被送去了。我只想問兩個男孩的情況，但我不是他們的母親，他們不肯告訴我。我請他們打電話給茱蒂絲……還有阿倫。直到他們終於趕到，我才曉得兩個男孩的狀況。」

「警方花了多久時間找到黛安娜．庫柏？」

「兩個小時後，她兒子開車載她到迪爾的警察局。她絕對逃不了的，有個目擊證人看到了她的車牌號碼，所以他們知道那輛車的車主是誰。」

「你後來有再見過她嗎？」

瑪麗點頭。「庭審的時候有看到。我沒跟她講話。」

「之後就沒再看過她？」

「對。我為什麼會想看她？她是全世界我最不想看到的人。」

「上個星期她被人謀殺了。」

「你這是暗示是我幹的？太荒謬了。我連她住在哪裡都不曉得。」

我不相信她。現在這個時代，要查出任何人的地址都不會太難。而且她一定是在隱瞞什麼。我更仔細觀察她，這才明白瑪麗．歐布萊恩比我的第一印象更迷人。她有一種清新，缺乏世故，讓她非常具有吸引力。不過同時，我並不信任她。我感覺她並沒有告訴我們全部的事實。

「霍桑先生認為，傑瑞米有可能自己跑去拜訪那個女人。」茱蒂絲．高文說。

「這完全不可能。他從來沒有自己去過任何地方。」

霍桑一點都不慌亂。「或許是這樣。但是你可能也知道，就在庫柏太太被謀殺之前，她傳了一則很奇怪的文字簡訊，暗示她見到了他。」他又逼問瑪麗。「九日星期一那天，你們兩個都在這裡嗎？」

瑪麗毫不猶豫。「是的。」

「你沒陪高文太太去南肯辛頓購物？」

「傑瑞米討厭商店。幫他買衣服是一大惡夢。」

「你不妨就去跟他談談吧？」茱蒂絲對著霍桑建議。瑪麗一臉驚訝。「要跟他們證明，用這個方法是最簡單的。」茱蒂絲又轉回來看著霍桑。「如果你想要，可以自己問他幾個問題，不過我會要求你稍微體貼一點。他很容易情緒波動。」

我也跟瑪麗一樣驚訝，但我猜想，用這個方式擺脫我們的確最簡單。霍桑點點頭，於是茱蒂絲帶我們上樓。樓梯在我們腳下咿呀作響。我們往上爬得愈高，整棟房子似乎就愈老舊、愈寒酸。我們來到二樓，穿過一個平台，進入的房間原來可能是主臥室，往外俯瞰著羅斯博洛街。現在這個房間是傑瑞米的臥室兼起居室。茱蒂絲敲了門，沒等回應就帶我們進去。

「傑瑞米？」她說：「有兩個人想來看你。」

「是誰？」那男孩背對著我們。

「只是我的兩個朋友。他們想跟你談談。」

我們進門時，傑瑞米．高文坐在電腦前。他正在玩電子遊戲，我想是真人快打。他一開口講話，你立刻就知道他有什麼不對勁，非常明顯。他的字句半成形，彷彿是隔著一面牆傳來的。他體重過重，長長的黑髮沒梳，穿著鬆垮的牛仔褲和一件厚厚的、不成形的套頭毛衣。臥室裡貼著艾佛頓足球俱樂部的海報，雙人床上有一條艾佛頓的厚床罩。房間裡的一切看起來都維持得很好，但似乎還是破舊，有種被拋棄的感覺。傑瑞米的遊戲玩到一關結束，他按了暫停鍵，轉向我們。我看到一張圓臉，厚嘴唇，臉頰周圍有稀疏的絡腮鬍。從他的褐色眼珠裡看得出腦部受傷的影響，明顯得讓人難受，他的眼神沒有好奇，完全跟我們沒有目光接觸。我知道他十八歲了，但他看起來更老。

「你們是誰？」他問。

「我是霍桑。我是你媽媽的朋友。」

「我媽媽沒有很多朋友。」

「我相信不是這樣。」霍桑看看周圍。「你的房間很不錯，傑瑞米。」

「再也不是我的房間了。我們要賣掉了。」

「我們會幫你找個同樣好的地方。」瑪麗說。她走過我們旁邊，坐在床緣。

「真希望我們不必搬走。」

「你想問他什麼嗎？」茱蒂絲站在門邊，急著想送我們離開。

「你常出門嗎？傑瑞米。」霍桑問。

我看不出這個問題有什麼意義。眼前這個青年根本沒辦法自己到倫敦市中心。他似乎也沒有半點攻擊性。那場事故奪走了他的攻擊性，也奪走了他往後的人生。

「我有時會出去。」傑瑞米回答。

「但是不會單獨一個人。」瑪麗補充。

「有時候，」他反駁她說：「我會去看我爸。」

「我們會把你送上計程車，然後他在另一頭接你。」

「你去過南肯辛頓嗎？」霍桑問。

「我去過那裡很多次。」

「他不知道那是哪裡。」他母親低聲說。

我沒辦法繼續待在這裡了，於是默默退出房間，難得一次主動放棄。霍桑跟著我出來。茱蒂絲．高文陪著我們兩人下樓。

「那位保母留下來跟著你們，實在很難得。」霍桑說。他的口氣很佩服，但是我知道他是想挖出更多資訊。

「瑪麗對兩個男孩盡心盡力，那場事故之後，她不肯離開。我很高興有她幫忙。對傑瑞米來說，生活保持連貫是很重要的。」她的聲音裡有一絲冰冷，於是我意識到她有些話沒說出來。

「你們搬家後，她還會繼續留下嗎？」

「我們還沒有討論過。」

我們來到前門，她打開門。「我希望你們不要再來了，」她說：「傑瑞米討厭被打擾，而且他應付陌生人很吃力。我是希望你們親眼看看他，就會曉得他的情況。但是我們跟黛安娜．庫柏所發生的事沒有任何關係。警方顯然不相信我們有介入。我們真的沒有什麼可以說的了。」

「謝謝。」霍桑說：「你幫了很大的忙。」

我們離開了。門在我們後頭關上。

一走出來，霍桑就掏出香菸，點了一根。我知道他有什麼感覺。我很高興可以來到戶外透氣。

「你為什麼沒把那封信給她看？」我問。

「什麼？」他搖著手上的火柴，讓火熄滅。

「黛安娜．庫柏收到的那封信，我很驚訝你沒拿給她看。就是你從安爵雅．克魯伐內克那裡拿到的信。有可能是茱蒂絲寫的，或她丈夫。她說不定認得出筆跡。」

他聳聳肩，顯然思緒在別的事情上頭。「那個可憐的小子。」他喃喃道。

「碰上那種事真是可怕。」我說，我是認真的。我的兩個兒子堅持要在倫敦騎腳踏車，他們常常忘了戴安全帽，我還會吼他們——但是我能怎麼樣？他們都快三十歲了。對我來說，傑瑞米．高文就是我努力避免的惡夢。

「我有個兒子。」霍桑突然說，回答了我大約二十四個小時前問過他的問題。

「他幾歲了？」

「十一歲。」霍桑很沮喪，他的思緒還在別處。但我還沒來得及再問任何問題，他就忽然轉向我。「而且媽的他沒看過你寫的書。」

他手指捏著香菸，湊到嘴唇，然後往前走。我跟上去。

我們走的時候，有個奇怪的事情發生了。或許是某種直覺，也或許是有個動靜吸引了我的目光，但是我意識到有人在觀察我們。我回頭朝剛離開的那棟房子看。有個人站在傑瑞米・高文房間的窗前，往下注視著我們，但是我還沒看清楚是誰，那個人就退開了。

9 明星威力

我們一起走回地鐵站時，霍桑的手機響起鈴聲。他接了，但是沒講自己的名字。他只是聽了大約半分鐘，然後就掛斷。

「我們要去紅磚巷。」他說。

「為什麼？」

「浪子回頭。戴米恩．庫柏回到倫敦了。這麼忙還硬要抽空回來，一定很難排。他老媽都死掉超過一個星期了。」

我想著他剛剛說的。「那是誰？」我問。

「什麼？」

「剛剛打電話來的人。」

「這有什麼關係？」

「我只是有興趣知道你從哪裡得到消息。」霍桑沒回答，於是我繼續說：「你早知道茱蒂絲．高文那天在南肯辛頓車站，因為有人讓你看過監視影片。你也早知道安爵雅．克魯伐內克有犯罪前科。以一個前任警察來說，你的情報似乎靈通得驚人。」

他朝我露出那個他很拿手的表情，彷彿我令他驚訝、但同時又得罪了他。「那個不重要。」他說。

「很重要。如果我要寫這本關於你的書，我就不能只是憑空變出資訊來。你想要的話，可以跟我說你是在某個室內停車場裡跟某人碰面，我們就稱呼那個人是深喉嚨。不，算我沒說，我得知道真相。顯然有個人在幫你，是誰？」

此時，我們走過鎮上，經過一群穿著制服的哈羅公學男學生：藍色外套，領帶，草帽。「不曉得他們知不知道自己看起來完全就像窩囊廢。」霍桑說。

「他們看起來很好。另外不要轉移話題。」

「好啦。」他皺眉。「是我以前的偵緝總督察。我不會告訴你他的名字。當初我出事時，他很不服氣，因為不是我的錯，卻要承擔責任。事實上，他知道那根本是一堆狗屎，而且總之他需要我。我的意思是，你也見過密道斯了。就算你把謀殺組裡半數警察的智商加起來，還是不到三位數。那位總督察找我去當顧問，從此就一直在用我。」

「你們有幾個人在幫警方當顧問的？」

「只有我，」霍桑說：「還有其他顧問，但是他們沒查出結果，完全就是浪費時間。」他講得完全不帶惡意。

「紅磚巷……」我說。

「戴米恩．庫柏昨天搭飛機回來，坐商務艙，從洛杉磯起飛。他的女友也跟他一道。她的名字是葛瑞絲．洛威爾。他們生了個小孩。」

「你沒提過他有小孩。」

「我提過他有古柯鹼毒癮。據我所聽到的，這一點對他更重要。另外，他在紅磚巷有一戶公寓，現在我們就要去那裡。」

我們經過哈羅公學，下坡走向車站。我開始擔心我在這一切中的角色。我只是跟著霍桑在倫敦到處跑，這讓我想起我對整本書的狀況仍不滿意。從不列顛尼亞路到葬儀社，然後是南阿克頓、哈羅山丘，接下來是紅磚巷……整個感覺比較像是要製作倫敦地圖集，而不是要寫一本謀殺解謎書。

我們從傑瑞米．高文身上似乎一無所獲，這讓我覺得很困擾。黛安娜．庫柏曾傳簡訊說她見到他，但是他絕無可能獨自大老遠跑去倫敦市中心，更不可能犯下暴力且計畫周詳的謀殺案。但如果他沒勒死她，那麼是誰？要是我寫的是小說，到現在兇手就會出場過了，但眼前，我完全不確定我們見過哪個符合兇手條件的人。

還有一件事折磨著我。我還沒跟我的文學經紀人提起這件事，她還滿心期待著我會提出繼《絲之屋》之後的下一本新作。我知道我早晚得面對她，而且我覺得到時候她會不高興。

我們搭地鐵到紅磚巷。因為這回得從西到東穿過大半個倫敦，搭計程車太耗時了。地鐵車廂裡幾乎是空的，我們面對面坐下，門關上時，霍桑就將身子往前湊，問我：「你有標題了嗎？」

「標題？」

「就是書名啊！」所以他也一直在想這本書的事。

「現在還太早，」我告訴他。「首先，你得破案。然後我會更清楚我要寫什麼。」

「你不是會先想出書名？」

「不，其實不是。」

我從來不覺得想書名是容易的事。每年有將近二十萬本書在英國出版，雖然有的書會有知名作家的優勢，但是在一個不會大於六乘九吋的封面上，大部分書都只用二到三個詞推銷自己。書名必須短、精妙，而且有意義、易懂易記，還要有原創性。這樣的要求實在很多。

很多最佳書名是直接從別處借用的。《美麗新世界》、《憤怒的葡萄》、《人鼠之間》、《浮華世界》……這些都是出自別的作品。阿嘉莎・克莉絲蒂的八十二本著作中，有很多是利用聖經、莎士比亞、詩人丁尼生，甚至波斯詩人奧瑪・開儼的《魯拜集》。依我看，書名最厲害的就是伊恩・弗萊明：《俄羅斯情書》（*From Russia, with Love*）；《雷霆谷》（*You Only Live Twice*）；《生死關頭》（*Live and Let Die*）。他的書名已經成為英語慣用語的一部分，不過即使是他，取書名也都不輕鬆。《生死關頭》差點就以「葬儀社的風」出版。《太空城》（*Moonraker*）的書名原來要用「撈月者秘密」（The Moonraker Secret）、「撈月者陰謀」（The Moonraker Plot）、「撈月者計畫」（The Moonraker Plan），甚至有一小段時間要用「星期天是地獄」，而《金手指》（*Goldfinger*）一開始的書名是「全世界最富有的人」。

我的新書還沒有書名，我甚至不確定自己能否寫出一本書。

霍桑和我好一會兒都沒說話。我讓自己的思緒漫遊，同時看著一站又一站迅速過去：溫布里公園、西漢普斯泰德，然後是貝克街，車站的磁磚牆拼出了夏洛克．福爾摩斯的剪影。他是另一個取書名的大師，雖然柯南．道爾也常常改變主意。《血字的研究》（*A Study in Scarlet*）如果還是叫「一束糾結的線」（A Tangled Skein），還能引起讀者的共鳴嗎？

「我在想，就叫『霍桑探案』。」霍桑忽然說。

「你說什麼？」

「當書名。」車廂裡的人變多了，他移過來坐在我旁邊。「總之是第一本。我想每一本的封面都應該有我的姓。」

我從來沒想過他還在考慮一整個系列。我不得不說，這讓我不寒而慄。

「我不喜歡。」我說。

「為什麼？」

我努力想理由。「有點太老派了。」

「是嗎？」

「《派恩探案》，這是阿嘉莎．克莉絲蒂的書名，另外還有《海蒂探案》，這類書名已經很多了。」

「那麼，好吧。」他點點頭。「我會想出來的。」

「不，不行，」我說：「這是我的書，書名由我來想。」

「一定得取個好書名才行，」他說：「老實跟你說吧，我不太喜歡《絲之屋》。」

我都忘了自己跟他提過這本書。「《絲之屋》是很棒的書名，」我大聲說：「是完美的書名。聽起來像福爾摩斯的故事，而且是整個情節的主軸。出版商非常喜歡這個書名，甚至打算在書上放一條白絲帶。」我在列車的轟鳴中大吼著，但忽然發現車子停了。其他乘客都看著我。

「不必這麼敏感嘛，老哥。我只是想幫忙而已。」

門滑動著關上，我們被列車帶著，再度駛入黑暗。

事實上，我已經對戴米恩．庫柏了解不少，因為我前一夜上網查過他了。一般來說，我會避開維基百科。如果你要查特定的事物，維基百科很有用，但是裡頭有太多錯誤的資訊，而一個作家通常會想讓自己顯得很權威，要是去引用了維基百科裡的東西，就很容易丟大臉。不光如此，我可以想像一個成功的演員會去修改自己的條目，所以我寧可去查別處。幸好，戴米恩曾接受過幾份報紙的專訪，讓我得以把他的過往歷史拼湊出來。

他一九九九年從皇家戲劇藝術學院畢業後，被業界主要經紀公司之一漢默頓．何代爾簽下，該公司旗下的客戶包括蒂妲．史雲頓、馬克．萊倫斯、史蒂芬．弗萊。接下來兩年，他在皇家莎士比亞劇團演過一連串角色：《暴風雨》中的愛麗兒，《馬克白》中的瑪爾康，《亨利五世》的同名主角。之後他轉戰電視，一開始演出BBC的陰謀驚悚劇《政局密雲》，在二〇〇三年播出。他以BBC另一部影集《荒涼山莊》中的角色，首度贏得英國影藝學院獎提名，同一年又以《不可兒戲》中的亞吉能這個角色，得到「旗幟晚報戲劇獎」的最佳新人獎。謠傳他曾推掉《超時空奇俠》的博士主角（結果是由大衛・田納特飾演），但此時他已經在電影界嶄露頭角。他參與了伍迪・艾倫執導的《愛情決勝點》，接著是《納尼亞傳奇：賈思潘王子》、兩部哈利・波特系列電影、《社群網戰》，以及二〇〇九年重新詮釋的《星際爭霸戰》。他在那一年搬到好萊塢，參與兩季電視影集《廣告狂人》。另外還有一部試播，但沒有繼續拍的電視影集。最後他接下了《反恐危機》新系列，將與克萊兒・丹妮絲和曼迪・帕廷金一起主演，當他母親死去時，這部影集正要開始拍攝。

我不確定他是從哪個階段開始住得起紅磚巷的一戶兩臥室公寓，但反正他回倫敦時就是住在這裡。他的住處位於二樓，整棟建築物原來是倉庫，精心改建得凸顯原始的特色：沒鋪地毯的木地板、裸露的屋樑、老式的散熱片暖氣，還有很多磚砌結構。對於那個巨大的、雙倍高度的起居室，我的第一印象是看起來簡直是假的，就像電視攝影棚裡搭的景。屋裡有幾個不同的起居空間，最左邊是工業風的廚房，接著休息區是一張茶几，周圍環繞著古董皮革沙發和幾張扶手椅，最後是一個高起的平台，由玻璃門通往一個屋頂陽台：我看得到門外有很多赤陶花盆和一個瓦斯燒烤架。一台沃利策古董點唱機靠著遠端牆面而立，已經整理得煥然一新，有磨亮的鋁面和霓虹燈。一道螺旋階梯通往樓上。

我們到的時候，戴米恩・庫柏正在等我們，他坐在廚房料理台旁的一張高腳吧台椅上。他身上也有一種不太真實的特質：倦怠的姿勢，敞開領口的寬領襯衫，垂下的金項鍊貼著胸毛，曬成古銅色的皮膚。看起來就像是時尚雜誌的封面照姿勢。他出奇地俊美——而且大概自己也知道——一頭黑亮的頭髮往後梳，藍色眼珠明亮有神，設計過的鬍碴長度恰到好處。他看起來很疲倦，可能是因為時差，不過我知道他前一個白天花了很多時間接受警方訊問。另外還有葬禮要安排，或至少要去參加，庫柏太太已經幫他把葬禮安排好了。

他透過對講機開了門，然後一邊講手機、一面揮手示意我們進去。「是的，是的。聽我說，我再跟你聯絡。我現在這裡有客人。好好照顧自己，寶貝。回頭見了。」

他掛斷電話。

「嗨，很抱歉。我昨天才回來，而且你可以想像，這裡的狀況有點瘋狂。」他略微的北美口音讓人不太舒服。我想起霍桑曾跟我說過關於錢、女朋友、藥物的種種問題，眼前我立刻決定相信霍桑。有關戴米恩．庫柏的一切都讓我不爽。

我們握了手。

「要喝咖啡嗎？」戴米恩問。他指著沙發，邀請我們坐下。

「謝謝。」

他有那種膠囊咖啡機，上頭有個圓筒狀的金屬容器，放進牛奶會打出奶泡，加在咖啡上。

「我沒辦法告訴你這整件事是多麼可怕的惡夢。可憐的媽媽！我昨天下午跟警方談了很久——今天早上又談過。他們告訴我這個消息時，一開始我真不敢相信。」他停下來。「你想知道什麼，我都會告訴你。我什麼都願意做，只要能幫你們抓到這個混蛋……」

「你最後一次見到你母親是什麼時候？」霍桑問。

「是我上次來倫敦的時候，十二月。」戴米恩打開冰箱，拿出牛奶。「她想多陪一下寶寶——她有個孫女了——我們過來這邊比較容易。反正我這裡也有事情要處理，所以我們就一起過聖誕節。她和葛瑞絲相處得很不錯。我很高興她們有機會更了解彼此。」

「你和你母親很親。」霍桑說話的時候，眼中閃過一絲異樣，彷彿是在暗示什麼。

「是啊，我們當然很親。我的意思是，我搬到美國時她並不好過，但是她百分之百支持我的事業。她以我的工作為榮，而且你知道，因為我爸很久以前就過世，她都沒有再婚，我想我的成功對她的意義很重大。」他弄了兩杯咖啡，一邊追憶著他死去的父親，一邊在奶泡上拉了花。他往下看一眼拉花的成果，然後把杯子遞過來，又說：「我聽說她的死訊時，真是傷心透了。」

「她死於一個多星期前。」霍桑說，不帶任何敵意。

「我有一堆事情要處理。我們正在排練一個新影集。我得把房子鎖好，還要找人照顧狗。」

「你養了一條狗。真不錯。」

「是拉布拉多犬。」

他的最後一句話讓我懷疑，最近失去至親的戴米恩．庫柏的種種擔心、關懷，可能不像表面上看起來那麼真誠。不光是他以自己的新節目為優先。還有他要我們知道他那隻狗的品種——這個資訊對於他母親被殘忍謀殺的調查根本毫無幫助。

「你們有多常聯絡?」霍桑問。

「一星期一次。」他暫停一下。「唔,至少兩星期一次吧。她以前會過來這裡,幫我照看一下,給陽台的植物澆水之類的,把郵件轉給我。」他聳聳肩。「我們不是那麼常通電話。她很忙,加上有時差。我們主要是傳簡訊和電子郵件。」

「她死去那天傳了簡訊給你。」我說。

「是的。這個我也跟警方說了。她的簡訊說她很害怕。」

「你知道她講這個是什麼意思嗎?」

「他提到那個小孩,就是在迪爾受傷的那個——」

「他不光是受傷而已,」霍桑打斷他。他坐在沙發的一角,懶洋洋地蹺著二郎腿……比較像個醫師,而不是偵探。「他的腦部嚴重受損,需要二十四小時的全天候照顧。」

「那是意外。」突然間,戴米恩似乎激動起來。他摸索身上的幾個口袋,霍桑猜到他是想找香菸,於是把自己的遞給他。戴米恩拿了一根,兩個人都點了菸。「你是在暗示他跟發生的事情有關?因為我花了半個小時跟警方談,他們沒提到他。他們認為我媽的死是因為入室行竊出了差錯。」

「有這個可能,庫柏先生。但我的職責是要看全局。我有興趣知道關於迪爾的事情。畢竟,當時你也在那兒。」

「我不在車上,天啊!」他一手撫過完美無瑕的頭髮。這個男人不習慣被提問——除非是接受時尚雜誌專訪。難得一次，他沒有公關人員在場引導訪談的方向。「聽我說，那是很久以前了。」他說。「媽媽當時住在沃爾默，就是迪爾旁邊的小鎮。我們以前一直住在那裡，我就是在那裡出生的。我爸死後，她想留在那裡，那棟房子和花園對她的意義很重大。當時是她生日，我過去看她，陪她幾天。那是我在皇家莎士比亞劇團的第二年，一切都很順利。媽媽總說我會成為大明星，她非常確定。總之，車禍發生在一個星期四，她去打高爾夫球。我們本來講好當天晚上要出去吃晚餐的，但是她回家時狀況好可怕。她說她忘了眼鏡放在哪裡，剛剛開車時撞到人。她知道被撞的人受傷，但是她不曉得其中一個被撞死了。」

「那她為什麼沒停下來察看？」

「我不怕告訴你實話，霍桑先生，反正你現在也沒辦法告發她了。真相是，她擔心我。當時我的演藝事業才剛起步。我演的《亨利五世》得到很好的評價，甚至有人說要去百老匯演。她覺得負面新聞可能會傷到我，而且她本來就打算去投案，從來沒想過要逃避。她只是想先跟我談過而已。」

「她撞死了一個小孩。」霍桑忽然身體前傾，指責道。他又整個人改頭換面了，我已經逐漸習慣他這樣：從目擊者變成了告發者，從朋友變成危險的敵人。

「我已經跟你說過了，她當時不曉得。」戴米恩暫停一下。「總之，無論如何，有很多關於那樁車禍的事情始終說不通。」

「比方呢？」

「唔，那個保母說兩個小孩跑過馬路要去冰淇淋店。但是那家冰淇淋店沒開門，所以根本不合理。然後還有那個目擊證人失蹤的問題。」

「什麼目擊證人？」

「有個男人第一個出現在現場，想要幫忙。但是後來警方和救護車到達時，他忽然離開，沒有人知道他是誰，也不曉得他看到了什麼；所有的調查和聽審，都沒再找到他。」

「你是暗示車禍的責任不在你母親？」

「不。」戴米恩吸了口菸。他拿菸的姿勢像黑白電影裡的明星，大拇指和食指形成一個O字形。「媽媽應該要戴眼鏡，她自己也知道。你不曉得這一切讓她有多難過。她從此再也不開車了。而且雖然她非常傷心，但是她知道自己沒辦法繼續住在沃爾默。過沒幾個月，她就賣掉那裡，搬來倫敦了。」

我們聽到另一個房間傳來電話鈴聲，響了幾聲後被接起來。

「所以她跟那家人，後來沒再進一步聯繫過？」霍桑問。

「高文一家？」戴米恩聳聳肩。「她確實和他們有後續交流。毫無疑問，他們從來沒原諒過她，也從來不接受法庭的判決。事實上，在她死前兩、三個星期，那個父親阿倫・高文還去騷擾過她。」

「你怎麼知道？」

「她跟我說的。他還跑去不列顛尼亞路的那棟房子。你能相信嗎？他要求她出錢支持他失敗的事業。她請他離開，後來他就寫信給她。如果你問我，那就是騷擾。我叫她去報警。」

阿倫．高文失去了一個孩子，另一個孩子成了殘障。我很難把黛安娜．庫柏想成被害人。但是霍桑還沒開口，一個非常迷人的年輕黑人女子就走下螺旋階梯，一手牽著一個小女孩，另一手拿著手機。

「戴米恩，是傑森，」她說，口氣緊張。「他說有重要的事。」

「沒問題。」他從她手裡接過手機，開始走向陽台。「對不起，是我的經紀人。我得接這通電話。」他在落地窗前停下，皺眉對那女子說：「我以為你送艾希莉去睡午覺了。」

「她有時差。她不曉得現在是白天還晚上。」

他走到外頭陽台，留下我們跟那個女子和她的孩子。這位一定就是葛瑞絲．洛威爾了。毫無疑問，她一定當過模特兒或演員，或許現在還是。她有那類工作應有的體格和自信，那是一種引人注目的特質，應該要在螢幕上散發光芒的。她的年紀約三十出頭，個子相當高，顴骨突出，長長的脖子，還有纖細、渾圓的肩膀。她穿著極薄的牛仔褲，上身是昂貴的粗織套頭毛衣，鬆垮地套在她身上。一旁學步的小孩不可能超過三歲，又圓又大的雙眼盯著我們。我想她一定已經習慣被帶著在全世界跑來跑去了。

「我是葛瑞絲，」她說：「這是艾希莉。你不打招呼嗎？艾希莉。」那孩子不吭聲。「戴米恩問過你們要喝咖啡嗎？」

「我們很好，謝謝你。」

「你們來這裡是為了黛安娜？」

「是的。」

「你們大概看不出來，但是這件事完全毀了他。戴米恩很擅長隱藏他的感情。」為什麼她覺得有必要替他辯護？我覺得很好奇。

「他聽到這個消息時震驚極了，」她繼續說：「他很愛他母親。」

「他提到去年聖誕節你們是一起過的。」

「是的。我們一起度過一段時間，不過她對艾希莉比對我更有興趣。」她從冰箱裡拿出一盒果汁，倒了一些在一個塑膠杯裡，遞給她女兒。「我想也可以理解。畢竟是第一個孫子輩啊。」

「你也是演員嗎？」我問。

「是的。唔，曾經是。我們就是這樣認識的。我們是皇家戲劇藝術學院的同學。他演哈姆雷特。那齣戲做得非常棒。幾年後大家都還津津樂道。人人都知道他會成為明星。我當時演歐菲莉亞。」

「所以你們交往很久了。」

「不。戲劇學院畢業後，他被皇家莎士比亞劇團選中，去了亞芬河畔史特拉福❸。我則是拍了一大堆電視影集……《霍爾比市》、《幻術大師》、《同志亦凡人》……諸如此類的。我們幾年

❸ 亞芬河畔史特拉福（Stratford-upon-Avon）位於英格蘭中部，是莎士比亞的故鄉，也是皇家莎士比亞劇團的主要演出地。

後又碰到，是在國家劇院首演夜的派對上。然後我們才在一起——接著有了艾希莉。」

「對你來說一定很不好受，」我說：「必須待在家裡。」

「其實不會，這是我的選擇。」

我不相信她。她的目光中透露著不安。她剛剛把手機遞給戴米恩時，眼神中有著同樣的不安，好像她害怕他會把手機從她手裡硬搶走。事實上，她大概真的會怕戴米恩。我毫不懷疑，成功使得他變得跟當初在戲劇學校時截然不同。

戴米恩講完電話，又回到客廳裡。「抱歉剛剛中斷了，」他說：「他們那邊一片混亂。我們下星期要開始拍攝。」

「他有什麼事？」葛瑞絲問。

「他想知道我什麼時候回去。老天！他真是個混蛋。我才剛到倫敦耶。」他看了一下手錶，那是很大的鋼製錶，上頭有好幾個轉輪。「現在洛杉磯是清晨五點，他就已經在跑步機上了。他講話時我聽得出來。」

「你什麼時候要回去？」霍桑問。

「葬禮是星期五。我們次日就會回去。」

「啊。」葛瑞絲的臉一垮。「我本來希望能待久一點的。」

「我得出席排練。你明知道的。」

「我想多花點時間陪我爸媽。」

「你已經陪他們一個星期了，寶貝。」

「寶貝」這個詞聽起來既是高姿態教訓，又帶著點恐嚇。「你們還需要其他什麼嗎？」他問我們，心思顯然已經轉到別處了。「我看不出我能實際幫上什麼忙。我所知道的一切都已經告訴警方了，而且老實跟你說，他們好像是往完全不同的方向在調查。失去媽媽就已經夠糟糕了，但是還得回頭把迪爾發生的事情再講一遍，真是太討厭了。」

霍桑皺了一下臉，好像要繼續問下去讓他真的很難受。不過他沒有因此放棄。「你知道你母親已經計畫好自己的葬禮嗎？」他問。

「不，她沒跟我說過。」

「那為什麼她會決定這麼做，你想得出原因嗎？」

「想不出來。她這個人非常井井有條。天生個性就是這樣。葬禮、遺囑，所有一切……」

「你知道遺囑的內容？」

戴米恩生氣時，兩頰出現了兩個小紅點，簡直像是紅色燈泡。「我一直都知道遺囑內容，」他說：「但是我不會跟你討論。」

「我想她把一切都留給你了。」

「就像我剛剛說過的，這是我的私事。」

霍桑站起來。「那我們就葬禮見了。我知道你會在葬禮上表演。」

「事實上，我不會稱之為表演。媽媽留下了一些指示，要我在葬禮上說幾句話。另外葛瑞絲會唸一首詩。」

「雪維亞．普拉絲的詩。」葛瑞絲說。

「我都不曉得她喜歡普拉絲。但是我接到葬儀社的人打來的電話，是一個叫艾齡．婁司的女人。顯然地，所有的安排都有書面指示。」

「她做了這些安排的同一天就死掉，你不認為有點奇怪嗎？」

這個問題似乎惹惱了他。「我想這是巧合。」

「有趣的巧合。」

「我看不出有趣味的成分。」戴米恩走向前門，幫我們打開。「很高興認識你們。」他說。

他甚至沒努力講得真誠一點。我們走出去，下了樓梯，來到外頭繁忙的街道上。

我們一出來，霍桑就停下。他回頭看，深陷在思緒中。「我漏掉什麼了。」他說。

「什麼？」

「我不知道是什麼。那是在你問他關於黛安娜．庫柏發的簡訊時。我明明已經跟你講過，為什麼你就不能閉上嘴巴？」

「去死吧，霍桑！」我真的受夠了。「你絕對不准再這樣跟我講話。我一直聽你的話，乖乖坐在旁邊寫筆記。但是如果你認為我會跟著你在倫敦到處亂轉，像個什麼寵物狗似的，那你是在作夢。我不笨。問他關於簡訊的事情有什麼不對？那顯然是跟案情有關的。」

霍桑瞪著我。「你以為！」

「唔，難道不是？」

「我不曉得！或許有關，或許無關。但是他剛剛跟我講的話有個什麼很重要。而你打斷了我的思路，我現在還連不起來。這就是我要說的。」

「你可以在葬禮的時候問他。」我轉身離開。「到時候他說了什麼，你再通知我。」

「葬禮是星期五的上午十一點！」他在我後頭喊道：「布朗普頓墓園。」

我停下來轉身。「我沒辦法去。我有事要忙。」

他跟上來。「你得到場。這是大事。這就是整件事的重點，記得嗎？那是她想要的葬禮。」

「我有一個重要的會要開。對不起。你得自己去記筆記，事後再告訴我了。反正我相信你會記得比我精確。」

我看到一輛計程車，於是揮手招了。這一回霍桑沒試圖阻止我。我刻意不回頭，但是車子加速轉彎時，我從後視鏡裡看到他——站在那裡，又點了一根菸。

10 劇本會議

我不能參加葬禮是有原因的。前一天，我終於接到史蒂芬·史匹柏的辦公室打來的電話。他和彼得·傑克森都來到倫敦，想跟我碰面討論《丁丁歷險記續集》的劇本初稿，我們約好在理奇蒙馬廄街的蘇荷飯店開會，就在迪恩街旁邊。

那家飯店我很熟悉。雖然難以相信，但那裡一度是個連鎖停車場（唯一的線索就是低矮的天花板且窗子不夠多），但是現在成了英國電影業的一個焦點。周圍都是製片廠和後製相關工作室，飯店裡還有兩間放映室。我在一樓那家繁忙的「補給燃料」餐廳吃過幾次午餐。你去那裡幾乎不可能不看到面熟的明星，而光是跟人約在那裡碰面，就會讓你覺得，你也是業界的一號人物了。就這個觀點而言，那裡就是位於倫敦一角的洛杉磯。

接下來兩天，我完全忘了關於戴米恩·庫柏和他母親的一切。整個人沉浸在劇本中，一行又一行仔細看過，設法回想自己當初寫下的種種思緒。我相信裡頭有很多亮點，但還是得作好準備，必要時捍衛自己的立場。我不確定擔任導演的傑克森或擔任製作人的史匹柏會對我的作品有什麼反應。

問題就出在這裡。

「丁丁歷險記」繪本系列在歐洲非常暢銷，但是在美國從來沒有特別流行過。一部分原因可能是歷史因素。一九三二年的那冊《丁丁在美國》無情地諷刺美國，把美國人描寫得凶殘、腐敗、貪得無厭。全書的第一格，就是一名警察朝一個手拿冒煙手槍經過的蒙面搶匪敬禮；還有丁丁一抵達芝加哥，才剛坐上一輛計程車，就發現自己被黑道幫派綁架。這一冊用五頁篇幅就把整個美洲原住民的歷史描述得極為精采。一塊保留地上發現了石油。抽著雪茄的商人進駐。軍人把大哭的原住民兒童趕出自己的土地。建商和銀行家抵達。才一天後，一個警察就叫丁丁離開一個交通繁忙的十字路口。「你以為你人在哪裡——荒野西部嗎？」

另外還有一種整體上的文化隔閡。美國人怎麼能了解種種怪異的，但在丁丁的世界裡頗為正常的人際關係呢？包括他和那位戒酒失敗的酒鬼哈達克船長，以及全聾的向日葵教授（他在第一集電影裡沒出現）的友誼。包括一隻會說話的狗，還有兩個白癡、可笑，只能從小鬍子形狀區分的警探杜邦和杜龐。但是最大的隔閡，就是這些都是無關緊要的冒險。漫威和DC漫畫塑造的也是虛構的人物，但至少他們踏上了被認可的旅程，具有起源的故事、個人的悲劇（反派的壞人萬磁王原來是猶太大屠殺的倖存者）、愛情經歷、心理問題、政治覺醒，以及其他種種。但是大部分丁丁的繪本裡都沒有起碼的敘事結構，其中一本（《綠寶石失竊案》）還刻意設計得根本沒有故事。

丁丁沒有女朋友。雖然他是記者，但是很少看到他在工作。他的年齡不確定，有可能未成年，也可能是成人童子軍。他的衣著品味和髮型很荒謬。他不像其他所有角色那樣被精心描繪，而是刻意被畫得像個符碼。他臉上有三個點形成雙眼和嘴巴，外加一個小小的字母c是他的鼻子。雖然他應該是比利時人，但是沒有任何國籍特徵，能讓他在別的國家像個外國人。他沒有雙親，沒有真正的家（直到他搬進哈達克船長住的穆蘭薩城堡），除了熱切想要旅行冒險之外，沒有其他的情緒。他怎麼可能成為一部預算一億三千五百萬美元好萊塢電影的英雄？

我是以一種相當奇怪的方式被拉進丁丁的世界。原先我是被找去做一個電子遊戲，預定跟丁丁電影第一集《獨角獸號的秘密》一起推出，找我去的那家法國公司才剛以「刺客教條」這個遊戲大獲成功。通常這類工作我不會考慮。我平常不玩電子遊戲，也不特別喜歡。而且幫一些在獨角獸號甲板上走來走去的無名海盜寫一些隨機的對白，這種事並不怎麼吸引我，即使——在一份早期的草稿——我讓他們全都很認真在討論我寫的書。但真正的原因是，因為有史匹柏，而且我想知道這份工作會帶我到哪裡去。

結果它帶我到紐西蘭首都威靈頓，去了彼得．傑克森的家。而且我還被捲入了這部電影的續集，當時第一部電影接近完工了。更詭異的是，《獨角獸號的秘密》有一些問題，我幾乎是意外地被要求協助整部電影的大致狀況和敘事流向，甚至還要加上幾場額外的戲。有些還真的被剪進了最後的定剪版本。電影裡有一場很短的戲，一個男人撞上了一根路燈柱。他倒在地上，然後以丁丁作者艾爾吉的典型繪畫風格，有一小圈吱吱叫的小鳥拍著翅膀在他腦袋上方繞飛。但是這裡有一個轉折。攝影鏡頭往後拉，顯示出這件事發生在一家寵物店外面，那些鳥是真的：寵物店的店主正拿著一張網，想把那些鳥再抓回去。

我提到這個只是因為這是史蒂芬·史匹柏拍的電影，而在我四十年來所寫過的劇本裡，這大概是我最驕傲的一場戲。當他在洛杉磯一個放映室讓我看的時候，我興奮得整個人差點從沙發上跳起來。這個人拍了《大白鯊》、《E.T. 外星人》、《印第安納瓊斯》系列、《辛德勒的名單》。而現在他的電影作品清單裡包括了四十秒由我編劇的段落。事實上，當我回顧整個丁丁的參與經驗時，那一刻是我想要記得的。再也沒有別的能像那一刻那麼美好了。

話雖如此，我很喜歡跟彼得·傑克森合作。事實上，我在威靈頓的維塔工作室第一次跟他見面時就很喜歡他。他帶我走進一條長廊，半途有一個文具櫃，其實是通往他辦公室的秘密入口。他按了一個按鈕，裝了隱藏液壓機制的後牆就旋轉開來，露出牆後一個巨大的空間。秘密門！「丁丁歷險記」系列裡就充滿了這類門。甚至我在倫敦的家中也有一扇（雖然沒有那麼精巧）。傑克森真是個親切、好脾氣、友善的人，因而你很容易忘記他所編劇、製作、執導的《魔戒》三部曲是影史上最賣座電影的其中三部，他也因此賺進了數億美金。他的穿著或居住環境一點都不像刻板印象中的電影大亨。第一次見面後，我們通常在他家工作，我記得那是一棟凌亂、舒適、住久而陳舊的房子。到了午餐時間，他的助理會打電話叫外賣。那些食物好難吃。

我們一起決定要改編「丁丁歷險記」系列的兩本繪本：《七個水晶球》和《太陽神的囚徒》。故事的開始是一群教授（很有圖坦卡門風格地）不小心發現了高等祭司拉斯卡·卡帕克的墳墓。他們正在尋找一個有魔力的古代鐲子，這個鐲子會引導他們找到古印加帝國失落的黃金城市，或是諸如此類的。等到我完成劇本，有一半的故事是原作者艾爾吉的，另一半是我的。我加了一、兩場大型的動作戲，包括在兩列蒸汽火車上的追逐，結果成為在安地斯山脈的一趟雲霄飛車之旅；還有一個新的高潮，是一整座黃金山被原始的雷射光融化。我們沒辦法用書裡真正的結尾——一場日蝕——因為五年前另一部非常成功的電影（梅爾．吉勃遜的《阿波卡獵逃》）已經用過這樣的劇情了。

所以當我去蘇荷飯店開會時，大致的狀況就是如此。彼得．傑克森已經跟我說他寫好了書面意見，我一點也不意外。這種大製作的電影劇本在籌拍期間，可能要歷經二十或三十次草稿，而且幾乎可以確定的是，我會在中途被換掉。我對比已經有心理準備了。我只希望自己不要一開始就被換掉。如果他們讓我試寫兩次或三次劇本草稿，那就很好了。順帶一提，此時《獨角獸號的秘密》還沒上映。我已經看過試片，覺得非常厲害。史匹柏利用一種叫做「動態捕捉」的技術，神奇地把演員傑米．貝爾和安迪．瑟克斯轉變為丁丁和哈達克船長。續集也預定要找這兩位演員主演。

我依照通知，在十點抵達蘇荷飯店，然後被帶到一樓的一個房間，裡面有一張大會議桌，上面擺著三個玻璃杯和一瓶斐濟礦泉水。彼得．傑克森在幾分鐘後也到了。他一如往常親切，全身衣服皺巴巴的，就是那種剛從世界另一頭飛過來的模樣。他瘦了很多，衣服鬆垮地垂在身上。我們聊倫敦，聊天氣，還有最近的電影……什麼都談，就是不談劇本。然後門打開，史匹柏進來。他通常都穿同樣的衣服：皮夾克、牛仔褲、運動鞋、棒球帽。他的眼鏡和絡腮鬍讓他很好認。一如往常，我得提醒自己這真的發生了，我真的跟他坐在同一個房間裡。他是我一直想認識的人，幾乎想了一輩子。

史匹柏立刻切入正題。我從來沒碰過任何人這麼專注於電影製作和說故事。在我認識他的短暫時間，他從來沒問過我私人問題，我常常感覺除了我寫的劇本，他對我一無興趣。我之前一直在想他會從哪裡開始談。他喜歡我的敘事方式嗎？那些角色有說服力嗎？動作場面出現在正確的時機嗎？我寫的笑話好笑嗎？我向來很害怕導演打開我劇本的那一刻。他或她講出來的第一句話，就有可能改變我接下來的一年。

「你選錯書了，」他說。

不可能。彼得和我在威靈頓時，已經討論過要改編哪一本。我花了三個月寫出這份草稿。他剛剛講的那句話，是我沒想到他會說的。

「你說什麼？」我不確定自己當時的措辭到底是什麼。

「《七個水晶球》、《太陽神的囚徒》，這兩本書選錯了……」

「為什麼？」

「我不想拍這兩本書。」

我轉向彼得。他點頭。「好吧。」

於是就這樣了。儘管彼得．傑克森是導演，史匹柏是製作人，但其實都沒差。他們都拿到了我的劇本草稿，但是我們完全不會討論了：不會討論情節，不會討論角色，不會討論動作場面，或是笑話。我們沒有什麼好談的了。

「我們第三部可以拍《太陽神的囚徒》，」彼得說，輕鬆揮了一下手，把話題拋到一旁。「你認為安東尼應該挑哪本書，開始寫第二部的劇本？」

安東尼！那是我。他們不會把我換掉了。

但是史匹柏還來不及回答，房門再度打開，而且讓我震驚又喪氣的是，霍桑走進來了。他穿著平常的西裝和白襯衫，但這回還打了黑領帶。

為了葬禮。

他好像完全不曉得他剛剛打斷的是什麼樣的會議，也不曉得這會議對我來說有多麼重要。他悠哉地走進來，一副受到邀請的模樣，他一看到我就露出微笑，好像沒料到我會在那裡。「東尼，」他說：「我一直在找你。」

「我很忙。」我說，感覺到血往臉上衝。

「我知道。我看得出來，老哥。但是你一定是忘了。那個葬禮！」

「我跟你說過了。我不能去參加葬禮。」

「誰死了？」彼得・傑克森問。

我看了他一眼，他的表情是真的很關心。在桌子另一頭，史匹柏坐得非常挺直，有點煩躁。我可以想像，他的世界裡從來不會有不速之客闖進來，就算有，也一定會有助手帶著。撇開別的不管，首先要考量的就是他的人身安全。

「不重要的人，」我說。還是不太敢相信霍桑跑來這裡。他是故意想讓我難堪嗎？「我告訴過你了，」我低聲說：「我真的不能去。」

「但是你一定要去。這個葬禮很重要。」

「你是誰？」史匹柏問。

霍桑假裝這才頭一次注意到他。「我是霍桑，」他說：「我是幫警方的。」

「你是警察？」

「不。他是顧問，」我插嘴道：「他在協助警方調查一個案子。」

「謀殺。」霍桑幫著解釋，再度拖長了第一個母音，讓這個字眼聽起來更加暴力。他看著史匹柏，這時才認出他。「我認識你嗎？」他問。

「我是史蒂芬・史匹柏。」

「你在電影圈？」

我好想哭。

「沒錯。我拍過一些電影……」

「這位是史蒂芬・史匹柏，另外這位是彼得・傑克森。」我不曉得我為什麼要說這些。一部分可能是因為我想取回控制權。或許我希望自己能嚇倒霍桑，讓他離開這個房間。

「彼得・傑克森！」霍桑的臉亮了起來。「你拍過那三部電影……《魔戒》！」

「沒錯。」傑克森很輕鬆。「你看過嗎？」

「我跟我兒子一起看過DVD。他認為電影很棒。」

「謝謝。」

「總之第一部很棒。他不太確定第二部，片名叫什麼來著……？」

「《雙城奇謀》。」彼得依然保持微笑，不過那微笑有點僵硬了。

「我們不太喜歡那些樹，會講話的樹，我們覺得那些樹很蠢。」

「你的意思是……樹人。」

「隨便啦。還有甘道夫。我原先以為他死了，後來他又出現，我有點驚訝。」霍桑想了一下，我等著，心裡愈來愈擔心他接下來要講的話。「演他的那個演員，伊恩．麥克尤恩，他的表演有點過火了。」

「是伊恩．麥克連爵士。他被提名奧斯卡。」

「可能吧。但是他得獎了嗎？」

「霍桑先生是倫敦警察廳的特別顧問，」我插話道：「我受委託要幫他最近辦的案子寫一本……」

「書名叫『霍桑探案』。」霍桑說。

史匹柏想了一下。「我喜歡這個書名。」他說。

「取得好。」傑克森贊同道。

霍桑看了一下手錶。「葬禮是十一點開始。」他解釋。

「我已經說過了，我沒辦法去。」

「你一定得在場，東尼。我的意思是，每個認識黛安娜．庫柏的人都會去參加。藉這個機會，我們能看到他們所有人的互動。或許可以說，這有點像是電影開拍前的讀本會。你不會想錯過的，是吧！」

「我解釋過——」

「黛安娜．庫柏，」史匹柏說：「不就是戴米恩．庫柏的母親嗎？」

「沒錯。她被勒死了，在她自己的家裡。」

「我聽說了。」我常常覺得，雖然拍過影史上最血腥的開場戲《搶救雷恩大兵》，而且在《辛德勒的名單》裡重現了納粹的殘暴，但其實史匹柏不喜歡談暴力。我可以發誓，有一回我跟他描述我幫《丁丁歷險記》想的一個點子時，他的臉變得有點蒼白。現在他轉向彼得。「我上個月才見過戴米恩．庫柏。他來跟我們談《戰馬》。」

「可憐的孩子，」彼得．傑克森說：「發生這種事太可怕了。」

「沒錯。」史匹柏說，現在他跟彼得森都看著我，好像我已經認識戴米恩．庫柏一輩子，不去參加他母親的葬禮就太惡劣了。同時，霍桑坐在那裡，像個路過的天使飄過來，想勸我良心發現。

「我真心覺得你該去，安東尼。」史匹柏說。

「但是那只是一本書，」我向他們保證。「老實說，我對於要不要寫這本書有別的想法。這部電影對我來說重要太多了。」

「唔，有關丁丁的第二部電影，我們其實也沒有什麼好談的，」彼得說：「或許我們應該下次再談，先花一、兩個星期想一想。」

「我們可以用電話會議，」史匹柏說。

我們談丁丁才談了不到兩分鐘。我的劇本就完全被否決掉。我還沒來得及提出《涂納思事件》或《奔向月球》或甚至《七一四航次往雪梨》的種種點子（太空船……史匹柏喜歡太空船，對吧？），就要被踢出去了。這樣不公平。我在跟全世界最偉大的兩位電影人開會，我應該要幫他們寫一部電影劇本的。可是卻有人硬要把我拖走，好去參加一場葬禮，而死者我根本不認識。

霍桑站起來。可見我當時腦子一片混亂，根本沒注意到他已經坐下了。「很高興認識你們。」他說。

「當然了，」史匹柏說：「請務必向戴米恩轉達我的哀悼之意。」

「我會的。」

「另外別擔心，安東尼。我們會再打電話給你的經紀人。」

他們再也沒有打給我的經紀人。事實上，我再也沒有見過他們任何一個，而如今我寫下這些句子時，唯一的安慰就是：到目前為止，丁丁電影都沒有要拍續集。《獨角獸號的秘密》得到影評的熱烈讚揚，全世界票房累積是三億七千五百美元，但是在美國的反應就沒那麼熱烈了。或許這讓他們打消拍續集的念頭。也或許他們現在正在籌拍，只是不找我了。

「他們人好像很好。」霍桑說，此時我們沿著走廊往前。

「老天在上！」我爆炸了。「我跟你說過我不想去參加葬禮。為什麼你跑來這裡？你怎麼會曉得我在哪裡？」

「我打電話給你的助理。」

「她就告訴你了？」

「聽我說。」霍桑努力想安撫我。「你不會想參加丁丁，那是拍給小孩看的。我以為你已經把那類東西拋在腦後了。」

「那是史蒂芬・史匹柏製作的！」我大聲說。

「唔，或許他會用你的新書拍一部電影。一個謀殺故事！他認識戴米恩・庫柏。」我們推開飯店大門，來到街上。「你認為誰會飾演我？」

11 葬禮

我對布朗普頓墓園很熟悉。二十來歲時，我就住在五分鐘外一棟公寓的分租房間裡，碰到炎熱的夏日午後，我會來墓園裡寫作。這裡安靜，脫離塵囂，自成一個世界。事實上，這裡是倫敦最令人讚歎的七座墓園——所謂「宏偉七墓園」——的其中之一，裡頭有成排引人注目的歌德式陵墓和柱廊，四處可見天使和聖人的石雕像，這一切都是維多利亞時代的人所打造的，一部分是為了頌讚死亡，但也是為了要把死亡關在裡頭。一條主要大道直線貫穿墓園的兩端，晴天時走在這條大道上，我可以輕易想像自己置身於古羅馬。我會找一張長椅，拿著筆記本坐在那裡，觀察松鼠和偶爾出現的紅狐，或者碰到星期六下午，傾聽樹叢另一邊傳來史丹佛橋足球場的群眾喧嘩聲。想想真奇怪，倫敦各個不同的地點在我的工作裡，扮演了那麼重要的角色。泰晤士河是一個，而布朗普頓墓園鐵定是另外一個。

十點五十分，霍桑和我抵達墓園，大門兩旁各有一個紅色公用電話亭，有如戍守的警衛。我們沿著一條狹窄、彎曲的小徑往前，小徑上的短護柱可以下降，好讓車輛——大概是靈車——進入。幾個哀悼者走在我們前面。墓園的這部分比較破敗，也比我記憶中更令人喪氣。我注意到一個基座上的石雕像沒了腦袋，另一個雕像缺了手臂。我用蘋果手機拍下照片。幾隻鴿子在草地上啄食。

我們轉了個彎，布朗普頓教堂出現在前方，這座建築物有個正圓形的穹頂，兩側各有一個翼樓。如果從空中看，形狀就跟倫敦地下鐵的標誌一樣……認真想想，其實也有點適合。我們是從教堂背面走過去的，果然，一輛靈車停在一塊正方形水泥地上，旁邊就是一扇打開的教堂門。黛安娜・庫柏指定的柳枝棺材放在靈車內，同時我想到她的遺體就在裡頭，不禁胃部一緊。四名穿著黑色燕尾服的男子站在車外，等著要把她抬進教堂內。

小徑繞了半圈，帶領我們來到教堂的主入口：一道朝北的門，門外有四根柱子。一小群人正要走進去。沒有人交談，大家只是垂著頭，好像來到這裡很尷尬。感覺上加入他們很奇怪，因為我根本不認識黛安娜・庫柏，而且直到一個星期前才聽說過這個人。我自己的規則是不參加葬禮。我覺得葬禮太可怕、太令人沮喪了，而隨著年紀愈大，我收到的葬禮邀請當然就愈多。未來我會確保我的朋友們不會知道我下葬的日期，當成給他們的一個小人情。

我認出了不少來參加葬禮的人。安爵雅・克魯伐內克決定來跟老雇主道別，我們轉過彎時，她才剛走進門內。雷蒙・克魯恩也來了，穿著一件嶄新的黑色喀什米爾大衣，或許是特別為了這場葬禮買的。他帶著一名比較年輕、留著絡腮鬍的男子，很可能是他的伴侶。我緊張地看了霍桑一眼，他正瞇著眼睛提防地看著他們。幸好，至少他暫時什麼都沒說。

另外還有個男人在打量著克魯恩，是個非常優雅的男子，可能是香港的華人，捲曲的黑色頭髮長度及肩。他一身整潔的西裝，裡頭的白色絲襯衫有著類似唐裝的立領，黑色的皮鞋擦得炫亮。有趣的是，我見過他一次。他名叫布魯諾．汪，跟克魯恩一樣是重要的戲劇製作人。他也是知名的慈善家，跟很多王室成員都是直呼其名的交情，很捨得花大錢贊助藝術。他常參加舊維克劇場的首演之夜——我是那個劇場的董事。從他望著克魯恩的樣子，我立刻知道這兩個人絕對不是朋友。

到了門口，我們正好就排在他後頭，於是我跟他打招呼。「你認識黛安娜．庫柏？」我問。

「她是我很心愛的朋友。」汪回答。他聲音輕柔，總是在思索著接下來的措辭，好像就要背出一首詩。「她是個非常善良、非常有靈性的女人。我聽到她過世的消息非常震驚，今天來這裡簡直是讓我心碎。」

「她也是你的投資人嗎？」我問。

「可惜不是。我邀過她很多次。她的品味絕佳，但是很不幸，她的判斷有時候不太好。要是她有什麼錯，那就是她太心軟、太容易相信別人了。我幾個星期前才跟她講過話，想警告她……」

「警告她什麼？」霍桑問。他輕鬆地擠上前來，把我推到一邊。

汪四下看看。現在只剩我們三個，其他人都在我們前面進入教堂了。「我不想講什麼不得體的話。」

「要不要試試看？」

「我不認為我們見過！」汪開始戒備起來，坦白說我並不意外。霍桑那種低調的威脅性——蒼白的皮膚，憂慮的雙眼——就算在最好的狀況下，也很惹人討厭。而在墓園裡，就更加令人覺得險惡了。要是有個吸血鬼決定來參加葬禮，可能都不會那麼令人不安。

「這位是丹尼爾・霍桑，」我說：「他是一位警方的調查員，正想查清楚發生了什麼事。」

「你認識雷蒙・克魯恩？」霍桑問。他之前也注意到汪在打量克魯恩。

「我不能說我認識他。但是我們見過。」

「所以……？」

「我不想講別人的壞話。」汪小心地說，字斟句酌。「尤其不能在這種地方。以我來看，這個世界已經有太多不友善了。總之……」他吸了口氣。「我想你們會發現，官方正在調查雷蒙・克魯恩。關於他前一齣製作的戲，他對外有一些說法，但結果，這些說法至少可以說是太誇大了。」

「你指的是《摩洛哥之夜》？」我問。

「我告訴過黛安娜，就在悲劇奪走她之前的幾個星期。她本來打算要採取行動，我認為她完全有這個權利。」

「但接著她被勒死了。」霍桑冷冷地說。

汪瞪著他，頭一次意識到其中的關連。「我以為那是有人入室行竊。」

「我不認為是入室行竊案。」

「如果是這樣，那我大概說太多了。我不認為黛安娜投資了很多錢。而且我當然不想暗示有什麼……異常狀況。」他攤開兩手。「我得離開了。我不想錯過儀式。」他匆忙走進教堂。

外頭只剩我們。

「這個就有趣了，」霍桑說，既是跟我說，也是跟自己說。「她發現克魯恩坑了她的錢，打算要跟他說清楚。但是她還沒來得及講，自己就先準備入土了。」

「你的這個說法還真妙。」

「這是我的榮幸，你盡量拿去用。」

有兩個男人拿著相機在不遠處徘徊。我是在其中之一拍了照片時，才注意到他們。

「操他媽的記者。」霍桑喃喃道。

沒錯。他們來這裡，一定是為了要拍戴米恩．庫柏的。

「你對記者有什麼不滿？」我問，想著他的偏見清單可能又得加上一項了。

霍桑把抽到一半的香菸丟到地上，用鞋底踩熄。「沒事。我以前在犯罪現場，老是有記者在那邊打探，他們從來沒把事情搞對過。」

接著我們進入教堂。

裡頭是個圓形的白色空間，一根根石柱撐起圓頂，窗子的位置很高，除了天空看不到別的。裡頭排列了大約四十張椅子，預定面對著最前方的棺材，我們入座時，棺材被抬了進來。更仔細看，那棺材奇異且不幸地類似一個巨大的野餐籃，蓋子用兩根皮帶束緊。棺材頂部放著一個黃白兩色的花圈。擴音機裡已經開始播放傑瑞邁亞・克拉克的〈小號即興前奏曲〉。感覺很奇怪，那是當然，因為這首音樂更常在婚禮上播放。我在想黛安娜・庫柏結婚時走紅毯，會不會播放的就是這首曲子。

棺材被小心翼翼地放在兩個支架上，此時我打量著其他來參加葬禮的人，有點驚訝人這麼少。教堂裡的人不可能超過二十五人。布魯諾・汪和雷蒙・克魯恩都坐在第一排，相隔一段距離。安爵雅穿著一件廉價的黑夾克，坐在最側邊。人稱「傑克」的密道斯偵緝督察也來了。我看到他忍住呵欠，不舒服地坐在一張對他有點小的椅子上。

想必戴米恩・庫柏是這齣戲裡的明星，而他似乎也知道。為了這個角色，他穿著完美剪裁的訂製西裝，灰襯衫和黑色真絲領帶。葛瑞絲・洛威爾坐在他旁邊，一身黑色洋裝。他們周圍有個空間，彷彿那是教堂的貴賓席，其他賓客可以注視他們，但是請不要太靠近。我沒有誇張：他們後頭那排只坐了兩個人。後來，我發現其中一個是戴米恩的倫敦經紀人派來的，另一個則是他的私人健身教練，是個肌肉發達的黑人，似乎兼任他的保鏢。

除此之外，教堂裡的這些人是由黛安娜・庫柏的朋友和同事組成，沒有一個是五十歲以下。我四下看看，覺得雖然教堂裡的人展現了許多情緒——無聊、好奇、嚴肅——但是好像沒有人特別哀傷。唯一露出任何失落感的，是一個頭髮蓬亂的高個子男子，坐在我後頭隔了幾排。牧師站起來走向棺材之時，那男子掏出一條白手帕輕按眼睛。

牧師是個矮胖的女人，臉上帶著唇角往下的微笑。她似乎是在說，我知道今天是個悲傷的場合，但是我很高興你們來到這裡。我看得出她是打算採取現代的作法，而不是傳統的。她等到音樂結束後才往前站，雙手搓了搓，開始致詞。

「各位好。我非常高興能歡迎你們來，這個非常美麗的教堂建築於一八三九年，是由羅馬的聖彼得教堂所啟發。我想這是個非常特別、非常美麗的地方，讓我們今天共聚一堂，向一位非常、非常迷人的淑女致敬。對於我們這些活著的人來說，死亡向來都是很難過的。黛安娜・庫柏非常突然又暴力地從人生道路上被奪走，當我們向她道別時，特別讓人覺得無法理解，而且非常難以接受。」

我已經開始希望她別一直說「非常」了。我很納悶黛安娜・庫柏是否樂意被描述為「一位非常、非常迷人的淑女」。這讓她聽起來像是電視競賽節目裡的一位特別來賓。

「黛安娜總是努力幫助他人。她做了許多慈善工作，還擔任環球劇場的董事，而且當然，她有個非常出名的兒子。戴米恩大老遠從美國飛回來，今天來到這裡，雖然我們知道你一定很傷心，戴米恩，但是我們非常、非常高興能看到你。」

我轉頭看，注意到葬儀社老闆羅勃・康瓦利思站在門邊。他正低聲在跟艾齡・婁司說話，兩個人都穿著正式的葬禮服裝。她點點頭，然後他悄悄走出教堂。我一時想到史蒂芬・史匹柏和彼得・傑克森，他們大概還在蘇荷飯店裡，或許已經一起去樓下的「補給燃料」餐廳提早吃午餐。我本來應該跟他們在一起的！我突然又好氣自己被拖來這裡。

「黛安娜・庫柏很清楚自己終將一死。」那牧師還在講話。「她之前安排好今天這個儀式的每一個細節，包括你們剛剛聽到的音樂。她希望時間保持簡短，所以我說夠了！我們要開始《詩篇》第三十四章。我希望黛安娜選擇這一章時明白，我們不見得要害怕死亡。這一章裡頭說，『義人多有苦難，但上主救他脫離這一切。』死亡也可以是一種安慰。」

那牧師唸出了那段《詩篇》。然後葛瑞絲・洛威爾站起來往前走，朗誦了雪維亞・普拉絲的詩〈精靈〉。

萬物靜止於暗黑中
繼而是淡淡的藍
丘陵奔湧而來，漸去漸遠

我很佩服她沒看稿子就背了出來——而且她朗誦得非常用心。戴米恩看著她，英俊的雙眼裡有一種奇怪的冷淡。在我旁邊，霍桑打了個呵欠。

終於，輪到達米恩了。他起身緩緩往前走，然後轉身，背對著他母親的棺材。他的致詞簡短而冷靜。

「我父親死的時候，我才二十一歲，現在我也失去母親了。要接受她的死亡比較困難，因為我爸是生病，但我媽則是在她自己的家裡被攻擊，而事發時我遠在美國。我永遠會遺憾自己沒有機會跟她道別，但我知道她會以我的工作為榮，而且我想她會喜歡我的新戲，下星期就要開拍了。這部影集是《反恐任務》，應該今年稍後會在Showtime電視網播出。媽媽一直支持我當演員。她鼓勵我，始終相信我會成為明星。我在皇家莎士比亞劇團時，她來史特拉福看過我演的每齣戲——《暴風雨》裡的精靈愛麗兒、亨利五世等等，其中她最喜歡的是《浮士德博士悲劇》裡的梅菲斯特。她總說我是她的小惡魔。」這句話引起少數同情的笑聲。「我想以後上台時，我永遠會在觀眾席裡找她，而我將永遠會看到一個空座位。我希望他們可以把票轉賣掉……」大家比較不確定這句話，是開玩笑嗎？

我之前用蘋果手機在錄音，他講的每個字我都錄下了。不過，此時我就沒再認真聽下去。戴米恩．庫柏的葬禮致詞確認了我對他的感覺。他又說了幾分鐘，然後擴音機裡再度傳來音樂，這回是披頭四的〈艾蓮娜瑞比〉，教堂門打開，我們列隊走出去，進入墓園。那個頭髮蓬亂的男子就在我們前面，再度用手帕輕按眼睛。

我們緩慢地來到墓園西側，走到柱廊後頭。一道矮牆邊的一片長形凌亂草地上，墓穴已經挖好了。矮牆外頭有鐵軌經過。我看不到鐵軌，但是往前走時，聽到有列車剛好經過。我們來到一個墓碑前，上頭刻著字：羅倫斯．庫柏，一九四六年四月三日—一九九九年十月二十二日。久病之後，堅忍承受。我還記得他之前住肯特郡，應該也是在那邊過世，不曉得怎麼最後會埋葬在這裡。外頭陽光明亮，但是有兩棵懸鈴木提供遮蔭。這是個溫暖宜人的下午。戴米恩．庫柏、葛瑞絲．洛威爾、牧師都留在後頭陪伴遺體走最後一段路，我們等著的時候，密道斯督察邁著緩慢而沉重的腳步走向我們。他身上的西裝看起來像是從慈善二手貨商店買來的——或者應該拿去捐到那種店裡。

「你好嗎？霍桑。」他問。

「還不差，傑克。」

「這個案子你有什麼進展嗎？」密道斯吸了吸鼻子。「照我看，你不會想太快破案。因為你是按日計酬的。」

「我會等著你找出答案，」霍桑說：「這麼一來，我就可以賺大錢了。」

「其實呢，我可能得讓你失望了。看起來我們就快接近……」

「真的？」我問。如果密道斯真的比霍桑早破案，那對這本書就是個大災難了。

「沒錯。反正你們很快也會在報紙上看到，所以我不如現在就告訴你們吧。最近不列顛尼亞路那一帶有過三宗入室竊案，作案手法一模一樣。闖入者打扮成騎摩托車送貨的快遞員，安全帽遮住臉。他鎖定獨居的單身女性。」

「而且把她們全都謀殺掉了？」

「不。他毆打了前兩個，把她們鎖在壁櫥裡，然後他洗劫屋內。第三個被害人比較聰明，沒讓他進屋，而是撥了緊急報警電話，於是他溜掉了。但是我們知道該找誰，現在正在檢查那一帶的監視錄影。要查到那輛摩托車應該不會太困難，接著就可以找到他了。」

「那黛安娜．庫柏被勒死，你的理論是什麼？為什麼兇手不像對其他被害人那樣，只是揍她一頓而已？」

密道斯那對橄欖球選手般的寬肩膀聳了聳。「只不過是剛好出了錯。」

樹蔭另一側有點動靜。一列人帶著黛安娜・庫柏來到最後的長眠之所，包括四名葬儀社派出的抬棺男子，還有牧師、戴米恩・庫柏、葛瑞絲・洛威爾。最後是艾齡・婁司，她跟在一段距離外，雙手在背後交握，確認一切都處理得正確無誤。我沒看到羅勃・康瓦利思的蹤影。

「你知道嗎？我覺得你的理論是一堆狗屎，」霍桑說。他的用詞跟整個環境非常不協調——陽光照耀、墓園，還有逐漸接近的、上頭放著花圈的棺材。「你在工作上的表現向來就是一堆狗屎，老哥。等到你最後找到這位蒙面的快遞員，你可以向他致上我最誠摯的祝福，因為我敢跟你打賭，他從來沒有接近過不列顛尼亞路，賭多少錢隨你。」

「你在倫敦警察廳工作時，向來就是個討人厭的混蛋。」密道斯低聲咆哮。「你不曉得當初看到你走人，我們有多高興。」

「真可惜你們的績效出了那種狀況，」霍桑反擊，雙眼閃著光。「我聽說我離開之後，破案率是直線下降。既然說到這些，很遺憾你離婚了。」

密道斯的身子微微往後一晃。「是誰告訴你的？」

「你全身上下都寫得清清楚楚。」

是真的。密道斯看起來就是沒人照顧的模樣。西裝皺巴巴，襯衫沒燙還缺了顆釦子，加上沒擦的皮鞋，就已經說出了一半的故事。不過，他還戴著結婚戒指，所以要不是他太太死了，就是她離開他了。但無論是哪個，反正霍桑的話正中要害。事實上，我幾乎以為他們兩個會當場打起架來——就像哈姆雷特和雷爾提，在墳墓旁打起來——但就在這個時候，棺材到了，我看著棺材放在草地上，柳條咿呀作響。兩根繩子繞過棺材底下，四名抬棺者又花了點時間把繩子穿過扶手，固定好，同時艾齡．婁司讚許地旁觀著。

我看了戴米恩．庫柏一眼。他正望著不遠處，對周圍的人似乎渾然不覺。葛瑞絲站在他旁邊，但是兩人沒有肢體碰觸。她沒挽著他的手臂。我稍早注意到的那些攝影記者在一段距離外，不過他們有變焦鏡頭，要拍到什麼應該都不是問題。

「該把棺材放下去了，」牧師鄭重地緩緩說道：「我們全都站在一起，或許你們願意手牽手，我們用最後這短短的幾分鐘，好好思考她非常特別的一生。」

棺材上升，移到墓穴上方。我們這一小群人站在周圍，看著棺材往下降。那個拿著手帕的男子又去輕按眼睛。雷蒙．克魯恩發現自己站在布魯諾．汪旁邊，我注意到他們彼此低聲說了幾個字。四名抬棺者開始把棺材往下降，進入等著接納的那個黑暗開口。

接著，非常突然地，音樂開始響起。是一首兒歌。

巴士的輪子轉呀轉
轉呀轉
轉呀轉
巴士的輪子轉呀轉

一整天

那樂聲尖細且帶著金屬的音質，我一開始以為是某人的手機鈴聲。在場送葬的人們彼此張望，不曉得是誰，覺得這個人一定很尷尬。艾齡．婁司往前走了幾步，警戒著。戴米恩．庫柏站得離墳墓最近。我看到他探頭朝墓穴裡看，表情介於驚恐與憤怒之間。他往下指，對葛瑞絲說了些話。此時我才明白。

那音樂是從墓穴裡傳來的。

是在棺材裡面。

第二段開始了。

巴士的雨刷咻、咻、咻

咻、咻、咻

咻、咻、咻……

四名抬棺人僵住了，不曉得該把棺材趕緊降到底，期望墓穴的深度足以悶住聲音，或者該把棺材再拉上來，設法解決問題。有這麼不像話的歌伴隨，他們可以就這樣把遺體掩埋嗎？到現在已經明顯聽得出來，音樂是棺材裡某種錄音設備或收音機發出來的。要是當初黛安娜．庫柏為棺材挑了比較傳統的材質，比方桃花心木，那麼我們很有可能就聽不到音樂，這位死去的女人也就可以安息了……至少，等到電池沒電以後。但現在歌聲從彎扭的柳枝裡透出來，想不聽到都沒辦法。

巴士的司機說「往後走」

在墓園遠處那一側，攝影記者們拿起相機往前移，感覺到有什麼不對勁。同時，戴米恩・庫柏突然朝那牧師發脾氣，沒有動手，但是態度非常凶。他需要一個歸咎的對象，而她就在旁邊。

「怎麼回事？」他低聲吼道：「這是誰幹的？」

艾齡・婁司已經盡快移動粗短的雙腿，來到墓穴邊緣。「庫柏先生……」她上氣不接下氣地開口。

「這是什麼玩笑嗎？」戴米恩看起來一臉病容。「他們為什麼要放這首歌？」

「把棺材抬上來。」艾齡出面作主了。「把它重新抬上來。」

「往後走，往後走」

「我告訴你，我他媽的要告死你們……」

「真是太抱歉了！」艾齡急著著跟他說：「我只是不明白……」

四名男子把棺材拉上來，速度比降下去時快很多。棺材升到地面上，然後砰地落在草地上，差點往一側翻倒。我可以想像裡面的黛安娜．庫柏被前後搖晃著。我察看在場的其他人，納悶會不會是其中一人搞的鬼，因為這事情應該不是意外，而是刻意做的。這是什麼病態的玩笑嗎？是某種訊息嗎？

雷蒙．克魯恩緊抓著他的伴侶。布魯諾．汪睜大眼睛，一手摀著嘴巴。安爵雅．克魯伐內克——我也許搞錯了，但她好像在微笑。站在她旁邊那名拿手帕的男子只是瞪著棺材，那表情我完全看不懂。他手掩著嘴，好像要吐出來，或者忍不住要大笑，然後他突然轉身離開。我看著他匆忙走出墓園，朝向通往富勒姆路的小徑。

巴士的司機說「往後走」

一整天

歌聲唱個不停。這就是最糟糕的一點。那音樂太老套了，聲音充滿了令人厭惡的歡欣，就是大人唱歌給小孩聽時會刻意裝出來的聲音。

「我受夠了。」戴米恩宣布道。從他臉上的表情，看得出他完全處於震驚中。這是葬禮開始以來，他臉上第一次透露出真實的情緒。

「戴米恩……」葛瑞絲伸手去抓他的手臂。

他甩掉她。「我要回家了。你去酒館吧，我們晚一點在公寓碰面。」

我意識到那些攝影記者正在按著相機快門，他們的望遠鏡頭很可惡地從墓碑上方伸出來。那名健身教練兼保鏢盡力擋著不讓記者拍到，但是當戴米恩氣沖沖離開時，那些鏡頭轉動著一路跟隨他。

「把棺木帶回教堂。」艾齡設法恢復鎮定。「要快。」她壓低嗓門厲聲說。

四名抬棺人搬起柳枝棺木，穿過草地，離開墓邊，盡可能快走、但不要跑步，還是想展現出某種程度的端莊得體。但是不太成功。他們看起來很可笑，我心想，他們匆忙離開時，動作很不協調，彼此碰撞，還差點絆倒。那金屬音質的音樂漸去漸遠。

巴士的喇叭……

霍桑看著他們走遠，我幾乎可以看到不同的思緒在他的腦袋裡轉動。

「嗶、嗶、嗶。」他低聲唸出歌詞的後半句，然後開始快步走，跟在棺材後頭，也朝教堂而去。

12 血的氣味

其他追悼者困惑地圍著空墓穴而立，我們拋下他們，朝教堂快步走去。前方的棺材讓我聯想到一艘小船，在波濤洶湧的大海中顛簸前行。

我猜想霍桑被發生的事情逗得頗開心。有可能是因為這個冷酷、懷恨的玩笑——如果真的是玩笑的話——剛好符合他性格中比較陰險的那一面。但更可能是，他因此知道密道斯提出的理論完全被推翻了。才幾分鐘前，密道斯還說這樁命案是入室行竊出了錯。現在這個理論已經完全不必考慮了。整個案子所發生的一切，都遠遠超過一般警方的經驗範圍，於是讓霍桑更有機會進行自己的調查。

我回頭，看到密道斯正邁著笨重的步伐跟上來，但暫時跟我們還有一段距離，而教堂就在前面不遠處了。

「你覺得這一切是怎麼回事？」我問。

「那是一個訊息。」霍桑說。

「一個訊息……給誰的？」

「唔，首先是戴米恩・庫柏。你剛剛看到他的臉了嗎？」

「他很心亂。」

「你講得太好聽了。剛剛他那張臉白得像床單。我還以為他會昏過去！」

「這一定跟傑瑞米・高文有關。」我說。

「他不是被巴士撞到的。」

「對。但是或許他被撞時拿著一個玩具巴士。或許他喜歡搭巴士旅行……」

「有件事情你講得沒錯，老哥。那是一首兒歌，所以很可能是跟一個死去的小孩有關。」霍桑小心翼翼地跨過一座墳墓。「戴米恩回家了，」他繼續說：「但是我們很快就會去找他。我很好奇他有什麼話要說。」

「迪爾的車禍已經是十年前了。」我邊想邊說：「先是黛安娜・庫柏被殺害，現在又是這個，一定是有個人刻意想表達什麼。」

我們來到教堂。棺材已經搬進去了，我們等在門口，直到密道斯追上來。

「我就知道，只要你攪和進來，很多事就會出問題。」他咕噥道。他的身材走樣得厲害，就連走這麼一小段路，都害他喘不過氣來。要是他不注意飲食、戒菸、開始運動，很快就會重返墓園，而且會永遠待下來了。

「我很有興趣聽聽你那位竊賊是怎麼搞出這個的，」霍桑說：「我剛剛可沒看到什麼人穿得像送快遞的摩托車騎士。」

「你明明知道這裡所發生的事情可能跟謀殺根本無關。」密道斯回答：「有個好萊塢名人牽涉在內。這是個惡作劇……某個人心理有毛病，如此而已。」

「你說不定是對的。」霍桑的口氣表明這句話一點也不真心。

我們進入教堂。此時棺材已經放回支架上，艾齡．婁司正忙著解開束帶，旁邊是睜大眼睛而震驚的牧師，還有那四名康瓦利思父子葬儀社派來的抬棺人。我們進去時，艾齡抬頭看。

「我在這一行做了二十七年，」她說：「像這樣的事情，我從來、從來沒有看過。」

至少那兒歌音樂已經停止了。艾齡拆掉束帶、掀開棺蓋時，我只聽到柳枝的咿呀聲。我瑟縮一下，因為我並不想看到黛安娜．庫柏死去一個星期之後的模樣。幸好，她全身以平紋細布包裹起來，雖然我看得出她身體的形狀，但是沒看到她瞪著的眼睛或是縫起來的嘴。艾齡身體前傾，從黛安娜．庫柏兩手之間拿出一個像是鮮橘色板球的東西，然後遞給密道斯。

他厭惡地拿著看了一下。「我不曉得這是什麼。」他說。

「那是鬧鐘。」霍桑伸手，密道斯遞給他，很高興擺脫了。

我看到那的確是個數位鬧鐘，側邊有個圓形面板顯示著目前的時間。鬧鐘上有一些小洞，就像就是收音機的喇叭，另外還有兩個扳鈕。霍桑扳起其中一個，音樂就又開始播放。

巴士的輪子轉呀轉……

「關掉！」艾齡．婁司發抖了。

霍桑照做了。「這是MP3錄音鬧鐘，」他解釋道：「現在在網路上就買得到。這個鬧鐘的概念是，你可以下載你家孩子最喜歡的歌當鈴聲，早上叫他們起床。我幫我兒子買了一個，但是鈴聲錄的是我的聲音。『起床，你小混蛋，趕快。』他認為這樣很滑稽。」

「剛剛鬧鈴是怎麼啟動的？」我問。

霍桑把鬧鐘拿在手裡轉了一下。「上頭設定了十一點三十分。無論是誰把鬧鐘放在棺材裡，都設定它在葬禮中途會響起。執行得再完美不過了。」他轉頭看著艾齡．婁司。「這鬧鐘怎麼會放在棺材裡？你有辦法解釋嗎？」他問。

「不！」她大吃一驚，好像他在控訴她。

「棺材有任何時間是沒人看守的嗎？」

「你真的得去問康瓦利思先生。」

霍桑暫停一下。「康瓦利思人呢？」

「他必須提早走。今天下午他兒子的學校有戲劇公演。」她看著那顆橘色球。「我們公司沒有人會做這種事的。」

「那麼就一定是外頭的人，所以我的問題是：棺材有任何時間是沒人看守的嗎？」

「是的。」艾齡尷尬得無地自容，很不願意地承認。「死者被停放在我們位於富勒姆宮路的場所，今天才被帶過來。很不幸，我們南肯辛頓的辦公室沒有足夠的空間。我們在漢默史密斯圓環附近有個提供死者親友的祈禱間。親人和熟朋友如果想要話，就可以過去看庫柏太太的遺容。」

「去過的人有多少？」

「我現在沒辦法告訴你。不過我們有個訪客登記簿，而且一定要出示身分證件，才能進去的。」

「那在墓園這裡呢？」霍桑問。艾齡沒吭聲，於是他繼續說：「我們到墓園的時候，看到棺材放在靈車裡，就停在教堂後面。靈車從頭到尾都有人看守嗎？」

艾齡把這個問題轉向四名抬棺者的其中一人，那個人不安地挪動著雙腳中心，低頭看著。

「我們大部分時間都在旁邊，」他咕噥道：「但不是所有時間。」

「請問你是哪位？」

「阿佛瑞．婁司。我是公司的禮儀師。」他吸了一口氣。「艾齡是我太太。」

「我們剛到時，停好車子，就進來教堂了。」

霍桑苦笑。「全都由家族的人包辦了，是吧？所以當時你人在哪裡？」

「四個都是？」

「是的。」

「靈車鎖上了嗎？」

「沒有。」

「以我們的經驗，從來沒有人會想偷走死人的。」艾齡冷冷地說。

「唔，這事情或許你們以後應該要想想。」霍桑逼近她，幾乎是凶惡地說：「我得跟康瓦利思先生談談。我要怎麼找到他？」

「我會給你他的地址。」艾齡伸出一隻手，她丈夫給了她一本筆記本和一枝筆。她在第一頁迅速寫了幾行字，撕下來遞給霍桑。

「謝謝。」

「慢著！」密道斯從頭到尾站在一邊，好像這時才發現自己什麼都沒說。而且我從他眼裡看得出來，他知道自己其實也沒什麼話要說了。「我要把鬧鐘帶走，」他咕噥道，維護他的權威。「這個不該用手碰，」他又說，忘了一開始就是他從艾齡手上接過來的。「鑑識人員會很不高興的。」

「我不太相信鑑識人員能發現什麼。」霍桑說。

「唔，如果這個是在網路上買來的，那我們就很有機會查出購買者的身分。」

霍桑把鬧鐘遞給他。密道斯刻意很小心地拿著，用大拇指和食指捏著那個數位鬧鐘的兩側。

「祝你好運了。」霍桑說。

然後我們就離開了。

守靈會——如果算是的話——是在芬伯洛路轉角的一家美食酒館舉行，從墓園走過來只要幾分鐘。這裡就是戴米恩氣沖沖離開墓園之前曾提到的地方。他不是葬禮後唯一直接回家的人：有一半的賓客都決定不來參加守靈會。於是剩下葛瑞絲．洛威爾和大約十幾個人喝著義大利氣泡酒、吃著迷你香腸，努力彼此安慰，因為他們不光是失去一個老朋友，剛剛還在她的葬禮上經歷了一場可怕的鬧劇。

霍桑之前說他想跟戴米恩．庫柏談一談，另外他也已經打電話給羅勃．康瓦利思，在他的手機留了話。但首先，他想來找那些參加葬禮的客人。畢竟，如果他們不是跟黛安娜．庫柏很熟，就不會來參加葬禮，所以這是霍桑的機會，可以趁這些人全都在場時認識一下。我們穿過富勒姆路進入酒館時，他的步伐明顯充滿活力，任何謎團都能提供他能量，而且愈古怪愈好。

我們立刻看到葛瑞絲。雖然她穿得一身黑，但是那件黑色洋裝很短，外頭加上一件天鵝絨燕尾服外套，有誇張的墊肩。她靠著吧台，如果說是剛從電影首映會趕過來也沒問題。她沒在跟任何人講話，看到我們走過去，她露出擔心的微笑。

「霍桑先生！」她顯然很高興看到他。「我真不知道自己在這裡幹什麼。這些人我幾乎都不認識。」

「這些人是誰？」霍桑問。

她四下看看，然後指著。「那位是雷蒙．克魯恩，他是戲劇製作人。戴米恩演過他的一齣戲。」

「我們見過。」

「那位是黛安娜的家醫科醫師。」她朝一個男子點頭，那個人六十來歲，身材像鴿子，穿著三件式深色西裝。「他好像叫巴特沃醫師，我想。旁邊的女人是他太太。站在角落那位是黛安娜的律師查爾斯・肯渥錫。他處理遺囑的事。但是其他人我就都不認識了。」

「戴米恩回家了。」

「他很心煩。那首歌是故意挑來氣他的。開這種玩笑太可怕了。」

「你知道關於那首歌的事？」

「唔，當然知道！」她猶豫著，不確定自己是否該說下去。「這要追溯到那兩個小孩發生的可怕事故，」她說：「那是提摩西・高文最喜歡的歌。他們埋葬他時，就放了這首歌……在哈羅林地。」

「你怎麼知道這件事？」霍桑問。

「戴米恩告訴我的，他常常提起。」出於某些原因，她覺得有必要捍衛他。「他不是那種會表現自己感情的人，但是多年前所發生的這件事，對他的影響真的很大。」她手上拿著一杯氣泡酒，這時一口喝光。「上帝啊，好可怕的一天。我今天早上醒來時，就知道這一天會很恐怖，但是作夢也想不到會像這樣！」

霍桑審視著她。「我的印象是，你不太喜歡戴米恩的母親。」他突然說。

葛瑞絲臉紅了，顴骨頂端的線條變暗了。「才不是！誰告訴你的？」

「你說過她無視於你。」

「我沒說過那樣的話。她只是對艾希莉比較感興趣，如此而已。」

「艾希莉人呢？」

「在豪恩斯洛，我爸媽那邊。等我離開這裡，就會過去接她。」她把空玻璃杯放在吧台上，又跟一個經過的侍者拿了一杯。

「那麼，你跟庫柏太太很親了？」霍桑說。

「我不會那樣說，」她想了一會兒。「戴米恩和我才在一起沒多久，就有了艾希莉，她本來很擔心他當了父親會有牽絆。」她忍著停了一下。「我知道這聽起來感覺不好，但是你們要了解，她一個人很孤單。羅倫斯死了之後，她就只有戴米恩，所以一直很溺愛他。他的成功對她來說就是一切。」

「而寶寶會礙事？」

「她不是計畫中的，如果這是你的意思。但是現在達米恩很愛寶寶，一點都不後悔。」

「那你呢？洛威爾小姐，艾希莉對你的事業不可能有幫助。」

「你的說法太負面了，霍桑先生。我才三十三歲。我全心全意愛艾希莉。如果我幾年不工作，對我來說也沒有差別。我很滿意目前的狀況。」

她不會是太好的演員，我心想。眼前我就沒被她說服。

「你喜歡洛杉磯嗎？」霍桑問。

「我花了一陣子才習慣。我們在好萊塢山莊有一棟房子，我早上醒來時，都不敢相信自己住在那裡。那幾乎就是我在讀戲劇學校時的夢想成真——醒來時看到好萊塢標誌。」

「我想你交了很多新朋友吧。」

「我不需要新朋友。我有戴米恩。」她看著霍桑的肩膀後方。「如果你不介意的話，我得去跟一些人打招呼了。我在這裡應該要照顧每個人，而且我不打算待太久。」

她溜走了。霍桑的目光跟著她。我看得出他的思緒在轉動。

「現在怎麼辦？」我問。

「那位醫師。」他說。

「為什麼？」

霍桑疲倦地看了我一眼。「因為他從裡到外了解黛安娜・庫柏。因為如果她有什麼毛病，就可能會跟他談。因為他可能就是殺害她的人。我不知道！」

霍桑搖著頭，走向之前葛瑞絲指過的那位醫師，他穿著三件式西裝。「巴特沃醫師。」他說。

「是巴特摩。」醫師跟他握手。他是個大塊頭，留著絡腮鬍，戴著金邊眼鏡，就是那種會樂於描述自己是「老派」的人。霍桑剛剛叫錯名字讓他不太高興，不過霍桑解釋自己跟倫敦警察廳的關係之後，他就比較熱情了。我常常注意到這一點。人們樂於被捲入謀殺案調查。一部分人想幫忙，但其中也有一種陰暗的渴望。

「所以剛剛在墓園是怎麼回事？」巴特摩問。「我敢說你從來沒見過這種事，霍桑先生。可憐的黛安娜！天曉得她會怎麼想。你想那是故意的嗎？」

「我不認為有人會不小心把一個鬧鐘放進棺材裡，先生。」霍桑說。

我很慶幸他最後加了個「先生」，否則他話中的輕蔑意味就太明顯了。

「那是當然。想必你會追查這事情吧？」

「唔，庫柏太太的謀殺案是我的第一優先。」

「我以為罪犯的身分已經查到了。」

「是個竊賊。」他太太說。她的身材大概只有丈夫的一半，五十來歲，表情嚴肅。

「我們得探索每個可能性，」霍桑解釋。他將目光轉回到醫師身上。「我知道你是庫柏太太的好友，巴特摩醫師。如果能曉得你們最後一次見面是什麼時候，對我會很有幫助的。」

「大約三個星期前，她來我在卡文迪什廣場的診所。其實她來看診好幾次了。」

「最近嗎？」

「過去幾個月她有睡眠問題。其實在某個年齡的女性身上很常見——雖然她也有焦慮問題。」他左右看了一下，有點緊張在公共場所講出這些該保密的病人資訊。然後他壓低聲音。「她很擔心她兒子。」

「為什麼會擔心？」霍桑問。

「我講這些，是以她的醫師，也是她的朋友的身分，霍桑先生。她擔心他在洛杉磯的生活方式，她當初就反對他去，然後她又看了八卦版那些糟糕的報導——藥物和派對和諸如此類的。當然，那些八卦根本一點真實性都沒有。報紙會亂寫名人的各種廢話和謊言。我就是這麼跟她說的。但是她顯然在一種狀態中，於是我開了安眠藥給她。一開始是安定文，後來因為藥效不夠強，我就開了替馬西泮。」我想起我們在死者浴室裡找到的那些藥片。「那些藥似乎管用，」巴特摩繼續說：「我最後一次看到她，就像剛剛說的，是在四月底。我又開了一張處方給她。」

「你不怕她上癮？」

巴特摩露出和善的微笑。「請原諒我，霍桑先生，不過如果你對醫藥稍有了解，就會知道替馬西泮的成癮機率很小。這也是我開這個藥的原因之一。唯一的危險是短期記憶喪失，而庫柏太太的大致健康狀況似乎很不錯。」

「她跟你提過她去拜訪葬儀社嗎？」

「你說什麼？」

「她去了一家葬儀社，安排好自己的葬禮，同一天她就死了。」

巴特摩醫師眨著眼。「我太驚訝了。我想不出她這麼做的任何理由。我可以跟你保證，除了焦慮問題之外，她沒有理由相信自己的健康在走下坡。我只能假設，她死的時機是個巧合。」

「是入室行竊。」他太太堅持道。

「一點也沒錯，親愛的。她事前不可能知道會發生這種事。那是個巧合。如此而已。」

霍桑點點頭，然後這對夫婦移往別處，一等他們走到聽不見的距離，霍桑就低聲咕噥。「他娘的蠢貨。」

「你為什麼這麼說。」

「因為他根本不知道自己在講什麼。」

我一臉困惑。

「你也聽到他講的了。根本不合理。」霍桑說。

「我覺得很合理啊。」

「他是個蠢貨。確定把這句話寫下來。」

「他娘的蠢貨？想來你很喜歡粗話。」

霍桑沒吭聲。

「我只是想確定說的人是你，」我又說：「這麼一來，他就可以去告你，而不是來告我。」

「如果是事實，他就不能告任何人了。」

接著霍桑去找那個律師查爾斯．肯渥錫。他還在角落，正在跟一個女人講話，我猜想是他太太。他是個矮矮圓圓的男子，一頭捲曲的銀髮。她太太也是類似的身材，但是更胖些。他們兩個可能是從鄉下來到倫敦的，因為他們都有一種像馬的氣質，還有那種呼吸新鮮空氣所形成的紅潤臉頰。他正在喝氣泡酒，她的手裡則是一杯果汁。

「你好。是的，我是查爾斯．肯渥錫。這位是芙麗達。」

他真是再親切不過了。霍桑一介紹過自己，肯渥錫就盡可能告訴我們有關他自己的一切。他認識庫柏太太超過三十年了，也是羅倫斯．庫柏生前的好友（「胰臟癌。令人震驚極了。他是個了不起的人……一流的牙醫。」）他現在仍住在肯特郡，在法弗舍姆鎮。在那個「可怕的事情」之後，他協助黛安娜賣掉了肯特郡的房子，然後她搬來倫敦。

「在案子審理的時候，你是她的律師嗎？」霍桑問。

「那當然，」肯渥錫忍不住。他不光是說，還滔滔不絕。「她的罪名根本不成立。那位法官完全正確。」

「你認識他嗎？」

「魏斯登？我們見過一次或兩次。非常公正無偏私。我跟她說不必擔心，無論報紙上怎麼寫。不過那陣子對她還是很難熬。她當時非常難過。」

「你最後一次見到她是什麼時候？」

「上星期……她死的那一天。在一個董事會。我們都是環球劇場的董事。你可能也知道，這個劇場是教育公益團體。我們非常仰賴捐款，才能維持運作。」

「你們劇場都演什麼樣的戲？」

「唔……顯然是莎士比亞。」

我不確定霍桑是否真的不曉得，莎士比亞環球劇場是根據四百年前泰晤士河南岸的一座劇場重建的，專門致力於重現古代的戲劇表演，尤其以伊麗莎白時代戲劇為主。從他身上完全看不出對戲劇，或是對文學、音樂、藝術有半點興趣。不過同時，他也對太多事情都頗有見識，所以很有可能他只是想惹這位律師不高興。

「據我所知，你們那天有點爭執。」

「我不會這樣說。是誰告訴你的？」

霍桑沒回答。其實是羅勃．康瓦利思打電話給黛安娜．庫柏，詢問布朗普頓墓園的地號時，聽到背景裡有一些抬高嗓門的聲音。「她那天辭去董事職位。」霍桑又說。

「是的，但那不是因為她跟我們有什麼意見不合。」

「那她為什麼要辭職？」

「我完全沒有頭緒。她只說她想辭職有好一陣子了，然後說她的辭職立即生效。我們聽了全都很驚訝。她一直熱情支持劇場，而且大力推動我們的各種募款和教育計畫。」

「她有什麼不滿嗎？」

「完全不是。如果硬要說什麼，我想她是鬆了一口氣。她已經擔任董事六年。或許她覺得夠久了。」

站在他旁邊的太太變得不安起來。「查爾斯——或許我們該走了。」

「好吧，親愛的。」肯渥錫轉向霍桑。「我不能再跟你多說董事會的事情了。那是機密。」

「你可以告訴我有關庫柏太太的遺囑嗎？」

「唔，好的。我相信這份遺囑很快就會成為公開資訊了。其實內容很簡單。她把一切都留給戴米恩了。」

「根據我的了解，她的遺產還不少。」

「我不方便透露細節。很高興認識你，霍桑先生。」查爾斯．肯渥錫放下玻璃杯，然後從口袋掏出車鑰匙，交給他太太。「那我們走吧，親愛的。最好由你開車。」

「沒問題。」

「鑰匙……」霍桑自言自語，雙眼盯著肯渥錫夫婦離開，但同時他對他們已經失去興趣，思緒轉到別處了。芙麗達依然拿著車鑰匙。我看到她走出門時握在手裡，這才明白那鑰匙啟動了某種開關，讓霍桑想到自己之前漏掉了某件事。

然後他想通了。我實際看到發生的那一刻。那幾乎是震驚，好像他的身體剛遭到電擊似的。我不會說他臉上失去血色，因為他臉上向來沒有什麼色彩。不過跡象在他雙眼裡：那是一種可怕的恍然大悟，知道自己搞錯了什麼。「我們得走了。」他說。

「去哪裡？」

「沒時間了，快走就是了。」

他已經開始行動，推擠著經過一名侍者，走向店門。我們越過了正在跟熟人道別的肯渥錫夫婦，然後衝出門來到街上。我們走到街角，霍桑猛地停下，憤怒地生著悶氣。

「為什麼都沒有該死的計程車？」

他說得沒錯。儘管車流量很大，卻沒看到半輛計程車——不過正當我們站在那裡時，我看到有一輛計程車在馬路對面靠邊停下，是一個手裡提了幾個購物袋的女人招的。霍桑大喊一聲，同時衝過馬路，根本不管來往車輛。我想起轉角就是墓園，於是比較小心地跟上去。我聽到輪胎的急煞和一聲喇叭，然後來到對街。霍桑已經擋在那女人和計程車司機之間，而司機已經按下里程錶，關掉了車頂顯示空車的黃燈。

「對不起……」我聽到那女人說，她憤怒地抬高嗓門。

「警察，」霍桑凶巴巴地說：「這是緊急狀況。」

她沒跟他要證件。霍桑之前當警察當得太久了，整個人就有那種權威感。也或許只是他看起來很危險，你不會想跟這種人爭執。

「你們要去哪裡？」我們都匆忙上車後，司機開口問了。

「紅磚巷。」霍桑說。

戴米恩．庫柏的家。

我永遠忘不了那趟計程車旅程。此時剛過正午幾分鐘，其實車流量沒有那麼大，但是每次塞車、每個紅燈，對霍桑都是折磨，他弓身坐在我旁邊，身體幾乎要扭動起來。我腦子裡有各式各樣的問題想問他。一串車鑰匙為什麼會讓他警覺起來？為什麼鑰匙讓他想到戴米恩．庫柏？戴米恩有什麼危險嗎？但是我的腦子夠清楚，知道要保持沉默。我不希望霍桑把怒氣轉到我身上——不知道會是什麼理由——但是我的腦子深處有個聲音悄悄告訴我，無論發生什麼事，總之都可能是我的錯。

從富勒姆到紅磚巷是很長的車程。我們得穿過整個倫敦，從西到東，搭地鐵可能還比較快。我們其實還經過了幾個地鐵站——南肯辛頓、騎士橋、海德公園角——每回我都看到霍桑在計算，想算出前面還剩多少路。我們繼續駛向皮卡迪利大街時，他把一部分的氣發在司機身上。

「我們為什麼要走這條路？你應該從那個該死的皇宮旁經過的。」

司機沒理他。我們駛向皮卡迪利圓環時，車行速度的確非常緩慢，不過在倫敦，碰上趕時間的時候，每條路線都是錯的。我看一下自己的手錶，到目前為止花了二十五分鐘，但是感覺上是好多倍。霍桑低聲咕噥著。我往後靠坐，閉上眼睛。他還沒告訴我到底是怎麼回事。

終於，我們抵達了戴米恩．庫柏的公寓。霍桑跳下車，留下我付帳。我遞給司機五十鎊，沒等找零就下車跟在霍桑後頭，穿過兩家店面之間那個狹窄的門廳，上了樓梯。我們來到二樓的入口。公寓門不祥地半開著。

我們進去了。

第一個撲面而來的是血的氣味。我在書裡和電視劇本裡寫過好幾十次謀殺，但是從來想像不到這樣的事。

戴米恩．庫柏被砍得亂七八糟。他側躺在深褐色的血泊中，那灘血環繞著他，滲進了木質地板條裡。他的一隻手往外伸，我第一個注意到的是其中兩根手指被切斷一半，應該是因為他揮著手想擋，那把刀砍了他六次，最後插在他的胸口。其中一次刀子劃過臉，這個傷比其他的都可怕，因為當你跟某個人初次見面，第一個看的就是臉。失去一隻手臂或一條腿，你仍然是你。但如果失去你的臉，那麼大家所認識有關你的一切，就幾乎全被奪走了。

一道深深的割傷把戴米恩的一隻眼珠割掉，一大塊皮往下翻到嘴巴處。他的衣服可能掩蓋了其他傷口的嚴重程度，但是無法掩蓋掉他所承受的瘋狂暴力。他的一邊臉頰貼著地板，整個頭部融化變形，像個被刺穿的足球。他看起來再也不像自己了。我能認出他完全是因為他的衣服，還有糾結的黑髮。

血的氣味充滿我的鼻腔。濃郁、深厚，像是剛挖掘開的泥土。我從來不曉得血聞起來是這樣，但接著我覺得有太多血了，公寓裡很溫暖，窗子都緊閉著，牆壁開始傾斜……

「東尼？拜託！老天在上！」

不曉得為什麼，我正看著天花板。我的後腦勺好痛。霍桑正彎腰看著我。我張嘴想講話，然後又算了。我不可能暈倒。不可能，太離譜了，太丟臉了。

但是我的確暈倒了。

13 死人的鞋子

「東尼?你還好吧?」

霍桑彎腰看著我,填滿我的視野。他的表情並不憂慮,只是有點困惑,好像有人看到一句嚴重毀損、仍在流血的屍體會昏倒,是一件奇怪的事。

我不好。我的腦袋撞到戴米恩.庫柏家倉庫風格的地板,而且我覺得想吐。血的氣味依然充滿我的鼻腔,而且我擔心自己可能倒在血泊裡了。我皺起臉摸摸周圍的地板,是乾的。

「你可以幫我起來嗎?」我說。

「沒問題。」他猶豫了一下,然後伸手抓住我的手臂,把我拉著站起來。他為什麼猶豫?那一刻我恍然大悟。認識他這麼久,不光是這樁案子的調查期間,還有更之前他協助我做電視劇本的研究時,我們從來沒有肢體接觸,連握手都沒有過。事實上,現在我仔細回想,才發現我從沒看過他跟任何人有身體上的碰觸。他有潔癖嗎?或者只是孤僻而已?這是另一個有待我解答的問題。

我在一張皮革扶手椅上坐下,離開屍體和那氣味。

「你要喝點水嗎？」他問。

「不用了。我還好。」

「你該不會要吐吧？因為我們得保護犯罪現場的完整。」

「我不會吐的。」

他點頭。「看到死屍並不美好。我可以告訴你，最糟糕的狀況大概就是這樣了。」他搖搖頭。「我看過被砍頭的，還有眼睛被挖出來的——」

「謝了！」我可以感覺到嘔吐感又湧上來，趕緊吸了一口氣。

「有個人一定很不喜歡戴米恩·庫柏。」他說。

「我不懂，」我說。想著葛瑞絲在葬禮後告訴我們的話。「這是計畫好的，不是嗎？有個人在棺材裡放了那個音樂鬧鐘，因為他知道戴米恩聽了會心情大亂。他希望逼他離開，讓他落單。但是為什麼是他？如果這一切都跟迪爾的車禍有關，那次車禍不太能怪他。他當時甚至不在車上。」

「你說的有道理。」

我努力把整件事想了一遍。一個女人開車魯莽，撞死了一個小孩。十年後，她被懲罰了。但是為什麼還要連帶懲罰她兒子？這說不通。黛安娜·庫柏已經死了。要是兇手想利用她兒子害她傷心，就會先殺了他才對。

「他母親一開始沒有去警察局自首，是因為她想保護他，」我思索著說：「這就是為什麼她撞了人還跑掉。或許光是這樣，他就算是有責任了。」

霍桑沉默地想了一下，但不是在想我講的話。「我得離開你一下，」他說：「我已經打緊急報案電話了。不過我得檢查一下整戶公寓。」

「去吧。」

好笑的是，我想起了我在寫電視影集《正義與否》劇本時，跟霍桑談過的一件事。當時我們在討論第一集的一場戲，那個動保人士被發現死在一個農莊裡。霍桑告訴我，發現屍體時，任何警察或警探第一優先的，就是保護自己。他們是否面臨威脅？兇手是否還在屋裡？他們會先確保自己的安全。然後他們會尋找可能的目擊證人……最典型的，就是有個躲在衣櫃裡或床底下的小孩。霍桑應該是趁我還倒在地板上時，就撥了緊急報警電話。他沒有完全不管我，就已經算是很好心了。

他離開客廳，爬上螺旋形樓梯消失了。我坐在那張扶手椅上，努力不去理會那具屍體，甚至不要去想那些可怕的傷口。結果並不容易。如果我閉上眼睛，就會更意識到血的氣味。但如果我睜開眼睛，就會不自覺地去看一眼那些血，以及攤開的四肢。我得把腦袋別開，讓戴米恩・庫柏脫離我的視野。

然後他發出呻吟。

我猛地轉身，猜想是我自己想像出來的。但是又來了，一個小小的、恐怖的呼嚕聲。戴米恩的臉沒對著我，但是我相當確定那是他發出的聲音。

「霍桑！」我喊道。同時，我感覺到喉頭發苦。「霍桑！」

他匆忙下樓來。「怎麼了？」

「是戴米恩。他還活著。」

他懷疑地看著我，然後走到屍體旁。「不，他沒有。」他簡短地說。

「我剛剛才聽到他的聲音。」

戴米恩又呻吟了，這回比較大聲。不是我想像出來的。他想要講話。

但霍桑只是冷哼一聲。「待在原來的地方別動，東尼，另外忘了這件事，好嗎？他的肌肉開始僵硬了，其中包括聲帶周圍的肌肉。另外他肚子裡有空氣正要往外冒。你聽到的就是這些。這種事常有的。」

「喔。」我真希望自己不在這裡。不是第一次了，我真希望我從來沒答應要寫這本該死的書。

霍桑點了一根香菸。

「你在樓上有什麼發現嗎？」

「屋裡沒有其他人。」他說。

「你早知道他會被殺害。」

「我知道有這個可能性。」

「怎麼知道的？」

他攏起一隻手，把煙灰輕敲進掌心。我看得出他不太想告訴我。「我之前太笨了，」最後他終於說：「但是我們兩個第一次來這裡時，你害我分心了。」

「所以都是我的錯囉？」

「我跟你說過，我訪談時必須專心，中間你要是插嘴，就會打斷我的思考，打斷我的思緒列車。」他的態度變得柔和些。「這是我的錯，我承認。漏掉的人是我。」

「漏掉什麼？」

「戴米恩說過，他不住倫敦時，他媽媽會過來，幫陽台上的植物澆水，把這裡收到的信件轉給他。我應該要記得的。我們在黛安娜．庫柏的房子裡時，看到廚房裡有五個掛鉤，你還記得嗎？」

「掛在一個魚的木雕上頭。」

「沒錯。上頭有四組鑰匙。要是戴米恩住在洛杉磯的時候，黛安娜．庫柏常來這裡的話，她就應該有他公寓的鑰匙，但是我沒看到她廚房的鑰匙架上有這個標籤。」

「只有一個空的掛鉤。」

「沒錯。有個人殺了她，搜了那個地方，注意到那些鑰匙。然後兇手就偷走鑰匙。」他停下來，我看到他回想著自己剛剛講的。「總之，這是一個可能。」

我聽到通往前門的樓梯上響起了沉重的腳步聲，過了一會兒，兩個制服警員到達了。他們看了屍體，又看著我們兩人，想搞清這是怎麼回事。

「待在原來的地方不要動，」第一個警察說：「打電話的是誰？」

「是我，」霍桑說：「你們還真是不慌不忙啊。」

「先生，你是哪位？」

「前任偵緝督察霍桑，以前在重案調查組。我已經聯繫密道斯偵緝督察了，我有理由相信這樁謀殺案可能跟一樁正在進行的調查有關。你們最好通報本地的偵緝督察和謀殺組。」

英國警察彼此講話有一種特殊的方式，措辭正式又有點拐彎抹角，比方「我有理由相信」，還有講「聯繫」而不說「打電話」。這也是為什麼我總覺得電視影集要描繪警察這麼困難的原因之一，你不太可能去關心講話這麼老套的角色。另外，他們看起來也遠遠不如美國警察那麼有趣，身穿白襯衫、防刺背心，外加糟糕透頂的藍頭盔，而且不帶槍，沒有太陽眼鏡。眼前這兩個警察年輕而認真，一個是亞裔，另一個是白人。之後他們就幾乎沒再跟我們講話了。

其中一個拿出他的無線電，向局裡通報狀況，同時霍桑開始自行檢查客廳。我看著他仔細打量通往陽台的門。他用一條口袋裡掏出的手帕，很小心不要直接碰觸到門把。他把門解鎖，走出去不見了。我雖然感覺很不舒服，還是勉強起身，跟著他出去。那兩個警察忙著打電話，好像沒有其他事情可做。我走出去時，他們不太確定地朝我看了一眼。他們甚至沒問我是誰。

來到外頭，置身於午後的新鮮空氣中，我立刻覺得好過一些了。跟公寓內部一樣，這個有著涼椅、盆栽、瓦斯烤肉爐的陽台，讓我覺得像是攝影棚內的布景，就像美國影集《六人行》裡，喬伊和錢德勒和其他幾個人常常消磨時間的那個陽台。這裡是整棟建築物的背面，有一道金屬防火梯通往下頭的小巷。霍桑站在陽台邊緣往下看。我注意到他已經脫掉鞋子，猜想他是為了避免留下鞋印。他又開始抽菸了。他每天抽菸的數量根本是慢性自殺，至少二十根，或許更多。我走過去時，他轉身。

「兇手就在外頭這裡等，」他說：「戴米恩・庫柏從葬禮回來之前，兇手已經用他從不列顛尼亞路拿到的鑰匙，偷偷溜進公寓裡，然後出來這裡等。結束之後，他也是從這裡溜掉。」

「慢著。這一切你怎麼會知道？你甚至知道他是男人？」

「黛安娜・庫柏是被窗簾繩勒死的。他兒子則是被砍得支離破碎。兇手要不是男人，就是個非常、非常憤怒的女人。」

「那其他的呢？你怎麼確定謀殺是那樣發生的？」

「如果你希望我寫關於這個案子的書，你就得告訴我。否則，我就得自己編了。」這個威脅我之前已經講過了。

霍桑只是聳聳肩。

「好吧。」他把菸蒂朝陽台外一扔。我看著它在空中旋轉消失。「一開始，先把你自己放在兇手的位置。思考他心裡會怎麼想。

「你知道戴米恩會從葬禮上回到這裡。那個MP3音樂鬧鐘和〈巴士輪子〉的兒歌是刻意要逼他提早回來的。也或者你之前躲在墓園裡——混在人群中，或是躲在一塊墓碑後頭。你聽到他跟他女友說：*我要回家了*。此時你就擬定了計畫。

「唯一的麻煩是，你無法確定他會落單。或許葛瑞絲還是會跟他一起回來，或許他會帶那個健身教練。所以你得先在一個看得到他的地方等，如果沒有機會，你還可以離開。」他豎起一根大拇指往後比。「那裡有個防火梯往下通到地面。」

「或許他就是從防火梯爬上來的？」

「不可能。陽台進入客廳的門是鎖上的，從裡面上了閂。」霍桑搖著頭。「他有鑰匙，從前門進來。他得找個地方躲著，於是出來這裡。陽台很完美。他可以透過玻璃，看有沒有人陪著戴米恩。結果戴米恩獨自回到家，正好是兇手希望的。於是兇手進入客廳，然後……」他沒把句子說完。

「你剛剛說，他後來又回到陽台，從這裡離開。」我提醒他。

「那裡有個腳印，」霍桑指著，我看到防火梯旁有一個紅色的半月形，是鞋掌踩過戴米恩的血之後所造成的。這讓我想起我們在黛安娜・庫柏家看到的那個鞋印，應該是同一隻鞋留下的。

「總之，他不能走前門離開，」霍桑繼續說：「你也看到戴米恩身上的那些刀傷，流了很多血，兇手身上一定也沾了不少。你想他有辦法大搖大擺走過紅磚巷，不被注意到嗎？我猜他在外頭穿上一件大衣或什麼的，從這裡爬下去，沿著小巷走出去溜掉。」

「你知道那個時鐘是怎麼放進棺材裡的嗎？」

「還不知道。我們得去跟康瓦利思談。」他手指間捻著香菸轉。「不過，我們暫時還沒辦法離開這裡。等密道斯終於出現時，你可能要給他一份供述。別跟他說太多。裝傻就是了。」他看了我一眼。「這個應該不會太困難。」

接下來兩個小時，戴米恩・庫柏的公寓變得愈來愈擁擠，我和霍桑坐在那裡無事可做。首先趕到現場的兩個制服警員找來了他們的偵緝督察，接著這位偵緝督察又找來了謀殺調查小組。他們來了大約六個人，穿著那種塑化紙材質、有帽兜的連身防護服，外加口罩和手套，於是每個人看起來都一樣，幾乎無法區別誰是誰。一位警方攝影師拍攝著屋裡的各個地方，每隔幾秒鐘，炫目的閃光燈就搞得房間裡似乎暫時凍結一次。鑑識團隊的一男一女蹲在戴米恩的屍體旁，仔細地用棉花棒幫他的雙手和脖子採樣。我知道他們在找什麼。要是兇手用刀子攻擊時，戴米恩跟對方有任何身體碰觸，他們就有可能找到DNA。戴米恩的雙手都被套上不透明的塑膠袋，並以膠帶固定。他那麼快就被弄得喪失人類特質，實在令人驚嘆——而且接下來還有更糟的。他們終於準備好搬走他時，兩個男人跪下來，把他包在聚乙烯塑膠布裡，然後用鐵人膠帶封好。這個過程把他變成某種東西，讓我想到古埃及和飛達快遞。

他們用藍底白字的警方膠帶拉起封鎖線，從前門開始，擋住樓梯。我不確定他們要怎麼應付樓上和樓下的鄰居。至於我，雖然我沒被問問題，但是一個穿著塑膠連身服的女人要求我脫掉鞋子，然後就把鞋子拿走了。我不明白。「他們為什麼需要我的鞋子？」我問霍桑。

「潛在鞋印，」他回答：「他們得把你的從調查中排除。」

「我知道。但是他們沒拿你的。」

「我比較小心，老哥。」

他看了自己的雙腳一眼。他只穿襪子。他一定是一看到戴米恩的屍體，就把鞋子脫掉了。

「我什麼時候可以拿回鞋子？」我問。

霍桑聳聳肩。

「我們要在這裡待多久？」

這個問題他也沒有答案。他想抽菸，但是屋裡不准抽，搞得他很煩躁。

過了一會兒，密道斯抵達，跟門口負責登記的警察簽到。他已經接管這個案子——戴米恩．庫柏命案併入了他目前的調查中——而這回我看到了他的另一面。他冷靜而有權威，去跟犯罪現場管理者確認，跟鑑識小組的人談話，記筆記。當他終於來找我們時，他立刻切入正題。

「你們怎麼會跑來這裡？」

「我們要過來跟他致哀。」

「少來，霍桑。這件事很嚴重。他打了電話給你嗎？你早知道他可能會有危險嗎？」

密道斯不像之前霍桑講的那麼笨。他猜得沒錯，霍桑事前就知道了。但是他會承認嗎？

「不，」霍桑說：「他沒打電話給我。」

「那你為什麼跑來這裡？」

「不然你以為呢？葬禮上的那個插曲——顯然有什麼不對勁，要不是你忙著追你那位不存在的竊賊，你也會看出來的。我想找戴米恩問問葬禮上發生的事。只不過來得太遲了。」

霍桑沒提到鑰匙。他絕對不會承認他犯了錯。他忘了有一天密道斯會從我的書裡讀到。

「你到這裡的時候，他已經死了？」

「是的。」

「你沒看到任何人離開？」

「如果你想看的話，陽台上有個帶血的鞋印，或許可以推測出鞋子尺寸。我認為兇手是走防火梯到下頭的巷子離開的，所以或許監視錄影帶有拍到他。但是我們什麼都沒看到。我們來得太遲了。」

「那好吧，你可以離開了。另外把阿嘉莎．克莉絲蒂也帶走。」

他指的是我。阿嘉莎．克莉絲蒂是我心目中的英雄，但我還是覺得被得罪了。

霍桑站起來，我跟著他到前門，我們兩人都只穿著襪子。我正要跟他說我沒鞋子時，他從新藝術風格的牆邊櫃拿起一雙黑皮鞋遞給我。我之前都沒注意到他把那雙鞋子放在那兒。「這是給你的。」他說。

「你從哪裡弄來的？」

「我在樓上的時候，從衣櫃裡拿的。是他的鞋子。」他朝戴米恩．庫柏的方向點了個頭。「應該跟你的尺寸差不多。」

我的表情不太確定，於是他又說：「他不會需要了。」

我穿上了。這雙鞋是義大利的，很昂貴。結果完全合腳。

他穿上自己的鞋子，我們走出去，經過一些制服警察，來到紅磚巷。外頭停著三輛警車，更旁邊有一輛側面標示著「私人救護」字樣的車。但其實根本不是什麼救護車。那只是一輛黑色廂型車，來這裡是要把戴米恩．庫柏運到停屍處的。一些警察正在忙，從屋子前方到人行道邊架起了一面隔板，這樣屍體運出來時就不會有人看到。已經有一大群人被擋在馬路對面，馬路也暫時封鎖。我不由得又想起我參與過的所有電視影集。我們的預算從來無法負擔這麼多臨時演員、這麼多車輛，更別說是在倫敦市中心了。

一輛計程車就在我們前方停下，我手肘碰了一下霍桑，同時看著葛瑞絲．洛威爾下車。她還是穿著葬禮的那身衣服，小手提包掛在手臂上，不過現在艾希莉跟她在一起，穿著一件粉紅色裙子，緊抓著媽媽的手。葛瑞絲停下，四下張望，被眼前的熱鬧狀況嚇住了。然後她看到我們，趕忙過來。

「發生了什麼事？」她問：「為什麼警察跑來？」

「恐怕你不能進去裡頭，」霍桑說：「我有壞消息。」

「戴米恩……？」

「他被殺害了。」

我覺得他可以講得更溫和些。有個三歲的小女孩就站在他面前，要是她聽到、而且聽懂了呢？葛瑞絲也有同樣的想法。她把女兒拉近自己，一隻手臂保護地抱著她的肩膀。「什麼意思？」她低聲說。

「有人在葬禮後攻擊他。」

「他死了？」

「恐怕是。」

「不。不可能。他心情很不好。他說他要回家。都是那個可怕的玩笑。」她的目光從霍桑轉向門，然後又轉回來。她這才明白我們兩個正要離開。「你們要去哪裡？」

「公寓裡有一位偵緝督察叫密道斯。他負責這個案子的調查，他會想找你談。但是如果你聽我的建議，就別進去裡頭。那不是很愉快的狀況。你之前都跟你父母在一起嗎？」

「是的，我剛剛去接艾希莉。」

「那就搭計程車回去他們家吧。密道斯很快就會找到你的。」

「我可以這樣嗎？他們不會覺得……？」

「他們不會覺得你跟這件事有任何關係的。你當時跟我們在酒館裡。」

「我的意思不是那個。」她下了決定，然後點點頭。「你說得沒錯。我不能進去裡頭，我不能帶艾希莉進去。」

「爹地在哪裡？」艾希莉頭一次開口。她似乎被周圍的警察和熱鬧搞得困惑又害怕。

「爹地不在這裡，」葛瑞絲說：「我們要回外公和外婆家。」

「你希望有人跟你們一起過去嗎？」我問。「如果你要的話，我不介意陪你們跑一趟。」

「不。我不需要任何人。」

我不知道該怎麼想葛瑞絲．洛威爾。我跟演員相處從來都不是很自在，因為我永遠無法分辨他們是真心的，或者只是……唔，在演戲。現在就是那種時刻。葛瑞絲看起來很難過，雙眼含淚。她有可能處於震驚中，但是我心底有一部分說這一切不過是在表演，說從計程車開進來的那一刻起，她就在排練自己的台詞了。

我們看著她回到計程車上，關了車門。她身子前傾，跟司機說了些話。過了一會兒，車開走了。

「悲慟的寡婦。」霍桑喃喃道。

「你這麼認為？」

「不，東尼。我在土耳其人的婚禮上所看到的悲傷，都還比她多一點。要是你問我，我會說她有很多事情沒告訴我們。」那計程車在紅磚巷口過了紅綠燈，然後消失了。霍桑微笑。「她甚至沒問起他是怎麼死的。」

14

威爾斯登綠地

那是一戶一九五〇年代的雙拼透天厝，一樓是紅磚砌成，二樓是灰泥牆面，加上山形牆屋頂。感覺上像是三個互不相識的建築師同時建造的，但他們一定很滿意自己的作品，因為在隔壁又複製了同樣的一戶，兩戶雙拼透天厝正好成鏡像，屋前有一道木籬笆隔開兩戶的車道，同時兩家共用一根煙囪。每一戶都有一面凸窗，面對著院子裡一片石板亂鋪的地面，一路延伸到盡頭的矮牆，牆外是史內德路。我猜想每一戶大概有四個臥室，前窗貼了一張廣告海報，是為「北倫敦安寧照護中心」募款的公益長跑。屋子一側是打開的車庫，裡頭停了一輛鮮綠色的佛賀Astra汽車、一輛兒童三輪車，外加一輛摩托車。

拱形的前門是仿中世紀風格，上面鑲著厚厚的霧面玻璃。門前鋪著一張新穎的歡迎地毯，上面印著：「別在意狗——要小心主人！」霍桑按了電鈴，《星際大戰》主題曲的開頭樂段響起。我覺得蕭邦的〈送葬進行曲〉可能會比較適合，因為羅勃．康瓦利思就住在這裡。

來開門的那個女人簡直是太歡樂了，彷彿她一整個星期都盼著我們來訪。*你們終於來了，*她滿面笑容看著我們，好像在這麼說。*怎麼拖了這麼久？*

她大約四十歲，而且顯然毫不在乎地直奔中年而去，實際擁抱中年生活。她身穿一件鬆垮得不成形的套頭毛衣，不合身的牛仔褲（一邊膝蓋上繡了一朵花），捲曲的頭髮和大大的廉價首飾。她體重過重，完全有資格自稱是天生的母親。她一邊手臂底下抱著一大堆髒衣服，另一隻手抓著無線電話，但是兩者她似乎都完全沒注意到。我可以想像她剛剛要開門時，是抬起一邊大腿撐著那些髒衣服，同時電話夾在耳朵和肩膀之間。

「霍桑先生嗎？」她問，看著我。她有那種愉快的、很有教養的聲音。

「不，」我說：「是他。」

「我是芭芭拉。請進。恐怕你們得原諒我們屋裡的狀態。現在是六點，我們正要幫小孩準備睡前的事情。羅勃在另一個房間。相信你們會諒解的，這真是辛苦的一天！艾齡告訴我們葬禮上發生的事情了。真是令人震驚。你們是警方的人，對吧？」

「我在幫警方調查這個案子。」

「這邊請！小心那個滑板。我一直叫小孩不要把它留在門廳。總有一天會有人摔斷脖子！」她低頭看一眼，才發現那些髒衣服。「瞧瞧我！真抱歉。門鈴響的時候，我正要把衣服放進去洗。真不曉得你們會怎麼想我！」

我們跨過那個亂放的滑板，進入一個被大衣、雨鞋、不同大小鞋子搞得很凌亂的門廳。一頂摩托車安全帽放在一張椅子上。兩個小孩正在屋裡奔跑。我們還沒看到人，就先聽到他們高音調的尖叫聲。片刻之後，他們衝出一個門洞，是兩個小男孩，都是金髮，年紀大約五歲和七歲。他們看了我們一眼，就又轉身消失了，還在尖叫。

「那是托比和塞巴斯欽，」芭芭拉說：「他們很快就要上樓洗澡，然後或許我們就可以清靜一點了。你們有小孩嗎？老實說，有時候這個地方就像個戰場。」

小孩接管了整棟房子。暖氣片上放著衣服，玩具到處都是……足球、塑膠刀劍、絨毛玩具、舊網球拍、散落的撲克牌和樂高玩具。你很難不被那片雜亂干擾，但是我們被帶著穿過一道拱門、進入客廳後，我的印象是一個舒適、老派的住家，壁爐上有乾燥花，地上鋪著海草地毯，一架立式鋼琴幾乎可以確定走調了，沙發上加了外罩，還有那些似乎永遠不會過時的圓形紙燈罩。牆上掛著鮮豔的幾何抽象畫，看起來像是從百貨公司買來的。

「你也在你丈夫的店裡工作嗎？康瓦利思太太。」霍桑問，此時我們正跟著她走向廚房。

「老天，沒有！另外拜託叫我芭芭拉。」她把髒衣服扔在一張椅子上。「我們相處的時間現在就已經夠多了。我是藥劑師……是兼職的，在附近的博姿分店。我也不能說我喜歡這份工作，但是我們有帳單要付。小心！那是另一個滑板。羅勃在這裡……」

廚房明亮而凌亂，有個吃早餐的吧台和一張鄉村風的白色餐桌。髒碗盤堆在水槽裡，旁邊放著乾淨的。我納悶芭芭拉怎麼分辨哪堆是乾淨的、哪堆是髒的。落地窗往外的花園是一小塊長方形綠地，一側種著幾棵灌木，籬笆圍起四周。就連這花園也被小孩佔據了，裡頭放了一張彈跳床和一個攀爬架，也毀掉了大部分的草坪。

羅勃．康瓦利思穿著上午去布朗普頓教堂的同一套西裝，但是沒打領帶，正坐在書桌前查閱帳冊。在這裡看到他有點奇怪，一個不在葬儀社裡的喪葬禮儀師。至少，因為我知道他是喪葬禮儀師，所以覺得奇怪。不曉得他在停屍所縫了一整天屍體後，回到這個舒適、正常的家裡，會是什麼感覺。他或他太太會覺得被葬儀社的工作污染了嗎？他的小孩知道父親從事什麼行業嗎？我寫的書裡從來沒有喪葬禮儀師的角色，於是很希望霍桑能多問他幾個關於工作的問題。我會儲存各式各樣的這類資訊。你永遠不知道什麼時候會派上用場。

廚房就跟屋裡其他地方一樣被小孩入侵了。桌上堆著塑膠玩具、蠟筆、紙張，每面牆都用透明膠帶貼著鮮豔的圖畫。我想起哈羅山丘的那棟房子，還有茱蒂絲．高文的生活，被失去一個孩子摧毀了。康瓦利思的家宅也是由小孩決定其面貌，不過是截然不同的方式。

「羅勃在這裡，」芭芭拉宣布道，然後責備他。「你還在弄那些？我們要做晚餐，然後要送小孩去睡覺，現在還有警察來拜訪！」

「我才剛弄完，親愛的。」康瓦利思闔上帳冊。他指著對面的兩張空椅子。「霍桑先生。請坐。」

「要不要喝點茶？」芭芭拉問。「我有英格蘭早餐茶、伯爵茶，還有立山小種紅茶。」

「不用了，謝謝。」

「那來點酒怎麼樣？羅勃，我們冰箱裡還有那瓶葡萄酒。」

我搖搖頭。

「我要喝一杯，如果你們不介意的話。畢竟，現在是週末……快要了。你要來一杯嗎？羅勃。」

「不了，謝謝，親愛的。」

霍桑和我坐在書桌另一頭。霍桑正要開始提問，兩個小孩忽然衝進來，圍著書桌，鬧著要講床邊故事。羅勃．康瓦利思舉起雙手，想要控制狀況。「好啦，你們兩個。夠了！」兩個小孩不理他。「你們兩個去花園玩怎麼樣？今天特別，讓你們睡前可以去玩十分鐘彈跳床！」

兩個小孩開心歡呼。他們的父親起身打開落地窗的門，兩個小孩跑出去，我們看到他們爬上彈跳床。

「好可愛的小孩。」霍桑咕噥著，充滿了怨恨。

「每天這個時間，他們就會變得有點難管教。」康瓦利思又坐下。「安德魯人呢？」他朝他太太喊，芭芭拉正站在冰箱旁，手裡拿著一瓶半滿的白葡萄酒。

「樓上，正在做功課。」

「說不定在玩電腦。」康瓦利思說：「要他不玩都沒辦法，可是他已經九歲了。」

「他的朋友全都是這樣，」芭芭拉贊同道，倒著葡萄酒。「我不知道現在的小孩是怎麼回事。他們對真實世界沒有興趣。」

接著有一小段暫停。在這棟房子裡，片刻的沉默也是奢侈。

「艾齡跟我說過葬禮的事情了，」康瓦利思開口，把芭芭拉在門廳講過的話又講了一遍。

「我非常喪氣。我做這一行十年了。在我之前是我父親經營，更之前是我祖父。我可以跟你們保證，這種事從來沒有發生過。」霍桑正要開口提問，但是康瓦利思又繼續說下去。「我尤其遺憾的是我不在場。通常我會盡量出席葬禮，但是，我相信艾齡也告訴你們了，今天是我兒子學校的戲劇公演。」

「他花了好幾個星期練習台詞，」芭芭拉大聲說：「每天晚上睡覺之前都在練。他非常當一回事的。」她倒了一大杯白酒，走過來加入我們。「如果我們沒到場，他永遠也不會原諒我們的。他血管裡流著演戲的血液……成天談的都是演戲，而且他演得太精采了。唔，我當然會這麼說，對吧？但是他真的很厲害！」

「我不該去的，我當時就知道。我有個直覺，就是覺得葬禮上會出什麼事。」

「為什麼，康瓦利思先生？」

他回想著。「唔，有關庫柏太太的死，一切都不太尋常。你可能很驚訝，但是我對暴力犯罪並不陌生，霍桑先生。我們有另一個分社在南倫敦，我們不只一次被警察找去……持刀犯罪、幫派暴力。但是在這個例子裡，庫柏太太安排好自己葬禮的同一天，就真的需要用到……」

「你跟我說過你很擔心，」芭芭拉附和道：「今天早上你換衣服的時候，還在嘮叨呢。」她雙眼打量他。「你為什麼還穿著那套西裝？我還以為你會換掉。」

芭芭拉．康瓦利思是個愉快、友善的女人，但她就是說個不停，要是我跟她結婚，大概會被逼瘋。她丈夫沒理會她提出的問題。「這就是為什麼我要艾齡在場，」他解釋道：「我知道會有警察和記者去，另外當然，戴米恩．庫柏是名人。我不敢交給阿佛瑞一個人負責。即使如此，我還是應該留下的。」

「你甚至沒跟戴米恩・庫柏說上話。」餐桌上擺了一缽洋芋片。芭芭拉拉過去，抓了一把。在花園裡，兩個男孩正在上下蹦跳。我們聽得到他們從雙層玻璃窗外傳來的興奮笑聲。「他是你最喜歡的演員之一。」

「沒錯。」

「他的所有作品我們都看過。那部電視影集叫什麼來著？有關新聞記者的？」

「我不記得了，親愛的。」

「你當然記得。我們還買了DVD光碟，你看了好多遍。」

「《政局密雲》。」

「就是那部。我自己是看不下去。但是他演得非常好。我們還去劇院看過他的戲，對吧，奧斯卡・王爾德的《不可兒戲》。是在我們的結婚週年紀念日，我請羅勃去看的。」她轉向丈夫。「我們覺得他演得很好。」

「他是個好演員，」康瓦利思贊同道：「不過就算有機會，我也絕對不會在他母親的葬禮上去找他講話，那太不得體了。」他開了個小玩笑。「我可沒打算去跟他要簽名！」

「唔，我有個消息，你聽了可能會吃驚。」霍桑說。他拿起一塊洋芋片，手指捏著，活像那是證物似的。「戴米恩・庫柏也死了。」

「什麼？」康瓦利思瞪著他。

「他今天下午被謀殺了。就在葬禮後大約一個小時。」

「你在說什麼？那是不可能的！」康瓦利思看起來震驚極了。我本來以為這個消息已經上了電視或網路，但這兩夫婦一定是忙著小孩的事情，根本沒空看電視之類的。

「他是怎麼被謀殺的？」芭芭拉問。她看起來也很震驚。

「刀子刺死的。在他紅磚巷的公寓裡。」

「你們知道是誰幹的嗎？」

「還不曉得。我很驚訝密道斯偵緝督察還沒跟你聯絡。」

「完全沒有人跟我們聯絡。」康瓦利思注視我們，思索著字句。「在葬禮上發生的事情……有關連嗎？我的意思是，一定有！後來艾齡跟我提起時，我以為那只是個不愉快的玩笑……」

「有人懷恨在心。你之前是這麼說的。」芭芭拉提醒他。

「這似乎是個明顯的推論，不過就像我剛剛說的，我完全沒碰過這種事。但是如果戴米恩被殺害，我想，就得用完全不同的觀點去看這些事情了。」

霍桑又不想吃洋芋片了，他扔回缽裡。「有個人把一個MP3錄音鬧鐘放在棺材裡。鬧鐘在十一點半響起，播放一首兒歌。我想應該可以推斷這兩件事是有關連的。所以我想知道鬧鐘是怎麼放進去的。」

「我完全沒有頭緒。」

「你要不要想一下？」霍桑很煩躁。我想這個地方的凌亂，還有兩個小孩在外頭上下蹦跳，加上芭芭拉喝著葡萄酒、吃著洋芋片，威爾斯登綠地的一切都開始讓他發煩了。

康瓦利思看著他太太，好像要尋求她的支持。「我可以跟你保證，絕對不會是我們社裡任何一個員工放進去的。每一個在康瓦利思父子葬儀社工作的人，至少都已經待了五年，其中許多還是我們的親戚。我相信艾齡告訴過你，庫柏太太是直接從醫院送到我們位於漢默史密斯的停屍中心。我們幫她清洗、闔上眼睛。庫柏太太生前要求不要做防腐。沒有人要求看她的遺體——就算他們要求，也沒有機會做任何不恰當的事情。

「她被放進天然柳枝編製的棺材裡，是她指定的。那是今天早上大約九點的事情。我不在場，但是四位抬棺人都在那個房間裡。接著她被運上靈車。我們停屍所外有個私人院子，外頭有電動柵門，所以沒有人可以從街上進去。從那裡，她就被直接送到布朗普頓墓園。」

「所以她從頭到尾都有人看守。」

「是的。據我所知，中間或許有三、四分鐘，棺材是沒有人看守的：就是靈車停在教堂後面的時候，另外順便講一聲，我應該要確保以後不會再發生這樣的事情。」

「不過可能就是在那段時間，鬧鐘被放進棺材裡。」霍桑說。

「是的，我想是吧。」

「要打開棺材有多容易？」

康瓦利思想了一下。「大概只要一下子。要是傳統的棺材，是用實木做的，棺蓋就會用螺絲鎖上。但是因為是柳枝棺材，所以只有兩條皮帶拴著。」

芭芭拉喝完了她那杯白酒。「你們確定不來一杯？」

「不，謝了。」我說。

「唔，我要再喝一杯。這些有關謀殺和死亡的談話！平常我們在家從不討論羅勃的工作。小孩很討厭聽。在安德魯的學校，他們有堂課必須跟全班演講，介紹自己父親的工作，結果他全都用編的，他說羅勃是會計師。」她大笑一聲。「我不曉得他要從哪裡去收集資料。他根本對會計師那一行完全不懂。」她走到冰箱，又倒了一杯白酒。

她關上冰箱門時，另一個男孩走進來，穿著運動服長褲和T恤，他比其他兩個男孩高，深色頭髮散亂地垂落到臉上。「托比和塞巴斯欽為什麼還在花園裡？」他問，然後注意到我們。「你們是誰？」

「這位是安德魯，」芭芭拉說：「這兩位是警察。」

「為什麼？發生了什麼事？」

「你完全不必擔心，安德魯。功課做完了嗎？」那男孩點點頭。「那你如果想看電視的話，可以去看。」芭芭拉微笑著說，接著拿他來炫耀。「我剛剛才跟這兩位先生提到你們學校的戲劇公演。小木偶皮諾丘！」

「他演得不是很好，」康瓦利思說。然後他扮出鼻子變長的模樣。「慢著。我剛剛是撒謊。他厲害極了！」

安德魯挺起胸膛，得意地說：「我長大後要當演員——」他宣布道。

「我們現在先別談這個吧，安德魯。」康瓦利思打斷他。「如果你想幫忙，可以出去叫弟弟們該去準備睡覺了。」

在外頭的花園裡，托比和塞巴斯欽已經改去玩攀爬架了。他們彼此大叫，累得過頭，陷入了一種狀態，幾乎失去所有理性人類的特質。那種狀態我從自己的小孩身上經歷過，還記得很清楚。安德魯點點頭，照著父親的吩咐出去外面。

「我可以問你一件事嗎？」我知道自己可能會惹霍桑生氣，但是我太想知道了。「跟案子完全無關，但是我想知道你為什麼選擇這一行。」

「當喪葬禮儀師？」這個問題似乎並不困擾康瓦利思。「在某種程度上，是這一行選擇了我。你也看到我們南肯辛頓辦公室大門上方的招牌。這是家族企業。我想從我曾祖父就開始了，然後家裡一直做下來。我有兩個親戚也在裡頭工作。你們見過艾齡了，我堂弟喬治則是負責會計。或許有一天我哪個兒子會接手。」

「我看機會不大！」芭芭拉譏嘲道。

「他們可能會改變心意。」

「就像你以前那樣？」

「現在這個時代，對年輕人並不容易。讓他們知道：只要他們想要，家裡隨時會有份工作等著他們，這會是一件好事。」他的目光回到我們身上。「我大學畢業後做過其他的事情。我旅行各地，而且算是以我自己的方式浪蕩了一陣子吧。以前有一部分的我抗拒成為喪葬禮儀師——但是如果我沒接手家族事業，人生就會大不相同了。」他伸手握住他太太的手。「我們就是這樣認識的。」

「是我舅舅的葬禮！」

「我擔任禮儀師的頭幾場葬禮之一。」康瓦利思微笑。「那大概不是遇到人生伴侶最浪漫的方式，不過那是當天所發生最棒的事。」

「我從來就不是太喜歡大衛舅舅。」芭芭拉說。

外頭的天色逐漸暗下來，兩個小孩現在正在跟他們的大哥爭執，不肯聽話進屋裡。「如果沒有別的問題，我恐怕就得請你們離開了。」康瓦利思說：「我們要準備送孩子上床了。」

霍桑站起來。「你們幫了很大的忙。」他說。

我不確定這是不是實話。

「如果你們查出了什麼，可以通知我們嗎？」芭芭拉問。「好難相信戴米恩．庫柏被殺了。先是他母親，接著是他，讓你忍不住納悶誰會是下一個！」

她出去叫小孩進屋，同時康瓦利思送我們到門口。「還有另外一件事，我想應該跟你們提一下。」在灰色暮光中，他站在那片亂鋪的石板地面上。「我只是不確定這事情是否有關……」

「說吧。」霍桑說。

「唔，兩天前，我接到一通電話。對方想知道葬禮在何時何地舉行。電話那頭是一個男人。他說他是黛安娜．庫柏的朋友，想來參加葬禮，但是他不肯講他的名字。事實上他的整個態度都——該怎麼說呢？——相當可疑。我不會說他精神錯亂，但他的聲音聽起來絕對是壓力很大。他很緊張，甚至不肯告訴我他是從哪裡打來的。」

「他怎麼知道負責辦葬禮的是你們？」

「我自己也不明白，霍桑先生。我想他一定是打給西倫敦的所有葬儀社，問同樣的問題，不過，我們是最大的幾家之一，又是最受尊重的，所以他可能第一個就從我們的店開始打。總之，我當時沒有想太多，只是把他想要的細節告訴他。但是，當艾齡告訴我今天墓園所發生的那些可怕的事，唔，我當然就想到他了。」

「你該不會有他的電話號碼吧？」

「是的，我有。所有打來的電話我們都留下紀錄，他是用手機打來的，所以他的號碼顯示在我們的系統裡。」康瓦利思拿出一張折起來的紙，遞給霍桑。「老實說，我本來拿不定主意，不曉得是不是要告訴你。我不希望害任何人惹上麻煩。」

「我們會追查的，康瓦利思先生。」

「大概沒什麼。只是浪費時間而已。」

「我有很多時間。」

康瓦利思回到屋裡，關上門。霍桑打開那張紙，看著上面的號碼，露出微笑。「我認得這個號碼。」他說。

「怎麼可能？」

「跟茱蒂絲．高文在她哈羅山丘的家給我的號碼一樣。是她先生的，阿倫．高文。」

霍桑折好那張紙，塞進口袋。他微笑著，彷彿這事情他早就料到了。

15

與希爾妲共進午餐

「你買了新鞋子。」我太太說，這是下個星期一，我正要離家。

「不，我沒有。」我回答，同時往下看，發現腳上穿著霍桑之前給我的那雙鞋，原先是戴米恩．庫柏的。這雙鞋很舒服，義大利貨，但是我穿上時根本沒想。「喔，這雙！」我喃喃道。

我太太是電視製作人。她對細節特別注意，去當偵探或間諜都沒問題。我站在那裡，很尷尬。我還完全沒跟她提過霍桑。

「我有這雙鞋已經好一陣子了，」我說：「只是不常穿而已。」我們彼此不撒謊的。我講的這兩句話，大致上都算是實話。

「你要去哪裡？」她問。

「跟希爾妲吃午餐，」我說。

希爾妲．史塔克是我的文學經紀人。我也還沒告訴她有關霍桑的事情。我盡快離開家裡。

作家和經紀人之間的關係很奇特，我甚至不確定自己完全了解這種關係。從基本因素開始，作家需要經紀人。大部分作家碰到合約、協議、開發票都很無能——其實任何涉及商業或常識的事情都很無能。經紀人會處理這一切，換取作家一成的酬勞，這個抽成其實非常合理，直到你的書開始大賣，但是等到你的書真的賣很多，你也不會在乎被抽一成了。他們不太做其他的事情，通常也不會幫你爭取到工作。如果他們幫你談到更高的預付版稅，增加的幅度也遠遠少於百分之十。

經紀人其實不算是你的朋友——就算是，也是個特別花心的朋友，還有幾十個別的客戶都受到他們同等的喜愛。他們可能試探性地問起你的太太或小孩，但其實最感興趣的就是你的新作進度。可以說，他們滿腦子只想著一件事，而且跟尼爾森（調查並追蹤全英國書籍銷售量的公司）完全同步。我的書只要上市一個星期，希爾妲就會打電話告訴我這本書的銷售排行，即使她明知道我很討厭這些。「書籍銷售量不是一切。」我會告訴她。而這一點，簡單地說，就是她跟我的差異。

我還記得她剛擔任我的經紀人之後不久，有一回我們約在倫敦城市機場會合，要一起去愛丁堡，我在那邊有一個演講。我很驚訝她居然答應跟我一起去。她不必回家嗎？她沒有家人嗎？我永遠不會知道。她不曾邀我去她家，我也從沒見過她的家人。那天在機場，當我過了安檢關口看到她，她正對著手機在吼某個人，比劃著要我別打斷。我花了大約十秒鐘才明白被她吼的是個出版商，又再花了十秒鐘才明白那是我的出版商。原來之前她一通過安檢，把剛剛脫下來檢查的鞋子、腰帶、外套穿上，就走進機場的書店，結果發現裡面沒有我的新書，於是就打電話去質問我的出版商了。

這就是希爾妲。我跟她簽約之前，曾在杜拜、香港、開普敦、愛丁堡、雪梨的書展見過她。她知道我的一切：我最近上市的書賣得多好，為什麼我的主編剛剛辭職、接手的會是誰。她真的是我的阿拉丁神燈精靈，不過據我所記得的，我從來沒有摩擦過神燈。我早晚會跟她簽約，後來也果然簽了。順帶一提，我不是她最大牌的作者。而她厲害的地方，就是讓我相信我其實是。

我總是得提醒自己：理論上，是她替我工作，而不是我替她工作。即使如此，每回跟她見面，我總是很緊張。她是個矮小、穿著時髦的女人，一頭小捲的頭髮，還有非常熱切的、探究的雙眼。有關她的一切都非常強悍：她用手指戳你的方式，不連貫、斷續的講話風格，衣著品味。她講粗話的頻率幾乎跟霍桑一樣。我喜歡她和畏懼她的程度是同等的。

我知道我必須告訴她有關我正在寫的這本書。她會幫我找到出版社，她會談好條件。我也知道她會不高興我沒問過她就先進行，這就是為什麼我盡可能拖到不能再拖，我先跟她談其他重要的事情：《絲之屋》的行銷，少年間諜艾列克系列是否要寫新書（我之前有個點子，想寫一本有關葉森．果戈洛奇的書，他是出現在同系列好幾本中的一位刺客），ＩＴＶ電視網和《正義與否》的播出日期，下一季的《戰地神探》（如果真的有下一季的話）。希爾妲本來就比較容易煩躁，今天更是異常地焦躁不安。侍者收走盤子後，我問她有什麼不對勁。

「我本來不想提的，」她說：「但是反正你大概也會在報紙上看到。我的一個客戶被逮捕了。」

「誰？」

「雷蒙．克魯恩。」

「那個戲劇製作人？」

她點頭。「他去年為一齣音樂劇籌資，《摩洛哥之夜》。結果票房不如預期。」希爾妲絕對不會說任何作品是完全失敗，就算賠得一塌糊塗也不例外。要是一本書被書評痛宰，她還是會從書評裡找到一個字，可以用來宣稱評論是毀譽參半。「現在有些出資人指控他誤導他們。警方正在調查他是不是有詐欺行為。」

原來布魯諾．汪在葬禮前跟我說的故事是真的。我很驚訝。我連希爾妲的客戶裡有戲劇製作人都不曉得，另外我很好奇她是不是也損失了錢。我不敢問。不過，這是我正在尋找的開場。我於是提起我最近碰到過克魯恩，說他去參加了黛安娜．庫柏的葬禮。接著我就談到霍桑，才終於描述了我答應要寫的那本書。

她沒生氣。希爾妲從不吼客戶的。比較精確的形容是懷疑。「我真的不懂你，」她說：「我們一直在談要讓你脫離童書，確立你成人作者的地位……」

「這本是成人書。」

「這本是犯罪實錄！你不是犯罪實錄作家。而且總之，犯罪實錄賣不動。」她拿起眼前的葡萄酒杯。「我不覺得這是個好主意。你的《絲之屋》再過幾個月就要上市了，你知道我有多喜歡那本書。我以為我們講好你要繼續寫一本續集的。」

「我會寫啊！」

「你現在應該在進行那本續集才對，那才是讀者想看的。誰會對這個……他叫什麼來著？」

「霍桑。丹尼爾·霍桑，不過他不用他的名字。」

「警探都是這樣。」

「他以前當過警探。」

「所以他是個失業的警探！『失業的警探』，你的書要叫這個嗎？你想到書名了沒？」

「還沒有。」

她把葡萄酒喝掉。「我真不懂這個計畫是哪一點吸引你。你喜歡他嗎？」

「不太喜歡。」我承認。

「那為什麼讀者會喜歡他？」

「他很聰明。」我知道聽起來有多麼站不住腳。

「他還沒破這個案子。」

「唔，他還在努力。」

侍者端著主菜來了，我跟希爾妲講了一些我參與的訪談。麻煩的是，除了記了一些筆記之外，我還沒開始寫，所以我講的那些聽起來都非常模糊又不重要……甚至是無聊。想像一下要描述一本阿嘉莎·克莉絲蒂小說的情節。我的狀況就是這樣。

最後她打斷我。「這個霍桑，他是什麼樣的人啊？」她問：「是什麼讓他有趣？他喝單一麥芽威士忌嗎？他開古董汽車嗎？他喜歡爵士樂還是歌劇？他養狗嗎？」

「我對他一無所知，」我悲慘地說：「他結過婚，有個十一歲的兒子。他在倫敦警察廳的時候可能曾把一個人推下一層樓梯。他不喜歡同性戀者……我不知道為什麼。」

「他是同性戀嗎？」

「不是。他討厭談自己。他不肯讓我接近。」

「那你要怎麼寫他？」

「要是他破了案……」

「有的案子要好幾年才會破案。你打算下半輩子都跟著他在倫敦到處亂轉？」她點的主菜是小牛肉薄片。這時她切著，好像那肉片跟她有仇似的。「你得改掉裡頭很多人名，」她又說：「你不能就這樣闖入別人的屋子，把他們寫在書裡。」她眼神含怒看著我。「你最好把我的名字改掉！我不想出現在書裡。」

「聽我說，從各個方面來看，這個命案很有趣，」我堅持道：「而且我想霍桑是個有趣的人。我會設法多查出一些他的事情。」

「怎麼查？」

「我碰到一個警探。我會從他身上開始。」我想的是查理．密道斯，如果我請他喝杯酒的話，或許他會跟我談。

「你跟霍桑談過錢了嗎？」希爾妲問，嚼著她的小牛肉。

這是我一直害怕的問題。「我建議過五五分帳。」

「什麼？」她差點扔下刀叉。「太荒謬了，」她說：「你寫過四十本小說，已經是個成名作家。他是個失業警探。依我看，他應該要付錢給你寫他。就算要分錢，他也絕對不該拿超過兩成。」

「這是他的故事！」

「但是寫的人是你。」她嘆氣道：「你真的想寫這本書？」

「現在要退出有點太晚了，」我說：「總之，我也不確定自己想退出。我當時就在那個房間裡，希爾妲。我實際看到了死屍，被砍得支離破碎，渾身是血。」我看了一眼自己的牛排，然後放下刀叉。「我想知道是誰幹的。」

「好吧。」她看著我的眼神表明這件事不會有好下場，但不是她的錯。「把他的電話號碼給我。我會跟他談。但是我應該先警告你，你已經簽約的書還有兩本沒交稿，其中至少一本的背景要設定在十九世紀。我不確定你的出版商會對這本有興趣。」

「五五分帳。」我說。

「除非我死。」她說。

午餐之後，我前往維多利亞，覺得自己像個逃學的學童。為什麼我突然要對每個人瞞著每件事？我沒跟我太太提過霍桑，而現在我在這裡，又是溜出來見他，沒跟希爾妲提到。霍桑以一種絕對不健康的方式，獲取了我的信任。最糟糕的是，我其實還期盼見到他，想知道接下會怎麼樣。我剛剛對希爾妲說的是實話。我入迷了。

我不喜歡維多利亞這一帶，很少來這裡。為什麼要來？這是倫敦很詭異的一個區域，位於白金漢宮比較不討喜的那一側。據我所知，這裡沒有像樣的餐廳，商店裡賣的東西不可能有任何人想要，沒有電影院，只有兩家戲院，感覺上是被它們位於沙夫茨伯里大街的老家給割出去的。維多利亞車站老舊得讓你簡直以為會有蒸汽列車停下，而你一走出車站，就發現自己迷失在一個混亂無序的交叉點，眼前那些街道陳舊、破爛，而且看起來都一樣。最近幾年，官方推出了一些頭戴圓頂禮帽、態度歡快的嚮導，在車站前的空地裡給遊客建議。而我唯一會給遊客的建議，就是去別的地方。

阿倫·高文就是在這裡工作，他經營的公司是專門幫企業籌備各種會議和社交活動的。我走到長途巴士站附近一條窄街的盡頭，街上滿是讓人缺乏食慾的小咖啡店，而他的辦公室就在一棟一九六〇年代蓋好的，現在已經破敗得很厲害的建築物二樓。我到的時候正在下雨——之前一整天都陰雲密佈——人行道上到處都是小水窪，巴士隆隆駛過時濺起水花，我真難想像世上還有我更不想待的地方。門上的招牌是「好小子活動規劃」（Dearboy Events），我花了好一會兒才想到其中典故。那是出自前首相哈羅德·麥米倫所講的話，有回記者問他政治人物應該害怕什麼。他的回答是：「事件，好小子，事件。」

我被帶進一個不規則形狀的小接待室，不必是偵探也看得出這家公司的經營狀況。家具昂貴但已經用很久了，攤放在茶几上的同業雜誌早已過期。盆栽植物枯萎得奄奄一息。接待員很無聊，而且完全不想遮掩。她的電話沒響。一個書架上展示著幾個獎牌，頒發的組織我從來沒聽過。

霍桑已經到了，坐在一張沙發上，那種不耐的神態我已經開始熟悉了。那就好像他對犯罪上了癮，等不及要開始下一場偵訊。「你遲到了。」他說。

我看看手錶。現在是三點零五分。「你好嗎？」我問：「週末過得怎麼樣？」

「還可以。」

「你做了什麼嗎？看了電影？」

他好奇地看著我。「你是怎麼回事？」

「沒事。」我想著剛剛跟希爾妲的午餐，同時在他對面坐下。「你知道雷蒙．克魯恩被逮捕了嗎？」

他點頭。「我在報紙上看到了。他拿了黛安娜．庫柏那五萬鎊，看起來像是詐騙。」

「或許她知道他的一些事，因此他有理由殺她。」

霍桑思索著我的建議，那種方式是在告訴我他根本不予考慮。「你是這樣想的嗎？」

「有這個可能啊。」

一位年輕小姐來到接待區，用一種無望的聲音跟我們說，高文先生可以見我們了。她帶著我們走進一條短廊，經過兩間辦公室，我注意到兩間都是空的。短廊盡頭有一扇門。她打開來。

「你的訪客到了，高文先生。」

我們走進去。

我立刻認出阿倫・高文。我在葬禮上見過他。那就是那個頭髮蓬亂、拿著白手帕的高個子男子。眼前他坐在一張辦公室後頭，背後有一扇窗子，隔著他的肩膀，看得到窗外的維多利亞長途巴士站。他穿著一件獵裝外套，裡面是一件圓領毛衣。我們進去時，他也認出我們了。他知道我們在墓園見過他，臉色一沉。

辦公桌對面有兩張椅子，我們坐下了。

「你是警察？」他緊張地打量著霍桑。

「我是跟警方合作的，沒錯。」

「不曉得能不能看一下你的身分證件。」

「不曉得能不能請你告訴我，你昨天去布朗普頓墓園做什麼，另外要問一下，你離開之後做了什麼。」高文什麼都沒說，於是霍桑又繼續。「警方還不知道你當時在那裡，但是我知道，要是我告訴他們，相信他們會很有興趣找你談。坦白說，我想你會發現跟我談要輕鬆得多。」

高文好像沉入椅子裡。更仔細看，他是個被失敗壓垮的人。這也不意外。那樁車禍奪走了他一個兒子，又害他另一個兒子重傷，從此他的人生就逐漸全面崩潰，他失去了他的家、他的婚姻，還有他的事業。我知道他會回答霍桑的問題。他身上幾乎已經毫無鬥志了。

「我去參加葬禮，又沒有犯法。」他說。

「可能是這樣，也可能不是。你聽到了那個音樂了。『巴士輪子轉呀轉……』如果我記得沒錯，那違反了〈埋葬法修正法案〉：在葬禮上鬧事、暴力、不當行為。但是我猜想，也可以用非法入侵民宅來追究。有個人打開棺材，把一個MP3鬧鐘放進去。你知道是怎麼回事嗎？」

「不知道。」

「但是事情發生時你看到了。」

「是的，那當然。」

「那首歌對你有任何意義嗎？」

高文一時沒回應，我看到他雙眼裡出現了兩個絕望的深洞。「我們埋葬提摩西時，就放了這首歌，」他嗓音沙啞地說：「那是他最喜歡的歌。」

就連霍桑聽了都猶豫起來，不過很短暫。他又立刻恢復攻擊模式。「那麼你為什麼去那裡？」他問道：「你完全有理由恨這個女人，為什麼要去參加她的葬禮？」

「就是因為我恨她！」高文的臉頰發紅，他的黑色眉毛很濃密，更強調了他的憤怒。「那個女人因為愚蠢和粗心，害死了我一個八歲大的兒子，又害他本來活力旺盛、可以逗笑任何人的兄弟變成幾乎是植物人。她沒戴眼鏡，於是毀掉了我的人生。我去參加葬禮，是因為我很高興她死了，而且我想看到她埋進土裡。我覺得那會給我一種了斷的感覺。」

「結果有嗎？」

「沒有。」

「那麼戴米恩．庫柏的死呢？」霍桑就像個網球選手，把球又轟回網子對面。他有同樣那種潛伏的能量，同樣的專注。

高文很不屑。「你認為我殺了他嗎？霍桑先生。這就是為什麼你問我葬禮後做了什麼嗎？我去走了很長的路，先是沿著國王街，接著又沿著泰晤士河走。沒錯，我知道，這也太巧了，不是嗎？沒有目擊證人。沒有人能告訴你我人在哪裡。但是我為什麼會希望他受到傷害？他當時沒有開車，而是待在家裡。」

「他母親肇事後逃逸，或許就是為了保護他。」

「那是她的選擇，很懦弱又自私，但是根本不關他的事。」

這跟我的想法相吻合。阿倫・高文可能有好理由殺了黛安娜・庫柏，但是我想不出為何要牽連到她兒子。

他們兩個都停止講話，就像兩個繩圈內的拳手剛打完一回合。然後霍桑又攻擊了。「你去見過庫柏太太。」

高文猶豫了。「沒有。」

「別跟我撒謊，高文先生。我知道你去過。」

「你怎麼知道？」

「庫柏太太告訴她兒子。她被你嚇到了。根據他的說法，你當時威脅她。」

「我沒有做那種事。」他停下來，吸了口氣。「好吧。我去見過她，我不懂我為什麼覺得應該要否認。那是大約三或四個星期前吧。」

「在她死前兩星期。」

「我告訴你是什麼時候吧。就是茱蒂絲要求我搬出去的兩個星期後，當時我們終於明白這段婚姻無法挽救了。所以我去找那個女人，因為我忽然想到，或許，只是或許，她可能有辦法幫忙。我甚至以為她會想要幫忙。」

「幫你？用什麼方式？」

「用錢！不然你以為呢？」他吸了口氣。「我還不如把你想知道的告訴你，因為你知道嗎？我其實根本不在乎。我什麼都沒有了。我的公司完蛋了。現在的企業不想花錢……不想花在企業活動上。前首相高登．布朗搞爛了這個國家，新上任的首相又完全搞不清楚狀況。所以每個人都勒緊褲帶，像我們這種生意，就是第一個要砍掉的。

「茱蒂絲和我也完了。二十四年的婚姻，你有一天醒來，忽然發現你們再也受不了待在同一個房間。總之她是這麼說的。」他指著天花板。「樓上有一戶單身公寓，我現在就住在那裡。我五十五歲了，用單口爐台的瓦斯爐煮蛋，或是去買麥當勞的大麥克漢堡外帶。我的生活就變成這樣。

「這一切我都可以忍受。我不在乎。但是你知道真正讓我難過的……為什麼我要去找那個該死的女人？我們就要失去房子了，哈羅山丘的那棟。我們付不出貸款了。但即使是這樣，我也無所謂，只不過那是傑瑞米的房子。那是他的家，是他感覺安全的地方。」他的雙眼閃出怒氣。

「只要能找到任何方式保護他不必搬家，我就會去做。這就是為什麼我吞下自己的尊嚴，去見庫柏太太。我以為她可以幫忙。她的住址在切爾西那種高貴的地方，而且根據我在報紙上看到的，她兒子正在好萊塢賺大錢。我以為，或許，如果她有那麼一點器量，就會願意彌補她以前犯的錯，拿出錢來幫我們家。」

「結果有嗎？」

「你以為呢？」他的口氣又變得譏嘲。「她開門看到是我，還想關上。我硬是進去，她就威脅要叫警察。」

「你硬是進去？這到底是什麼意思？」

「我的意思是，我說服她讓我跟她談一下。我沒做出任何威脅。我不使用暴力的。我幾乎快跪下來，求她給我十分鐘。」他暫停。「我唯一想要的就是借一筆錢。這樣的要求太高了嗎？我最近可能會接到兩筆生意，有機會度過難關。我只是需要一點喘息的空間。但是她根本不想聽。我不曉得怎麼有人這麼冷血，這麼無動於衷。她叫我離開她家，我也照做了。我其實很受不了自己跑去。這就可以證明當時我有多麼絕望。」

「這是發生在哪個房間，高文先生？」

「靠前面的房間，客廳。怎麼了？」

「是什麼時間？」

「午餐的時候。大約正中午。」

「所以窗簾是打開綁好的。」

「是的。」他被這個問題搞得一頭霧水。

「你怎麼知道她在家？」

「我不知道。我只是抱著一絲希望，去碰碰運氣。」

「後來，你又寄了一封信給她。」

高文只猶豫了片刻。「是的。」

霍桑伸手到口袋，拿出他從安爵雅．克魯伐內克那邊拿來的那張信紙。過去幾天發生了那麼多事，我都差點忘了這張信紙了。霍桑把折起的信紙打開。「我一直在觀察你，我知道你最心愛的是什麼。」他唸道：「你說你沒威脅過她，但是在我看來，這就是威脅了。」

「當時我很生氣。我寫的那些都不是認真的。」

「這封信你是什麼時候寄出的？」

「我沒寄。我是自己送過去的。」

「什麼時候？」

「我去找過她之後大約一星期。那是星期五。所以我猜想一定是十六日或十七日。」

「她死前的那個週末！」

「我沒進去屋裡，只是把信塞進門縫。」

「她回信了嗎？」

「沒有。我沒接到她的回音。」

霍桑又看了那張信一眼。「你這是什麼意思——我知道你最心愛的是什麼？」

「我根本沒有任何意思！」高文拳頭捶了一下桌子。「那只是一堆字句而已。你站在我的立場想想看！去看她很蠢，寫那封信很蠢。但是當一個人被逼到牆角，有時候就是會幹出蠢事來。」

「庫柏太太養了一隻貓，」霍桑說：「是灰色波斯貓。我想你大概沒見過。」

「對。我沒看到任何該死的貓——其實我也沒有別的話可以跟你說了。你沒讓我看證件。我不知道你是誰。我希望你們離開。」

隔壁辦公室有電話鈴聲響起。是我們進來這棟大樓後第一次聽到的鈴聲。「你還要多久會搬走？」霍桑問。

「我的租約還有三個月。」

「那麼我們就知道可以在哪裡找到你了。」

我們走過幾乎全空的辦公室，回到戶外的雨中。霍桑立刻點了一根菸。「我明天要去坎特伯里，」他突然宣布道。「你要一起去嗎？」

「為什麼要去坎特伯里？」我問。

「我追查到奈吉爾・魏斯登了。」我都忘了這是誰。「奈吉爾・魏斯登法官。」霍桑提醒我。「讓黛安娜・庫柏無罪脫身的法官。去找過她之後，我想再去迪爾看看。你可能會喜歡，東尼。呼吸一點海邊空氣。」

「好吧。」我說，雖然我其實不想離開倫敦。從各個方面來說，我都被拖進了陌生的領域，而且由霍桑當我的嚮導，我並不放心。

「那就明天見了。」

於是我們分道揚鑣，我一直走到街尾，才想起我本來想問的那個問題。阿倫．高文說他很高興她被殺害。但是我在葬禮見到他時，他卻在哭。他的手帕一直去輕按眼睛。為什麼？

另外還有別的。

「她沒戴眼鏡，於是毀掉了我的人生。」

這是他剛剛說的話，他的聲音因為怒氣而半哽咽。但另一個證人雷蒙．克魯恩談起黛安娜．庫柏，卻說了截然不同的話。

我一回到家，就去查我的筆記，發現了我在找的。這是霍桑漏掉的——但其實一直在，就在我眼前，為什麼母子兩人都必須死，而且我因此知道誰殺了他們。事實上非常明顯。

我突然很期盼明天到坎特伯里的旅程。難得一次，我佔了上風。

16 密道斯偵緝督察

隨著這本書的尾聲在望，我發現自己需要更多背景資料。該是去聯絡查理．密道斯偵緝督察的時候了。

實際上，要聯絡他相當容易。我打去倫敦警察廳，講了他的名字，立刻就被轉接過去——我想是轉到他的手機。我們講話時，我聽得到背景裡有氣動電鑽的聲音。一開始，當我跟他說我是誰、為什麼想跟他見面，他一副懷疑的口吻，接著他開始編藉口，坦白說，要不是我賄賂他，他就要掛電話了。所謂賄賂，就是我提出要給他每小時五十鎊，還建議我們在一家酒館碰面，這樣我就可以請他喝酒。他小心翼翼地答應了，不過我有個感覺，他其實不需要花很多力氣去說服。他不喜歡霍桑，當然會把握任何講他壞話的機會。

那天傍晚，我們約在蘇荷區的葛勞丘俱樂部碰面。因為他要求找個倫敦市中心的地方，我想他會喜歡一家以名流顧客聞名的私人俱樂部。我也知道我們會有位子。他遲到十分鐘，此時我已經在樓上一個安靜的角落佔了位子。他點了一杯伏特加馬丁尼，讓我有點驚訝。那三角形的高腳玻璃杯在他超大的手裡看起來好可笑，而且他才三口就喝光，立刻又要了一杯。

我有很多問題要問他，但首先他想知道關於我的事情。我是怎麼認識霍桑的？我為什麼要寫一本關於他的書？他付我多少錢？我說了我們是怎麼認識的、為什麼我答應這份差事（他沒付我錢），而且表明我對霍桑也有疑慮，而且他並不是我的朋友。

密道斯聽了微笑。「像霍桑這種人不會有很多朋友，」他說：「我逮捕過的某些小偷或強姦犯，朋友都還比他多。」

於是我告訴他關於《正義與否》影集，解釋當時霍桑跟我合作，說前陣子他又來找我，提議我寫他最近的這個案子。我沒提起瓦伊河畔海伊的書展改變我的想法。「聽起來很有趣，」我說：「我寫過很多有關謀殺的故事，但是從來沒碰到過像霍桑這樣的人。」

他再次微笑。「像霍桑這樣的人並不多，感謝上帝。」

「你到底為什麼不喜歡他？」

「是什麼讓你認為我不喜歡他？老實說，我根本不在乎他。我只是覺得，去雇用一個已經不是警察的人來做警察工作，這樣是不對的。」

「我想知道發生了什麼事。他為什麼會被解雇？」

「你跟他說過你要跟我碰面嗎？」

「沒有，但是他知道我在寫關於他的書，因為這是他要求的。而我告訴過他，我會盡力查出有關他的一切。」

「所以你自己也有點像是偵探。」

「我也這樣想過。」

如果俱樂部裡有人朝我們這裡看一眼，不曉得會怎麼想我們。密道斯塊頭大得像橄欖球員，有個斷過的鼻子，平直的頭髮和廉價的西裝，看起來不像是平常會在葛勞丘俱樂部喝酒的那種人。跟霍桑一樣，他有一種難以解釋的威嚇感。侍者拿了一缽小樹枝脆條零食過來，他手伸進去抓。等到他的手離開缽內時，裡頭已經半空了。

「關於謀殺小隊，他跟你說了什麼？」咔嗤、咔嗤、咔嗤。接下來我們的談話都穿插著那些該死的零食被機械式咀嚼的聲音。

「他什麼都沒跟我說。我對他幾乎一無所知。我甚至不確定他住在哪裡。」

「黑衣修士區的河庭大樓。」那裡離我在克勒肯維爾的公寓才一哩左右。「是個很高檔的地方，往外就是泰晤士河的景觀。我不曉得他是怎麼弄的，那不是他的房子。」

「你知道門牌號碼嗎？」

他搖搖頭。「不知道。」

「他跟我說他在閘士丘有個地方。」

「已經沒了，他跟他太太分手時，那地方就給了他太太。」

「我也是這樣想。」我暫停。「你見過他太太嗎？」

「她來過我們辦公室。大約一百八十公分高。白人。」他把她描述得像是個調查中的嫌疑犯。「滿漂亮的，金髮，比他年輕幾歲，有點緊張。當時她要求見他，我就帶她去他的座位。」

「他們談了什麼？」

「完全不曉得。從來沒人跟霍桑混一道的。我帶她過去後，就迴避了。」

「那麼，跟他一起工作是什麼樣的情形？」

「你沒辦法跟他一起工作的。他的問題就出在這裡。」咔嗤、咔嗤、咔嗤。他並不享受那些小樹枝脆條，只是吃掉而已。「我可以再來一杯同樣的嗎？」

他舉起他的杯子。我朝侍者示意。

「霍桑是二〇〇五年調來我們隊上的，」他說：「他原先在別的分隊——待過薩頓和韓登——他們都受不了他，我們很快就發現原因了。大家都說辦謀殺案有很多競爭。這是真的，隊上有時候會彼此大吵。但是同時，我們也相處融洽。我們下班後會一起喝酒，我們會努力彼此幫忙。

「但那不是他的作風。他獨來獨往，如果你想知道實話，沒人喜歡獨行俠。我不是說大家不尊敬他。他做這份工作真的很厲害，而且也有成績。我們有個叫謀殺手冊的東西。你聽說過嗎？」

「應該沒有。」

「唔，這也不是秘密了。如果你想看的話，可以在網路下載一整份。這個手冊大概是二十年前編出來的，手冊上的第一頁就說，這本是凶殺案調查最可靠的指南。基本上，這是各種事務的操作手冊，從第一個來到犯罪現場的應對策略，到逐戶訪查，還有驗屍的各種流程，有的調查警員會隨身帶著這手冊，像重生派基督徒帶著聖經似的。我們工作的重點就是這個，程序至上。麻煩的是，你不能太走火入魔。我認得一個人，他在調查一具從教堂地下室裡挖出來的骨骸，是一樁一九五〇年代謀殺案的被害人。他想查監視影片，因為手冊裡面是這樣教你的——但是那個謀殺案是在監視攝影機發明的二十五年前發生的。

「回頭來說霍桑，他的問題是，他用自己的方法辦案。他會完全不講一聲就消失，只因為他有個直覺，或者只是幸運猜對了，或者天曉得他到底怎麼知道的。但是幾乎每一次，他都是對的。這一點讓大家不爽。他的逮捕紀錄高居第一。」

「所以大家不喜歡哪一點？」

「每一點。在日常相處上，他就是個討厭鬼。他對上司很沒禮貌，跟任何人都合不來。而且他不喝酒。我不會因此討厭他，但是這一點對他沒有幫助。一到傍晚七點，他就消失了。或許他回家找老婆，不過我聽到有人在傳，說他很花心。這不重要。如果他多交幾個朋友，或許大便擊中風扇時，會有個人支持他。」

「你之前叫我不要接近任何樓梯。」

「我其實不該那樣說的。當時我忍不住就是要挖苦霍桑。」第三杯伏特加馬丁尼送上來了，他一口喝掉。「有個人叫德瑞克．阿伯特，是個六十二歲的退休老師，住在布倫福，我們在『黑桃行動』中逮捕了他。這是個國際行動，有五十個國家參與，調查那些透過網路和電子郵件販賣兒童色情製品的犯罪。整個行動是從加拿大開始，最後逮捕了三百多人。我們懷疑阿伯特是英國的主要大盤商，於是就找他來訊問。我甚至不曉得他跑來普特尼做什麼，但反正他就是在那裡。

「總之，他在羈押辦公室，位於二樓。他被帶去登記、搜身等等，然後得有個人帶他去偵訊室，是在地下室。通常應該是非警職的平民職員帶他去，但是那時剛好沒人，到今天我都還不太明白發生了什麼事，但是霍桑自告奮勇。他帶著阿伯特經過一條走廊去樓梯——我剛剛忘了提，他判定阿伯特必須上手銬。這也沒有必要，阿伯特都六十幾歲了，沒有暴力犯罪的前科。好吧，你大概也猜到接下來發生什麼事，而且我們只能用猜的，因為那裡的監視攝影機剛好壞了。阿伯特發誓說霍桑絆倒他。霍桑否認。我只能告訴你阿伯特頭朝前摔下了十四格階梯，而因為他雙手被銬在背後，所以中途沒辦法停下來。」

「他傷得有多重？」

密道斯聳聳肩。「傷到脖子，斷了幾根骨頭。他有可能死掉，要真是那樣，霍桑大概就得去坐牢了。不過當時的狀況，阿伯特沒有立場鬧太大，基本上整件事就被壓下來了。話是這麼說，但是也不可能裝作沒發生過。太多人知道了，而且就像我剛剛說的，太多人對他不爽。所以霍桑就被解雇了。」

這個故事沒有什麼特別出人意表的地方。我一直覺得霍桑的心底有某種鬱積的暴力，他對世界有一種強烈的義憤，甚至很諷刺的是，他會不惜為此而違法。如果他想找個人踢下樓梯，那當然會是一個戀童癖。這讓我想到他跟雷蒙·克魯恩訪談時的行為。

「他恐同嗎？」我問。

「我怎麼會曉得？」

「他以前一定說過些什麼。就算他不太善於交際，也一定表達過意見——或許是他在報紙上或電視上看到什麼的時候？」

「沒有。」密道斯看著那個零食缽，現在是空的。「現在的警察不太會表達意見了。你只要開口抱怨同性戀者或黑人，還沒等到你搞清楚狀況，就會被拔掉了。我們現在甚至都不用『勞動力』（manpower）這類字眼了。你得意識到性別平等。十年前，如果你說了什麼不應該的話，可能會被稍微懲戒。但是狀況改變了。現在PC的意思不光是指警員（police constable）而已❹，你最好搞清楚狀況。」

「阿伯特後來怎麼樣了？」

「我不曉得。他被送去醫院，從此我們再也沒有看過他。」

「你們有個偵緝總督察一直在幫霍桑。」

「那是盧瑟佛。他向來就偏愛霍桑，於是想出了這個辦法。這幾乎就像是在並行調查。你也去過犯罪現場，你看到我們還得把每樣東西留在原處等霍桑來看，進行他自己的推理。他直接向盧瑟佛負責就行，避開整個制度……」密道斯自己停下來，顯然他已經不小心說太多了。「盧瑟佛不會跟你談的，」他又說：「所以我就不浪費你的時間了。」他看了一下手錶。「還有別的問題嗎？」

「不曉得。你還有什麼可以告訴我的嗎？」

「沒有。但是或許有件事你可以告訴我。你一直跟著霍桑到處跑，他有跟一個叫阿倫・高文的男人談過嗎？」

我覺得胃裡一股寒意往下沉。我從來沒想到密道斯可能會利用我，好幫他在調查中領先霍桑。我到現在才想到，這可能也是他答應跟我碰面的真正原因。我立刻明白我不能告訴他任何事。要是密道斯忽然宣布兇手的身分，那會是個徹頭徹尾的災難。我這本書就不可能寫了！

同時，我忽然意識到我想要忠於霍桑，這一定是過去幾天發展出來的感覺，因為我之前完全沒有注意到。我們是團隊。我們——不是密道斯，也不是其他任何人——要破解這個罪案。「我沒有參與所有的訪談。」我支支吾吾地說。

「我不確定要相信你。」

「聽我說……很抱歉。我真的不能跟你說霍桑在做什麼。我們有個協議，是保密協議。」

密道斯看著我，彷彿我是揍了一個退休的老人或是殺了個小孩。我曾在三個不同的場合見過他，一直以為他遲鈍、次等，甚至很笨。我猜想，在我心目中，一直把他歸類為像是克莉絲蒂小說裡的傑派，或是福爾摩斯小說裡的雷斯垂德，或是露絲・藍黛兒筆下的伯登：都是永遠破不了案的警探。現在我明白自己低估了他。他也可能很危險。

「你好像對任何事情都知道得不多，安東尼，」他說：「不過我相信你聽說過妨害罪。」

❹ PC 一般亦指「政治正確」（politically correct）。

「是的。」

「根據一九九一年的警察法，妨害警察執行公務，你可能會被罰款一千鎊，或是要去坐牢。」

「太荒謬了。」我說。的確很荒謬，這裡不是倫敦警察廳，是葛勞丘俱樂部。而且是我邀他來這裡的！

「我只是在問你一個簡單的問題。」

「去問他吧。」我說，跟他對視。我不曉得他會怎麼做。但接著，很突然地，他鬆懈下來。烏雲飄過去了。那就好像這個小小的不愉快從來沒有發生過。

「有件事我忘了提，」他說：「我兒子聽到我要跟你碰面，非常興奮。」

「是嗎？」我點的調酒是琴酒加通寧水。我喝了一口。

「是的，他是少年間諜艾列克的大粉絲。」

「很高興你告訴我。」

「其實呢……」密道斯忽然難為情起來。他帶著一個皮革公事包，這時伸手進去。我知道接下來會發生什麼。多年來，我已經熟悉這種肢體語言了。密道斯拿出一本艾列克系列的第三部小說《骷髏島》，是全新的。他一定是來俱樂部的途中去買的。「你可以簽名嗎？」他問。

「這是我的榮幸。」我拿出一支鋼筆。「他叫什麼名字？」

「布萊恩。」

我打開書，在第一頁寫著：致布萊恩。我碰到你爸，他差點逮捕我。祝你一切美好。

我簽了名，遞還給他。「很高興認識你。」我說：「謝謝你的幫忙。」

「我想你說過，你會為我的時間付費的。」

「喔，是的。」我掏出我的皮夾。「五十鎊。」我說。

他看了一下手錶。「其實呢，我們在這裡一個小時又十分鐘了。」

「有這麼久？」

「而且我花了三十分鐘才來到這裡。」

他帶著一百鎊離開。我也付了三杯調酒錢，又幫他的書簽名。結果我得到什麼回報？我不確定這是一筆划算的交易。

17

坎特伯里

難得一次，我很期盼見到霍桑，而次日我在國王十字聖潘克拉斯車站跟他會合時，看到他心情似乎很好。他已經買妥我們兩個人的車票，只要求我付自己的就好。

火車開動時，我們面對面坐著，中間隔著一張小桌子。但是我還沒來得及開口，他忽然就拿出一疊紙、一支筆，還有一本平裝書。我看著那本書的封面，是卡繆的《異鄉人》，從法文原著譯過來的英文版。那是一本二手書，企鵝出版公司的經典系列，有些書頁都鬆脫了。書背也很破爛。我很驚訝。我從來沒想到霍桑會閱讀任何東西，除了或許八卦小報吧。我真想不到他會有興趣讀小說，更絕對想不到會是一本關於一九四〇年代阿爾及爾一名年輕小人物深入探索存在主義的小說。如果任何人問我，我會想像霍桑或許拿著一本丹．布朗的小說，也可能是比較暴力的：哈蘭．科本或詹姆斯．派特森。即使那樣，我都覺得可能性不高。霍桑很聰明，又受過良好的教育。但是他給我的印象，就是完全沒有任何內在想像力。

我不想打斷他，但同時又急著想跟他講我的理論，就是黛安娜．庫柏母子謀殺案的解答。我沉默坐在那裡，看著倫敦景色在窗外掠過，過了十五分鐘後，我再也忍不住了。順帶一提，他在這段時間讀了三頁，翻頁時帶著一種果斷，暗示著每一頁都讀得吃力，而且他很高興再也不必回去讀了。

「你讀得愉快嗎？」我問。

「什麼？」

「《異鄉人》。」我先說了法文書名，他一臉茫然，於是我又講了一遍英譯書名。

「還可以。」

「所以你喜歡現代文學了。」

他知道我想刺探他，一時之間有點煩躁。但是難得一次，他自願提供一點資訊。「這本書不是我選的。」

「是嗎？」

「是我的讀書會。」

霍桑參加讀書會！那種不協調的程度，就像是他跟我說他參加一個編織社團似的。

「我十八歲的時候讀過這本書，」我說：「對我影響很大。我很認同莫梭。」

莫梭是這本書的主角。在小說中，他生活漫無目的（小說一開始就是「今天我母親死了，也或許是昨天……」）：殺了一個阿拉伯人，入獄，死去。打動我的是他那種對前景的無望之感、對一切都覺得格格不入。當時我才十來歲，有一部分的我真希望自己能更像他一點。

「相信我，老哥。你一點也不像莫梭。」霍桑回答。他闔上書。「我常常遇到像他一樣的人。他們的心死了。他們跑出去玩，做一堆愚蠢的事情，認為全世界都欠他們。我不會寫關於他們的故事，也不會去讀，只不過這本書不是我挑的。」

「那個讀書會裡有誰？」我問。

「只是一些人。」

我等著他告訴我更多。

「是一些在圖書館的人。」

「你們什麼時候聚會？」

他什麼都沒說。我看著窗外背對著鐵路的一排排連棟屋，小小的花園把這些房子跟吵個不停的火車隔開。到處都有亂丟的垃圾。每樣東西都蒙上一層灰色的塵土。

「你們還讀了哪些書？」我問。

「你問這個做什麼？」

「我只是想知道。」

他回想著，我看得出他有點不高興。「蘭諾・絲薇佛的作品。有關一個男孩殺了自己學校的同學。這是上一本。」

「《凱文怎麼了》。你喜歡嗎？」

「作者很聰明。她會讓你思考。」他停下來，意識到這有轉為一場談話的危險。「你應該多想想這個案子。」他說。

「其實呢，我有想。」霍桑給了我一個我期盼的機會，我趕緊抓住。「我知道是誰幹的。」

他抬頭看著我，眼神帶著挑戰、又同時像是等著看我出醜。「所以是誰？」他問。

「阿倫．高文。」我說。

他緩緩點頭，但不是贊同的意思。「他有好理由殺掉黛安娜．庫柏。」他說：「但是他跟我們同時間待在墓園裡。你認為他來得及到倫敦的另一頭，趕到戴米恩的公寓嗎？」

「那個音樂一開始播放，他就離開墓園了。而且如果不是他，有誰會把那個MP3鬧鐘放在棺材裡？你也聽到他告訴我們，那是他死去的兒子最喜歡的歌。」我趁著他還來不及阻止我，就繼續往下說：「一定是跟提摩西．高文有關係。這就是為什麼我們會在這班列車上，而且很簡單的一個事實就是，其他人都沒有任何理由殺黛安娜．庫柏。會是那個清潔工、因為她偷錢嗎？或者是雷蒙．克魯恩，因為他那齣愚蠢的音樂劇？拜託！我很驚訝我們還得為這個爭執。」

「我沒有在爭執，」霍桑平靜地說，他思索著我剛剛說的話，然後難過地搖搖頭。「車禍發生時，戴米恩．庫柏在家裡。他跟車禍一點關係都沒有。所以他有什麼殺他的動機？」

「這部分我會想出來的。」我說：「假設當時開車的不是黛安娜．庫柏。瑪麗．歐布萊恩其實沒看到她的臉，而且據我們所知，黛安娜．庫柏之所以會被認為是兇手，只是因為車牌號碼登記在她名下。」

「庫柏太太後來去了警察局。她投案了。」

「她這麼做，可能是為了保護戴米恩。他才是開車的人！」我愈想就愈覺得有道理。「他是她兒子。她很確定他會成名。說不定他喝醉了，或吸了古柯鹼或什麼的。她知道如果他被捕，那麼他的事業還沒開始就會毀掉，於是她就去頂罪。而且她編出了一個說法，說她忘了戴眼鏡，好讓自己脫罪。」

「這些你沒有證據。」

「其實我有。」我打出我的王牌。「你去跟雷蒙．克魯恩談的時候，他提到她被殺害的那天，兩個人一起吃午餐，他說他看到她走出地鐵站。她在馬路對面跟我揮手。他是這麼說的。所以如果她在馬路對面看得到他，這表示她的視力好得很。當初忘了戴眼鏡的說法，都是她編出來的。」

霍桑朝我露出罕見的微笑。那笑容掠過他的臉，但轉瞬即逝。「看得出你很用心。」他說。

「我都有認真聽。」我小心地說。

「麻煩的是，她那天走出地鐵站時，可能戴著眼鏡，」霍桑說。他好像真的很難過，彷彿要推翻我的理論讓他覺得痛苦。「克魯恩完全沒提到眼鏡。就算當初開車的不是她，那為什麼車禍之後她再也不開車了？為什麼她要搬家？她似乎真的很苦惱，不像是沒做過這件事。」

「她有可能只是為了戴米恩做了這件事而苦惱。而且她是從犯。不知怎麼的阿倫．高文發現了真相，所以他把他們兩個都殺了。這事情他們母子都有份。」

火車加快速度，東倫敦的建築物逐漸消失，轉變為比較有綠意、比較開闊的景色。

「我不相信你的推理，」霍桑說：「車禍之後，警方檢查過她的視力，而且，總而言之，你漏掉了很多事情。」

「比方呢？」

霍桑聳聳肩，好像他不想繼續談下去了。但接著，或許他可憐我吧。「黛安娜．庫柏去葬儀社時的心理狀態是什麼樣？」他問：「還有，她到了那裡，第一個看到的是什麼？」

「你告訴我啊。」

「我不必告訴你，老哥。因為就在你給我看過的第一章裡，那份亂寫的稿子。但是我想，你會發現那是最重要的。一切都取決於它。」

黛安娜．庫柏走進葬儀社時，第一個看到的是什麼？

我努力站在她的立場設想，下了巴士，沿著人行道走。顯然地，是店名：康瓦利思父子，店面外頭出現了不是一次，而是兩次。或許她看到了那個停在差一分就午夜十二點的時鐘。這怎麼可能跟任何事有關？櫥窗裡有一本大理石仿製的書——就是你在任何葬儀社都會看到的。她當時的心理狀態有什麼重要性？霍桑告訴過我，庫柏太太知道自己快死了。那就是有人威脅她，但是她沒去報警。為什麼？

忽然間我很生氣。

「老天在上，霍桑，」我說：「你拖著我大老遠跑到英格蘭另一頭的海岸。至少可以說我們要去做什麼吧？」

「我已經告訴過你了。我們要去見那個法官。然後我們會去當年車禍發生的現場。」

「所以你認為車禍是有關連的。」

他微笑。我看到他的臉映在車窗玻璃上，襯著窗外飛掠而逝的鄉間景色。「當你是按日計酬時，每件事情都有關連，」他說。

他回去看他的書，沒再講話了。

奈吉爾・魏斯登就是主持黛安娜・庫柏公訴案，並且判決對她有利的那位主持法官，他住在坎特伯里的鎮中心，屋子一側可以看到坎特伯里主教堂，另一側則是聖奧古斯丁傳教士學校。那就好像是他在從事法律工作一輩子之後，選擇讓自己環繞在歷史和宗教的環境之間：古老的牆、尖塔、騎著腳踏車的傳教士。他的房子方正、結實，樣樣都比例完美，往外面對著一片綠地。這是個舒適的住家，位於一個舒適的城市，裡頭住著一個享受舒適生活的男人。

霍桑跟他約了十一點要來拜訪，我付計程車錢的時候，魏斯登已經在門口等了。他看起來不太像退休法官，倒是比較像音樂家，或許是樂團指揮：瘦長而纖細的手指，滿頭銀髮，好奇的雙眼。他七十來歲，因為年老而身子縮小，淹沒在身上那套厚織開襟毛衣和燈芯絨長褲裡，腳上穿著拖鞋而不是便鞋。他的眼窩很深，專注的雙眼隔著高高的顴骨看著我們，就像在看兩個法庭助理。

「請進。希望你們一路順暢，搭火車狀況還好吧？」

我不明白他為什麼這麼親切，猜想霍桑沒告訴他我們來訪的真正目的。

我們跟著他進入門廳，裡頭有厚地毯、古董家具、昂貴的藝術作品。我認出一件艾立克・吉爾的畫作，還有一件埃里克・拉維利奧斯的水彩畫，都是真蹟。他帶著我們來到一個小客廳，往外可以看見綠地。客廳壁爐裡點著火，也是真火。茶几上已經擺著咖啡和餅乾。

「很高興認識你，霍桑先生。」我們坐下後，法官開口說：「你的名聲很好。有關俄羅斯大使的那件事，貝茲魯柯夫案，警方的表現太精采了。」

「他被判無罪。」霍桑提醒他。

「他的辯護律師很厲害，而且以我的觀點，陪審團被誤導了。毫無疑問，他的罪名其實應該成立的。要不要喝咖啡？」

我沒想到法官聽說過霍桑，也很納悶貝茲魯柯夫案是在他被警局開除之前或之後發生的。這個名字聽起來不太像是一般案件，倫敦警察廳也要跟俄羅斯大使館打交道嗎？

法官幫我們三個人倒了咖啡。我打量著這個房間，裡頭最顯眼的是一架袖珍平台鋼琴，是博蘭斯勒公司製造的，琴蓋上陳列著六張照片，都裱著昂貴的相框。其中四張是魏斯登和另一個男子的合影，其中一張兩人身穿夏威夷衫和短褲，互相挽著手臂。我毫不懷疑，霍桑也注意到這些照片了。

「所以，是什麼風把你們吹來坎特伯里的？」魏斯登問。

「我在調查一件雙人謀殺案，」霍桑解釋道：「黛安娜・庫柏和她兒子。」

「是的，我在報紙上看到報導。真可怕。你在幫倫敦警察廳當顧問？」

「是的，先生。」

「他們很明智，曉得要找你回去幫忙！你相信迪爾的那樁車禍和那個小孩的不幸死亡，跟這回的雙重謀殺案有關連？」

「我不排除任何可能，先生。」

「的確。唔，碰到這類案件，有些人的情緒確實會很激動，而且我注意到事發到現在快滿十年了，所以我可以想像，顯然有這個可能性。話雖如此，我相信你完全可以取得法庭報告，所以我不太明白我能幫上什麼忙。」

他講話還是像法官，說出來的每個字都是仔細斟酌過的。

「跟實際有關的人談一談，總是有用的。」

「我贊同。這就是證詞和書面證據之間的差別。你見過高文那家人嗎？」

「是的，先生。」

「我很同情他們。當時我就同情他們，也說出來了。他們覺得正義沒有得到伸張，但是——我想我不必告訴你們這一點，霍桑先生——被害者家屬的觀點，尤其是像這樣的案子，是不能列入考慮的。」

「我了解。」

正當此時，門打開了，另一個男人往裡看。我認出他就是照片上的另一名男子。他是矮個子，很壯實，大約比魏斯登小十歲，他手裡拿著一個超市的環保購物袋。

「我正要出去，」他說：「你有什麼要買的嗎？」

「我把購物清單放在廚房了。」

「我已經拿了，不過還是問一下有沒有什麼你忘了寫的。」

「洗碗機的清潔錠要再買一些。」

「清單上有。」

「我想沒有別的了。」

「那就回頭見了。」那男人又關上門消失了。

「那位是科林。」魏斯登說。

真可惜科林挑在這個時間亮相。我看了霍桑一眼。他的態度毫無改變，但是我意識到房間裡出現了一種原先沒有的震顫，而且我很確定剛剛科林的打岔影響了往後訪談的方向。

「報紙對你的判決不太滿意。」霍桑說，我看到他的雙眼中有一絲惡意在舞動。

魏斯登朝他露出淡淡的微笑。「我從來沒有看報紙的習慣，」他說：「他們滿意或不滿意，跟這個案子的事實毫無關係。」

「事實是她害死了一個八歲大的小孩，又讓他的兄弟成了殘廢，但她卻只得到輕微的懲罰而已。」

魏斯登臉上的微笑變得更淡了。「檢方的職責，就是要按照一九八八年道路交通法第二A節，證明被告危險駕駛導致他人死亡。」魏斯登說：「他們沒能做到這件事——而且有充分的理由。庫柏太太沒有忽略道路交通規則，也沒有做出造成重大風險的事情。她沒有受到藥物和酒精影響。我還有必要繼續說下去嗎？她沒有殺死任何人的意圖。」

「她沒戴眼鏡。」霍桑看了我一眼，警告我不要插嘴。

「我同意，她沒戴眼鏡很不幸，但是你應該要知道，霍桑先生，這個事故發生在二〇〇一年。之後法律對於這一點已經規範得更嚴格，我想這是完全正確的。但是無論如何，要是我今天審這個案子，即使是有新的指導方針，我想我可能還是會得出相同的結論。」

「為什麼？」

「你可以去察看一下審判的逐字稿。就像辯方已經成功證明的，車禍的責任並不完全在於被告。那兩個小孩跑過馬路。他們看到對面有一家冰淇淋店。保母一時無法控制他們。事情絕對不能怪保母，但是就算庫柏太太戴了眼鏡，很可能還是沒辦法及時煞車的。」

「這就是為什麼你叫陪審團判她無罪？」

魏斯登的表情痛苦，他花了好一會兒才回答：「我沒做這樣的事情，而且坦白說，我發現你的用詞有點沒禮貌。事實上，就法理來說，建議陪審團不要定罪是我的職責，但他們也可以不理會。我承認我的總結發言大致上是偏向庫柏太太的，但是再說一次，你必須考慮種種事實。庫柏太太是一位非常受尊敬的公民，沒有犯罪紀錄。以當時的法律而言，她並沒有違法。儘管對那兩個男孩的家庭來說這是很大的悲劇，但是判庫柏太太徒刑是完全不適當的。」

霍桑將身體前傾，再度讓我想起正要準備進行殺戮的叢林動物。「你認識她。」

簡單的幾個字，然而，接下來的沉默沉重得簡直是有形的，就像停屍間的門轟然關上。所有一切就在那一刻改變，此時奈吉爾．魏斯登知道眼前有危險了。我聽到壁爐裡的火燒得劈啪作響，臉上感覺到火散發出來的熱度。

「你說什麼？」魏斯登說。

「我只是對你認識她很感興趣。不曉得這一點對案子是不是有任何影響。」

「你搞錯了，我不認識她。」

霍桑一臉困惑。「你是雷蒙．克魯恩的好友。」他說。

「我不認為——」

「雷蒙．克魯恩，戲劇製作人。我想你不會忘了這個名字。此外，他還讓你賺了很多錢。」

魏斯登很辛苦地保持原有的鎮定。「我的確認識雷蒙．克魯恩，非常熟。他是我社交上和生意上認識的人。」

「你投資了一齣戲。」

「其實是兩齣，《一籠傻鳥》和《不可兒戲》。」

「戴米恩．庫柏在第二齣裡擔任主角。你在首演之夜的派對上認識了他和他母親吧？」

「沒有。」

「但是你跟克魯恩討論過這個案子。」

「誰告訴你的？」

「克魯恩。」

魏斯登受夠了。「你居然敢坐在我家，做出這些指控。」他說。他沒抬高嗓門，但是非常憤怒。他一手緊握著椅子扶手。我看得出他皮膚底下的血管鼓起。「我跟庫柏太太有很遠、很淺的關連。任何有點智慧的人都會發現，這個國家的每個法官都有同樣的狀況，而且根據你的邏輯，就被迫要迴避。我很確定你聽過六度分隔理論！法庭上的每個人都可以透過間接認識的人，把自己和被告連起來。我碰巧參加了《不可兒戲》首演之後的派對，但是如果戴米恩．庫柏或他母親在場，我也沒有看到，更沒有跟他們講話。」

「所以審判期間，庫柏太太沒有要求雷蒙．克魯恩去找你？」

「她為什麼要這麼做？」

「為了要說服你從她的觀點看這個案子。你可能會聽克魯恩的話，因為你們都是……那個字眼該怎麼說來著？」

「你告訴我啊。」

「天使！你和庫柏太太都投資了他的戲！」

「我受夠了。」魏斯登站起來。「我答應跟你見面，是因為我以為可以幫忙，而且我聽說過你的聲譽。但結果你來到這裡，做出各式各樣不愉快的影射，我完全看不出有繼續討論的必要。」

但是霍桑還沒完全講完。「你知道雷蒙．克魯恩要去坐牢了吧？」

「我已經要求你離開了！」魏斯登吼道。

於是我們照辦了。

回火車站的路上，我轉向霍桑。「你剛剛那樣，到底希望有什麼收穫？」我問。

霍桑似乎一點都不煩惱。他點了根菸，「只是摸清狀況而已。」

「你真以為有某種同性戀的串謀在進行嗎？你認為雷蒙．克魯恩和奈吉爾．魏斯登會『團結起來』，只因為他們碰巧有同樣的性傾向？如果你是這樣想的，那麼我得老實跟你說，我覺得你有問題。」

「或許我有很多問題，」霍桑回答。他走得更快，沒看我。「但是我剛剛沒提到任何性傾向，只是在跟他談錢。我們為什麼要大老遠跑來？因為我們想知道關於那場車禍，想知道黛安娜．庫柏和高文一家的關連。奈吉爾．魏斯登法官就是這個關連的一部分，我唯一要查的就是這一點而已。

「你認為他跟她被謀殺有關？」

「我們見過的每個人都跟她被謀殺有關。謀殺就是這樣。你可能死在床上，你可能死於癌症，你可能死於年老。但是當有個人砍了你很多刀，或是勒死你，那就是一種模式，一個網絡——而這就是我們努力想搞清楚的。」他搖搖頭。「我不曉得！或許你不是寫這本書的正確人選，東尼。可惜其他作家沒辦法跟我配合。」

「什麼？」我嚇壞了。「你在說什麼？」

「你聽到了。」

「你找過其他作家？」

「當然了，老哥。他們拒絕我了。」

18 迪爾鎮

在前往迪爾鎮的火車上，我沒跟霍桑講話。我們隔著走道而坐，兩人間的距離從來沒有這麼遙遠過。霍桑讀他的書，堅定地翻著那些捲角的書頁。我悶悶不樂地看著窗外，思索他剛剛說的話。或許我不該覺得被得罪，而且我的確很好奇他去找了其他哪些作家，但是等我們抵達迪爾，我已經設法把整件事拋到腦後了。這個差事是怎麼落到我手上的並不重要。這是我的書，而且這件事只是讓我更下定決心，要確保自己是掌控的那個人。

我從沒來過迪爾，但是一直想來。我在學生時代看過《霍恩布洛爾傳奇》系列的每一本，迪爾就是小說的起點。另外，迪爾也是〇〇七情報員詹姆斯・龐德小說第三部《太空城》的發生地：書中的雨果・德拉克斯計畫要用一種新式的V2飛彈，從他在這附近的總部發射，炸毀倫敦。另外我最喜歡的狄更斯小說《荒涼山莊》的背景設定也是在迪爾，書中的英雄主角理查・卡斯頓就是駐防在此處。

事實上，我向來對濱海小鎮情有獨鍾，尤其是在淡季，當街道變空、天空變灰，下著濛濛細雨。我小時候閱讀《霍恩布洛爾傳奇》的那些年，我父母常常去法國南部，不過他們會把我、我姊妹和我們的保母送去德文郡的因斯托，從此英國海濱的一整套風格便常駐我心中。我喜歡沙丘、吃角子老虎、突堤碼頭、海鷗、印著商標名的薄荷硬糖，說來難以相信，但反正我全都很愛。我還特別喜歡咖啡店和喝茶店，老女士們從茶壺裡倒出褐色的茶，還有一條條焦糖奶油酥餅、賣漁網的店、防風林、新奇的帽子。另外，我猜想也是因為我的年紀。現在這個時代，每個人想要過個便宜的假日，於是就會跳上飛機。而這正是濱海小鎮魅力的一部分，因為它們被遺忘了。

我們出了火車站，沿著主街往前走，聽著屋頂上的海鷗朝我們尖叫，此時的迪爾鎮似乎出奇地缺乏魅力。這是五月，但是旺季還沒開始，天氣悲慘至極。我納悶住在這裡會是什麼滋味，困在由龐大的森寶利超市和照例會有的一英鎊超市和冰島超市所形成的三角形裡頭。在諾曼．威斯頓爵士酒館喝一杯酒，在龍軒中華料理餐廳吃晚餐，然後到海洋屋夜店酒吧。（有個牌子說：「入口就在合作社超市隔壁。」）

我們一路走到海邊，只有英吉利海峽才會那麼冰冷又缺乏吸引力。迪爾鎮有個突堤碼頭，不過那是全世界最令人喪氣的突堤碼頭，只是一條空盪的水泥，走粗獷主義風格，缺乏任何娛樂設施：沒有便宜遊樂場，沒有彈跳床，沒有旋轉木馬。我不懂高文夫婦為什麼把小孩送來這裡。一定有別的地方更好玩吧？

但是逐漸地，這個小鎮贏得了我的心。它有各個濱海度假地所特有的那種反抗感，名副其實地在主流之外、位處邊緣。很多臨海的房子和度假別墅漆著鮮豔的顏色，窗口花箱裡植物爆滿。

礫石海灘一路下坡、延伸到遠方的水邊，還有一條濱海散步道和幾十張長椅。有花壇、草坪和種了樹的開闊草地，有舊漁船側邊斜靠在地面上，有奔跑的狗，有盤旋的海鷗。我們來到一個小型城堡，我開始明白，太陽照耀下的迪爾可以提供很多冒險經驗。我之前太尖酸了。要觀察這個小鎮，我得用孩童的眼睛。

我們第一個去看的，並不是當年車禍的發生地點。

霍桑想看黛安娜・庫柏以前住的地方，於是我們走到海邊後右轉，朝向鄰鎮沃爾默。我們還是沒交談，不過我們沿著海邊碰到一家老舊的古物店時，霍桑突然停下來，朝櫥窗內看。裡頭東西並不多：一個航海羅盤，一個地球儀，一台縫紉機，幾本發霉的舊書和圖畫。但是彷彿是為了要打破沉默，他指著櫥窗裡說：「那是福克・沃夫Fw 190。」

他正看著一架德國戰鬥機模型，用一條線懸吊著，機身有數字1和三個黑色十字形。我看得到駕駛艙裡有一個小小的飛行員。這是以前小孩常買來組合的塑膠模型組，不過老實說，因為這個組得太好了，我不太相信有小孩參與。

「這是單座位、單引擎戰鬥機，在一九三〇年代開發出來的，」他繼續說：「納粹德國空軍整個二戰期間都在使用，這是他們最喜歡的飛機。」

正在講話的是一個截然不同的霍桑，而我明白他給的這一點資訊是當成賠罪的禮物，要彌補他剛剛在火車上跟我說的話。讓我感興趣的不是福克・沃夫戰鬥機的歷史，而是霍桑透露出這是他熱中的事物之一。就在一天之內，他揭露了有關自己的兩件事。頭一個是讀書會，現在又是這個，加起來並不能讓我非常了解他，但這是個起點，而且我非常領情。

我們又走了十五分鐘，走出迪爾，進入沃爾默，然後抵達司托納屋，黛安娜．庫柏以前就住在這裡，直到車禍發生後不得不搬離。這棟房子夾在兩條馬路之間，背面是利物浦路，正面是海灘路，一條私人車道連接了兩條馬路，車道兩端各有一道裝飾華麗的金屬柵門。我對黛安娜．庫柏的了解很少，但我覺得這棟房子非常適合她。我完全可以想像她住在這裡。房子漆成淺藍色，結實、維護良好，有兩層樓、幾根煙囪，還有一個車庫。一對石獅鎮守前門。周圍環繞著修剪完美的造型灌木，狹窄的花壇裡有同樣整齊的亞熱帶植物。整個產業都以圍牆跟外頭隔開，所以雖然顯眼，但仍保有隱私。當然了，有些細節可能是新屋主設置的，但是我感覺眼前的一切都很可能是既有的原貌保持下來的。

「你要按門鈴嗎？」我問。我們站在利物浦路那一頭。就我所能看到的，沒有人在家。

「不，沒有必要。」他從口袋掏出一把鑰匙，我看到鑰匙垂下的標籤有屋子的名稱。一時之間，我非常困惑。然後我明白了，這把鑰匙一定是他從黛安娜．庫柏的廚房裡拿來的，雖然我不確定是什麼時候。我不認為警方會允許他拿走證物，所以他們大概根本不曉得這把鑰匙的存在。

那鑰匙結實又沉重。不是耶魯鎖的鑰匙。現在我看得出來，那把鑰匙不可能是前門的，比較可能是用來開柵門的。霍桑試了兩次，然後搖搖頭。「不是這道門。」

我們走到屋子的正面，試了那道開向海灘路的柵門，但是鑰匙也不合。「真可惜。」霍桑喃喃道。

「為什麼她要留著這把鑰匙？」我問。

「這就是我想查出來的。」

他四下張望，我心想我們得走回迪爾了，但接著他注意到馬路對面有另一道柵門。原來司托納屋在海灘旁還有一個不相連的私人花園。霍桑兀自微笑，過馬路試了鑰匙，這回打開了。

我們進入一個小小的正方形區域，四邊都種植了灌木。這不太算是花園；比較像是一個庭院，小棵的紅豆杉和玫瑰花壇環繞著一座漂亮的大理石噴泉，還有兩張並排的木製長椅。地面鋪著約克石。整個效果很戲劇化，像是童書裡的場景。即使我們走向那座乾涸、有一段時間沒使用的噴泉時，我都感覺到一股憂傷，而且大概知道我們會發現什麼了。

果然，答案就刻在噴泉石架上：羅倫斯．庫柏。一九四六年四月三日——一九九九年十月二十一日。「睡著了，或許還會作夢。」❺

「她的丈夫。」我說。

「是的。他死於癌症，她建造了這個地方紀念他。她沒辦法住在房子裡了，但是她知道自己總是會想要回來，於是保留了一把鑰匙。」

「她一定很愛他。」我說。

他點頭。難得一次，他站在那裡也覺得不自在。「我們出去吧。」他說。

❺引文出自莎士比亞劇作《哈姆雷特》第三幕第一場的知名台詞。

改變黛安娜．庫柏一生的那場車禍，就發生在迪爾鎮中心皇家飯店附近。皇家飯店是一棟漂亮的喬治時代建築物，當時瑪麗．歐布萊恩跟高文家的小孩傑瑞米與提摩西投宿在此。他們三個人就要回到飯店、吃晚餐後上床睡覺，就只差幾分鐘，在這個路口被車子撞上。

我還記得瑪麗告訴我們的。兩個男孩當時離開的海灘，此時就在我們背後，礫石灘往大海傾斜而下。突堤碼頭在附近。這裡的馬路比迪爾任何地方都要寬，因此汽車都開得比較快，從岔路口國王街過來的車都是加速往前衝的。街角有一家店賣迪爾石，還有一家遊樂場。黛安娜就是從國王街開過來，在我前方，一條短短的商店街又有一些商店：一間酒館、一家旅館、一家叫「碼頭藥店」的藥房。最後，在藥房隔壁，是一家冰淇淋店，正面完全是厚玻璃窗，還有鮮豔的條紋遮篷。

我很容易就能想像當時發生的狀況：車子繞過轉角駛來，因為十字路口沒別的車而開得很快。兩個小孩偏偏挑這一刻脫離保母，奔跑過人行道，進入車道，急著要去前面的冰淇淋店。奈吉爾．魏斯登可能是對的。就算有眼鏡，黛安娜．庫柏也很難來得及停車。車禍就是發生在這個季節，幾乎是同一天。濱海散步道當時同樣空盪，午後的陽光在街上照出長長的陰影。

「我們要從哪裡開始？」我問。

霍桑往前點了個頭。「冰淇淋店。」

我們看到那家店正在營業，於是過了馬路進去。

店名是「蓋兒冰淇淋」，裡頭氣氛愉快，有塑膠椅和美耐板地板。賣的冰淇淋是店家自製的，放在老舊冷藏箱內十幾個不同口味的桶子裡。疊得高高的錐形蛋捲筒貼著玻璃窗放著，看起來可能擺在那裡有一陣子了。店裡也賣汽水、巧克力、洋芋片，還有海邊常見的綜合袋裝糖果。牆上的菜單列出「大迪爾油煎美食」（The Big Deal Fry-Up）：包括蛋、培根、香腸、蘑菇、薯條。我本來就一直在想，我要多久才會看到根據這個鎮的名字所衍生的明顯雙關語。❻

裡頭只有兩桌客人。一桌坐著一對老夫婦，另一桌則是兩名推著嬰兒車的年輕媽媽。我們走到櫃台，那裡有一個五十來歲的大塊頭微笑女人在等著招呼客人，她身穿裙子，套著一件跟外頭頂篷同樣條紋的圍裙。

「想吃什麼呢？」她問。

「我是希望你能幫我們，」霍桑說：「我是警方的人。」

「哦？」

「我正在調查幾年前發生在這裡的一樁事故，兩個小孩被一輛汽車撞上。」

「可是那是十年前了！」

「黛安娜．庫柏，當初開車的那個女人……她死了。你沒在報紙上看到？」

「我可能看到了相關新聞，但是我不明白——」

❻ Deal為鎮名迪爾，而big deal意為了不起的大事，亦常用於諷刺，表示沒什麼大不了。

「可能有新的證據出現。」霍桑想趕緊結束閒聊。

「啊！」她緊張地看著我們，讓我懷疑她是不是在隱瞞什麼。「恐怕我沒辦法告訴你太多。」她說。

「你當時在這裡嗎？」

「我是蓋兒．哈寇特，這是我的店。車禍當天我人在這裡。每次我想到那對可憐的孩子就好難過。他們只不過是想吃冰淇淋，所以才會跑過馬路。但是他們是浪費時間。我們那天沒營業。」

「在六月初？為什麼？」

她指著天花板。「我們有一根水管破了，整個店都淹水，毀掉了存貨，也損壞了電路。我們沒有保險，那是當然。唔，你真該看看保險費有多貴。那次差點害我們倒閉。」她嘆氣。「要是那兩個男孩停下來看一看就好了！他們就在最糟糕的時機過馬路。我聽見車子撞到人的聲音，但是沒有看到。我出去馬路上，看到他們兩個都躺在那裡。那個保母不曉得該怎麼辦。她嚇呆了，但是當時她自己也很年輕，才二十來歲。我轉頭看到那輛汽車，就停在突堤碼頭的另一側，待在那邊一分鐘，然後就開走了。」

「你看到駕駛人了嗎？」我問。霍桑狠狠看了我一眼，但是我不在乎。

「只看到她的背影。」

「所以有可能是任何人？」

「就是那個女人！他們讓她接受審判了！」她又轉向霍桑。「我不曉得怎麼有人做得出這種事，撞了人就開車跑掉。那兩個可憐的小孩就躺在那裡！真是個賤貨！她當時沒戴眼鏡，你知道。但是誰會看不見還硬要開車？應該把她抓起來關一輩子，而那個讓她無罪脫身的法官應該開除掉。真是可惡，根本沒有正義。」

我很驚訝她這麼憤慨。那一刻她簡直是嚇人。

「從此以後，這裡的感覺就再也不一樣了，」她繼續說：「那場車禍奪走了經營這家店的所有快樂，但是我也不會別的。」又有兩個顧客進來，她拉了一下圍裙的繫帶，準備好要做生意。「你們應該跟隔壁的崔維頓先生談一下。他當時在場。他看到的比我多。」接著她就不理我們，又恢復成原先那個人見人愛的微笑胖阿姨。「是的，親愛的。你們要點什麼？」

「我記得好清楚，就像是昨天才發生的。四點十五分。那天的天氣很好。不像今天。那天有完美的陽光，又溫暖得可以在海上划船。我才剛服務完一個顧客——就是後來大家都很有興趣的那個神秘男子。他離開店裡才大約五秒鐘，事情就發生了，而且多虧他，我才能聽得那麼清楚。你知道，他觸發了入口的自動門，所以我實際聽到汽車撞上那兩個小孩。那聲音真可怕，想不到會那麼大聲。我立刻就知道會很嚴重，於是抓了手機就趕緊出去。順便講一聲，當時店裡沒有客人，只有普瑞斯利小姐，她以前是負責自然療法商品的，不過後來結了婚，我想她現在不住迪爾了。我出門前還先確定她會留在店裡。我們這裡有很多藥品，按照法規，即使是在異常狀況下，也不能沒有人看守。」

碼頭藥店就是那種奇異、老派的店，在英國海濱度假地似乎特別顯得自然。我們進去時，門自動打開，我們看到了一個貨架陳列著十來種保溫瓶，旁邊有一批色彩鮮豔的圍巾淒涼地掛在一個鐵絲網架上。這家店似乎什麼都賣一點。四下看看，我看到絨毛玩具、果醬、巧克力棒、穀物片、衛生紙、拴狗繩。整家店就像我以前跟我的小孩玩的那種瘋狂的記憶遊戲。一個角落有文具和好醜的生日卡，就是你會在某人車庫裡發現老早過時的那種。店裡還有一整排走道都是草藥療法產品。到目前為止，最大的區域是在店的後方，那裡才是真正的藥房。或許迪爾這裡退休老人很多，但是無論他們晚年有什麼疾病，我很確定都可以在這裡找到治療方法。員工穿著白色外套。他們有幾百種不同的藥袋、銀箔包裝藥錠、藥瓶，都在隨手可以拿到的地方。

我們正在跟其中一個服務人員葛萊姆・崔維頓談，他是店主兼經理，五十來歲，禿頭、臉頰紅潤，兩顆門牙之間有一道不太雅觀的縫隙。他很熱心要跟我們談，我很驚訝他對細節的掌握。他似乎對那天所發生的一切都記得，鉅細靡遺到讓我懷疑某些會不會是他編出來的。但是話說回來，他之前接受過警察和記者的訪談，於是有很多機會一再溫習自己的說法。而我猜想，當可怕的事情發生時，你往往會牢記種種相關細節。

「我走出門，差點撞到那位顧客，他就站在人行道上，」崔維頓繼續說：「於是我走到他旁邊。『發生了什麼事？』我問。他沒告訴我。他一聲都沒吭。

「我告訴你，到今天一切都還歷歷在目。每天我回家時，那就像是一張照片刻在我的心底。

兩個小孩在馬路上，兩個都穿著藍色短褲和短袖襯衫。其中一個，光是看他躺在那裡，手臂和雙腿的位置全都不對勁，我就知道他一定是死了。他的雙眼緊閉，一動也不動。那個保母——名叫瑪麗・歐布萊恩——跪在另一個小男孩旁邊。她顯然嚇呆了，整個人就像個鬼魂。我站在那裡時，她抬頭看著我，一時之間就直瞪著我的雙眼。她好像是在懇求我幫她，但是我能做什麼？我打電話報警。我想當時在場的很多人也都做了同樣的事情。

「有一輛車，藍色的福斯車，就停在前面不遠的馬路上。我注意到有個人坐在裡面，接著幾秒鐘後，那輛車就駛離路邊，加速開走。我發誓排氣管還排出煙霧，而且我聽到橡膠輪胎磨擦路面的尖嘯。當然，我原先不知道就是那輛車撞倒了兩個小男孩，但是我記下了車牌號碼，也告訴了警方。此時，我才注意到那個我剛剛服務過的顧客。他忽然轉身走開了。他繞過轉角，進入國王街，然後就不見了。」

「你當時覺得奇怪嗎？」霍桑問。

「當然了，他那樣非常奇怪。我的意思是，當你看到這樣的事故時會怎麼做？你要嘛會留下來看——這是人類的天性。不然就是判定這事情跟你無關，於是離開。但是他匆忙走掉，好像不想被別人看見。而且重點在這裡，他看到了事故發生，一定看到了，那就發生在他眼前。但是當警方呼籲目擊者出面提供線索時，他從來沒出現過。」

「關於這個人，你還有什麼可以告訴我們的？」

「不多。因為這是另一個重點。他當時戴著太陽眼鏡。為什麼？當時已經下午四點半，我記得天空很多雲。太陽已經不大了，而且他肯定不需要戴眼鏡，除非他是個名人、不想被認出來。老實說，他的其他部分我就不記得了。他還戴著一頂帽子。但是我可以告訴你他買的東西。」

「是什麼？」

「一瓶蜂蜜和一袋薑茶，是附近芬格森姆村生產的蜂蜜，我推薦給他的。」

「所以接下來發生什麼事？」

崔維頓嘆氣。「剩下來就沒有太多可以說的了。那個保母跪在那裡。至少一個小孩還活著。我看到他睜開眼睛，喊著要找他父親。『爹地！』好可憐，真的。然後警察和救護車到達。他們沒花多少時間就趕來了。我回到店裡。其實，我還上樓喝了杯茶。當時我覺得不太舒服，現在回想起那一切，也還是覺得不太舒服。我知道開車的那個女人最近被殺害了。這就是你們來這裡的原因嗎？那事情真可怕，我不會說她活該。不過像那樣把車開走？想想她造成的傷害！我認為法官太輕易就放過她了，我一點也不驚訝有人跟我有同感。」

離開藥房後，我們走一小段路去皇家飯店。霍桑一言不發。當然了，他自己有個兒子，十一歲，比提摩西．高文死時才大三歲，有可能我們剛剛聽到的故事讓霍桑格外有感。但是我得說，他看起來並不特別難過。如果硬要說什麼，他似乎只是忙著要去下一站而已。

我們進入的那個飯店大廳，是那種只有在英格蘭海邊旅館才會碰到的：低矮的天花板，木地板上散佈著一些地毯和舒適的皮革家具。裡頭意外地擁擠，主要是一些年老伴侶正在吃三明治和喝啤酒。裡頭溫暖得幾乎讓人受不了，散熱器火力全開，一側還有個電壁爐。我們穿過人群走向接待區。櫃台那位友善的當地小姐說她沒辦法幫我們，不過打了電話給樓下酒吧的經理，請對方上來。

經理是藍黛兒太太（「跟那位犯罪小說作家同姓。」她說）。她在皇家飯店工作十二年了，但是車禍當天沒有值班。不過她見過瑪麗．歐布萊恩和那兩個小男孩。

「他們兩個好可愛，非常守規矩。他們住在二樓的家庭房。裡頭有一張特大雙人床和一張雙層床。你們想看看嗎？」

「不必了。」霍桑說。

「喔。」她聽了不太高興，但還是繼續說：「他們是星期三來的，車禍發生在次日。其實，歐布萊恩小姐不太滿意那個房間，裡頭看不到海。她想要一個雙床雙人房和一個單床雙人房，中間有門相通，但是我們飯店裡沒有這樣的房型，而且我們也不能讓兩個小孩沒大人照顧，自己睡一個房間。」藍黛兒太太是個瘦小的女人，那張臉可以輕易表達憤慨。「我不是很喜歡她，」她批評道：「我不信任她，雖然我很不想這麼說，但我是對的。她應該抓緊那兩個小男孩。但是結果，她讓他們衝過馬路，讓他們被撞死。我真的不認為那場車禍要怪庫柏太太。」

「你認識她嗎？」

「當然認識。她常常來飯店吃中餐或晚餐。她很迷人——而且還有個演員兒子，現在很有名了。眾所皆知，不少名人喜歡造訪迪爾。納爾遜將軍和漢密爾頓夫人是最有名的，不過演員諾曼．威士頓也常來，另外還有查爾斯．豪特瑞，他以前喜歡坐在酒吧裡。他退休後就搬來迪爾定居了。」

查爾斯．豪特瑞。我還記得他：那個瘦削的演員，一頭深色捲髮，戴圓框眼鏡。他是《繼續》喜劇片系列的大明星，同性戀者、沒有朋友，又是個酒鬼，可以說是英式幽默裡缺陷最多的一個。我在黑白片裡看過他，當時我九歲，讀寄宿學校。校方會在體育館播放那些影片：《繼續當護理師》、《繼續當老師》、《繼續當警察》。那是每星期的一大樂事，讓我暫時從成天挨打、難吃食物、霸凌裡暫時脫離出來喘息。對某些小孩來說，成長是從他們發現聖誕老人不存在的那一刻開始的。對我來說，是從我明白查爾斯．豪特瑞從來不好笑開始的。而他曾坐在這裡，在這家飯店，喝著琴酒，看著一個個年輕小夥子經過。

忽然間我不想待在這裡了。所以我很高興看著霍桑謝謝那位經理，說我們沒有其他問題，然後我們兩個就離開了。

19

提布斯先生

次日我沒跟霍桑約要見面，所以早餐過後，我接到他的電話時很驚訝。

「你今天傍晚有事嗎？」

「我要工作。」我說。

「我得過去一趟。」

「這裡？」

「對。」

「為什麼？」

霍桑從來沒來過我倫敦的公寓，我希望能繼續保持這個狀態。我才是那個努力想鑽進他生活刺探的人，而不是反過來。而且到目前為止，他連自家住址都沒告訴過我。事實上，他還刻意誤導我。他之前說他家在閒士丘，但其實他住在黑衣修士區河庭大樓的一戶公寓裡，就在泰晤士河的對岸。我不喜歡他偵探的眼跑來打量我家、我的財產，說不定還因此得出一些結論，以後可能用來對付我。

他在電話另一頭必然是感覺到我的猶豫。「我得安排一個會面，」他解釋道：「我希望在一個中立的地方。」

「你家有什麼不對的？」

「那樣不太合適。」他暫停一下。「我已經想通了迪爾當年那件事故的真正狀況，」他說：「我想你會同意，這跟我們的調查是有關係的。」

「你要跟誰會面？」

「兩個人，等他們到你家，你就知道了。」他又懇求一次。「這很重要。」

碰巧那天傍晚家裡只有我一個人。而且我突然想到，要是我讓霍桑來看我住的地方，或許我就可以說服他也比照辦理。我還是很想查出他怎麼住得起俯瞰泰晤士河的公寓，雖然密道斯說過房子不是他的，但是我很很好奇，想看看他公寓裡的樣子。

「幾點？」我問。

「五點。」

「好吧，」我說，已經開始後悔了。「你可以來這裡一小時，不能再多了。」

「太好了。」他掛斷電話。

這個上午剩下來的時間，我就忙著把筆記打成文字，包括到目前為止的所有調查紀錄：不列顛尼亞路、康瓦利思父子葬儀社、南阿克頓住宅區。我的蘋果手機裡有好幾個小時的錄音，我連接到電腦上，用頭戴式耳機聽著霍桑沒有起伏、哄著對方的聲音。我也拍了好幾十張照片，此時就在電腦上一一察看，好溫習自己的記憶。我收集到的資料已經遠遠超過所需，而且我確定其中有百分之九十是不相干的。比方說，安爵雅・克魯伐內克詳細描述她童年住在斯洛伐克的班斯卡什佳夫尼察地區的生活，又說她父親死於農耕意外之前，她過著多麼快樂的日子。但即使在她當時講的時候，我都不太相信其中有任何一點可以寫進這本書的草稿裡。

我從來沒有這樣工作過。通常我計畫要寫一本書或一部電視影集劇本時，都很清楚自己需要什麼，也不會在無關的細節上浪費時間。但是現在我不知道霍桑的腦袋裡在想什麼，我怎麼有辦法判斷什麼有關、什麼無關？這正是他讀過我的第一章之後曾警告過我的。葬儀社門上有沒有一個彈簧機件上的鈴鐺，都可能推出完全不同的結論；而遺漏某件事物所造成的損害，有可能跟編造出某件事物一樣嚴重。因此，我必須把去過每個房間所看到的每件事物都寫下來——無論是黛安娜・庫柏臥室裡的史迪格・拉森小說、她廚房裡的魚形鑰匙掛鉤，或是茱蒂絲・高文廚房裡的便利貼——而急速增加的資訊量快把我逼瘋了。

我還是相信阿倫・高文就是兇手。如果不是他，那有可能是誰？我坐在自己的書桌前，環繞著一大堆感覺上像是白色A4紙所構成的廢墟，此時心裡就問著自己這個問題。

唔，茱蒂絲・高文就是其中之一。她有一模一樣的動機。我回想起我們在犯罪現場時，霍桑說過有關兇手的話，然後快速回頭搜尋一頁頁筆記，終於找到了。*幾乎可以確定兇手是男人。我聽說過女人勒死女人，但是——我敢擔保——非常少見。*這些就是他說過的話，錄了音又整理出逐字稿。於是，之前訪談過的女人我都沒考慮。但*幾乎可以確定*並不是百分之百肯定，而*非常少*

見也不是不可能。有可能是茱蒂絲，也有可能是瑪麗．歐布萊恩——她對這家人這麼盡心，幫他們工作了整整十年。還有傑瑞米．高文呢？說不定他其實不像每個人以為的那麼沒有自理能力，總是有這個可能的。

然後還有葛瑞絲．洛威爾，跟戴米恩．庫柏同居的那個女演員。雖然她之前沒說，但顯然她和戴米恩的母親彼此沒有好感，庫柏太太只對自己的孫女艾希莉有興趣。這個寶寶結束了葛瑞絲的表演生涯，要是報紙上的新聞是真的，那麼就證實戴米恩完全不是個理想的伴侶。藥物、派對、歌舞女郎……加起來輕易就形成一個謀殺的動機。但是另一方面，黛安娜遇害時，她人在美國。

或者沒有？

我再度搜尋筆記，找到我要找的，一句戴米恩．庫柏說的話，當時我沒注意，但現在我發現其實非常重要。當時葛瑞絲抱怨她不想回洛杉磯。她想要多花點時間陪她爸媽。戴米恩對他說：你已經陪他們一個星期了，寶貝。我覺得好滿足。我真的什麼都沒漏掉！這一點我甚至可能領先霍桑。一個星期可能只是大約而已。葛瑞絲說不定比戴米恩早九天或十天回來。這樣的話，黛安娜遇害當天她很可能就在英國。話雖如此，葬禮後我們比她早離開富勒姆路的酒館，而且當時塞車那麼嚴重，我覺得她不可能比我們早趕到紅磚巷。

那其他還有誰？我們花了很多時間跟羅勃．康瓦利思訪談，同時他的堂姊艾齡．婁司也大半在場。他們兩個都有可能把那個音樂鬧鐘偷放進棺材裡，但是為什麼？他們在黛安娜．庫柏死去那天早上才頭一次見到她。兩個人都無法從她的死或是她兒子的死得到好處。

剩下來的白天，我繼續整理筆記，幾乎沒注意到時間，直到差十五分就五點時，門鈴響了。我是在五樓工作，跟一樓大門之間有對講機，不過有時候我覺得困在自己的象牙塔裡，跟外界完全脫離。我按了遙控開門按鈕，然後去樓下見我的客人。

「這個地方不錯，」霍桑走進來。「但是我想我們不需要飲料。」

我已經擺出玻璃杯和礦泉水、柳橙汁，因為這樣好像比較有禮貌。我把飲料收回冰箱時，注意到他打量著客廳。這裡是我公寓的主要樓層，基本上就是一個大大的空間。裡頭有書架——我肯特郡的透天厝裡大約有五百本書，但是最喜歡的書都放在倫敦這裡——一個廚房區，一張餐桌，還有我母親的老鋼琴，我盡量每天都彈。另外還有個電視區，兩張沙發圍著一張茶几。霍桑來到這裡坐下，看起來完全放鬆。

「所以你知道迪爾那樁車禍的真相，」我說：「接著就要揭曉誰殺了黛安娜．庫柏了嗎？」

霍桑搖頭。「不是現在。但是我想你會發現這事情很有趣。順帶講一聲，我有個好消息。」他說。

「什麼好消息？」

「找到提布斯先生了。」

「提布斯先生？」我花了幾秒鐘，才想起是誰。「那隻貓？」

「黛安娜．庫柏的灰色波斯貓。」

「在哪裡？」

「牠跑去隔壁鄰居的屋裡──從天窗跑進去的，然後牠出不來。屋主從法國南部回來才發現他，於是打電話給我。」

「我想這是好消息吧，」我說，不明白黛安娜·庫柏的貓跟任何事有什麼關係。然後又想到一件事。「慢著。有個律師住在隔壁。」

「葛洛斯曼先生。」

「他為什麼要聯絡你？他怎麼會曉得你這個人？」

「我塞了張字條在他門內。其實，我在不列顛尼亞路的每棟房子都塞了字條。我想知道那隻貓會不會出現。」

「為什麼？」我問

「發生的這一切，起因就是提布斯先生。如果不是因為牠，庫柏太太可能絕對不會被殺害。她兒子也不會。」

我很確定他是在開玩笑。但他坐在那兒，身上充滿奇怪的活力，混合了惡意和專注，讓我很難看透他。而且在我質疑之前，門鈴又響了。

「我該去應門嗎？」我問。

霍桑一隻手揮了揮。「這裡是你家。」

我走到對講機，拿起聽筒。「哪位？」

「我是阿倫．高文。」

我忽然興奮起來。所以這就是我的第一位訪客。我告訴他爬三層樓梯上來，然後按鈕打開一樓大門。

過了一會兒，他出現了，身上的風衣看起來大了一號，就是他穿去葬禮的那件。他進入客廳，像是要走向斷頭台似的。我相當確定，儘管霍桑在前往坎特伯里的路上跟我說過那些話，但是他把阿倫．高文找來這裡，就是要指控他犯下兩樁謀殺，而且所有答案就要在我面前揭曉了。然後我想起會有兩個人來。高文有共犯嗎？

「你到底想怎麼樣？」他問，走向霍桑。「你說有件事你得告訴我。為什麼不能在電話裡講？」他四下看看，這才頭一回注意到周圍的環境。「你住在這裡嗎？」

「不。」霍桑指著我的方向。「是他。」

高文這才明白，儘管我們見過，但他對我一無所知。「你是誰？」他問道：「你從來沒跟我說過你的名字。」

幸好，門鈴又響了，我匆忙過去回應。這回樓下的對講機沒人講話。「你是來見霍桑的嗎？」我問。

「是的。」那是個女人的聲音。

「我會開門。爬樓梯上來就是了。」

「那是誰？」高文問，但從他聲音中的恐懼，我想他知道是誰。

「你就先坐下吧，高文先生，」霍桑說：「雖然你不相信我，但是我其實是想幫你。你要喝點什麼嗎？」

「我有果汁。」我說。

「我喝水就好。」高文坐在茶几另一端，面對著霍桑，但是小心地避開對方的眼睛。

我去拿霍桑原先叫我收起來的水。回來的時候，聽到腳步聲，接著瑪麗·歐布萊恩走進客廳。她是我最沒想到會出現的人，但同時，忽然間又似乎好明顯，出現的就應該是她。她朝我們走了兩步，忽然停下。要是她之前很緊張又不確定，現在則是完全驚呆了。她已經看到阿倫·高文，這時正瞪著他。他也同樣震驚，也瞪著她。

霍桑跳起來。他身上有種幾乎是魔鬼般的特質，那種欣喜是我以前從來沒看過的。「我想你們兩個彼此認識。」

阿倫·高文先恢復鎮定。「我們當然認識。你講這話是什麼意思？」

「我想你很清楚是怎麼回事，阿倫。你就坐下吧，瑪麗。我想我可以喊你瑪麗。在場的大家都是朋友。」

「我不明白！」瑪麗·歐布萊恩努力要按捺住情緒，但是她就快哭出來了。她看著高文。「你為什麼在這裡？」

「他叫我來的。」

這兩個人看起來內疚、憤怒、害怕。高文站起來。「我不要待在這裡了，」他說：「我不在乎你要什麼把戲，霍桑先生。我不會參與的。」

「沒關係，阿倫。但是你走出這個房間，警方就會知道一切。你太太也會知道。」

高文僵住了。瑪麗也沒動。霍桑完全掌控了局面。

「坐下，」他說：「十年來你們一直串通起來撒謊，但是現在結束了。這就是為什麼你們會在這裡。」

高文又坐下。瑪麗也過去坐在沙發上，兩人之間保持一段距離。她坐下時，我看到他嘴形無聲說出「對不起」——當場我就知道他們兩個有婚外情，而且我知道茱蒂絲．高文也在疑心。這就是為什麼兩個女人之間關係緊張。

我坐在鋼琴旁的琴凳上。霍桑是唯一還站著的。

「迪爾所發生的事情，我們得找出起因。」他開口了。「因為整個故事我聽過的次數有六次了，我甚至還去過事發地點，但是始終就是說不通。這也不意外，你們兩個說的每件事都完全是撒謊。天曉得你們心裡一定很不好受，但麻煩的是，你們沒有選擇。你們鎖進這個謊言中，沒有脫逃的辦法。我簡直替你們覺得難過了。只不過我並不會。」

他拿出一包香菸，點了一根。我趕緊去廚房找了個菸灰缸，放在茶几上讓他用。

「你們是什麼時候開始有婚外情的？」霍桑問。

接著是好一段沉默。瑪麗開始哭。阿倫．高文去握她的手，但是她抽走了。

高文一定知道繼續裝下去沒意義。「是瑪麗開始來幫我們工作後沒多久，」他回答：「是我主動的，責任全都在我身上。」

「現在結束了，」瑪麗低聲說：「已經結束很久了。」

「老實跟你們說吧，我才不在乎你們搞婚外情，」霍桑說：「我只想知道事實，而事實是你們對於迪爾發生的事有責任，兩個人都是。黛安娜・庫柏雖然忘了她的眼鏡，但是那兩個小孩會跑過馬路是因為你們，而且你們心知肚明。從此以後，你們就一直背負著這個愧疚。」

瑪麗點頭，淚水滑下她的臉頰。

霍桑轉向我。「我會誠實跟你說，東尼。你和我在迪爾時，有很多事情我不明白。我甚至不知道該從何說起。兩個小孩跑過馬路要去冰淇淋店，只不過店關了。不光是如此，店裡淹水，所有的電路都壞了，店裡是黑的。我知道他們當時才八歲，但是他們一定知道不可能在那邊買到冰淇淋。然後他們被車子撞了，其中一個死了，另一個躺在那裡，而且根據藥房裡崔維頓先生的說法，這孩子在喊著要找爹地。但是沒有小孩會這樣。小孩受傷的時候，要找的會是媽咪。所以那裡是怎麼回事？」

他暫停一會兒。沒有人講話，我忽然想到他完全控制了狀況，這裡就像是他的公寓似的。霍桑的人格裡一定有某種磁性。不過當然了，磁鐵有可能相吸，也有可能相斥。

「我們回到一開始吧，」他繼續說：「瑪麗帶著兩個小男孩去迪爾。媽媽在倫敦有會議要忙，爸爸去曼徹斯特出差。她訂了皇家飯店，但是不想要家庭房。她想要一間雙床房給兩個小孩，外加隔壁的一間雙人房。你想這是為什麼？」

「飯店說家庭房沒有海景。」我說。

「其實跟什麼景都無關。你來告訴他吧，瑪麗。」

瑪麗沒看我。她開口時，聲音簡直像機器人。「我們約了要在迪爾碰面。我們打算在一起。」

「沒錯。保母和男主人，兩個人要上床。但是你們不能在哈羅山丘這麼做，不能在家裡。所以你們就偷偷利用一個在海邊的週末。兩個男孩六點要去睡覺，你們兩個就有一整夜可以在一起。」

「你太可惡了，」高文說：「你把這事情講得好……齷齪。」

「難道這事情不齷齪？」霍桑吹出一口煙。「你就是藥房的那個神秘男子。你去那裡做什麼？不是要去買半打飲料。你會在藥房裡，跟你在黛安娜．庫柏的葬禮上一直流眼淚，是同樣的原因。」

我當時很納悶他為什麼那麼難過。

「是花粉熱！」霍桑解釋。再一次，他對著我說：「我們在布朗普頓墓園時，你注意到那些懸鈴木嗎？」

「是的，」我說：「墳墓旁就有。」

「如果你有花粉熱，懸鈴木是最糟糕的。那些花粉會鑽進你的鼻子裡。我應該告訴你，花粉熱有兩種知名的療方嗎？」

「蜂蜜，」我說：「還有薑茶。」

「阿倫在碼頭藥房就是買了這兩樣東西。」他轉向高文。「這也是為什麼你去藥房時會戴著太陽眼鏡，即使當時太陽不大。你去迪爾要見你的女朋友，但接著你花粉熱發作，所以你去藥房要買些治療的東西。崔維頓給了你一些天然療法的玩意兒，你離開藥房，幾秒後，車禍就發生了。

「是你引發車禍的。兩個孩子本來走在緊鄰沙灘的濱海散步道上。他們曾被一再告誡不可以自己跑過馬路，而且他們可以清楚看到冰淇淋店沒開。但是忽然間，就在他們眼前，他們的爸爸走出冰淇淋店隔壁的藥房，即使戴著帽子和太陽眼鏡，他們還是認得你，而且因為他們很興奮，就朝你衝過去。此時，黛安娜．庫柏剛好繞過轉角，車禍就在你眼前發生了。你的兩個小孩都被撞了。」

高文呻吟著，頭埋進雙手裡。在他旁邊，瑪麗無聲啜泣著。

「提摩西死了。傑瑞米躺在那裡，當然他會喊爹地，因為他剛剛才看到他父親。我無法想像你當時會有什麼感覺，阿倫。你才剛看到你的兩個小孩被一輛汽車撞上，但是你不能過去看他們，因為你應該要在曼徹斯特才對。你要怎麼跟你太太解釋你其實人在迪爾？」

「當時我不知道他們傷得那麼嚴重。」高文啞著嗓子說：「我也做不了什麼去幫他們……」

「你知道嗎？我覺得這些都是屁話。我認為你可以跑到馬路上，照顧你的孩子，你的小秘密就見鬼去吧。」霍桑擰熄香菸，菸蒂上還有紅色的火星。「但是在那一刻，你和瑪麗達成了某種無言的協議。崔維頓跟我們說瑪麗直盯著他的眼睛，但是他搞錯了。你是盯著阿倫，他就站在崔維頓旁邊。你當時的眼神是在告訴他快離開，對吧？」

「他也做不了什麼。」瑪麗講的就跟剛剛阿倫講過的一樣。她的臉一片死白，兩頰的淚水發亮。她注視著不遠處。稍後，我會很厭惡這一切發生在我家。我會希望他們沒有來過。

「我有點明白，這些年來你為什麼還在幫這家人做事，瑪麗，」霍桑推斷道：「因為你知道發生車禍的原因是你。對不對？或者因為你還在跟阿倫上床？」

「老天在上！」高文很氣憤。「我們很多年前就結束了。瑪麗留下來是為了傑瑞米。只是因為傑瑞米！」

「是喔，而傑瑞米會在那裡是因為瑪麗。你們兩個真的是天造地設的一對啊。」

「你希望我們怎麼樣？」高文問。「你覺得為了那天發生的事情，我們受到的懲罰還不夠嗎？」他閉上眼睛一會兒，然後又繼續說：「那只是運氣不好。要是我沒在那一刻走出藥房，要是兩個男孩沒看到我……」他講得非常慢，語氣幾乎是平靜。「我從頭到尾唯一在乎的，就是絕對不該讓茱蒂絲知道，」他說：「失去提摩西就已經夠糟糕了，還有傑瑞米變成現在這個樣子，要是她知道瑪麗跟我……」他停下。「你會告訴她嗎？」

「我不會告訴她什麼，那不關我的事。」

「那你為什麼找我們來這裡？」

「因為我必須知道我對你們兩個的推斷是正確的。你想要我的建議？換了我，我會告訴你太太發生的事情。反正她已經把你趕出去了。你的婚姻已經完蛋了。但這個事情，這個你們之間的秘密，是癌症。它會糾纏你不放。換了我就會切除掉。」

阿倫．高文緩緩點頭，然後站起來。瑪麗．歐布萊恩也起身。他們朝門口走，但是到了最後一刻，高文又轉身。

「你很聰明，霍桑先生，」他說：「但是你完全不懂我們經歷了什麼。你沒有感情。我們犯了一個可怕的錯誤，我們每一天都得承受後果。但我們不是怪物，我們不是罪犯。我們只是相愛而已。」

但是霍桑完全不買帳。我感覺他的臉好像更蒼白，雙眼比以前更充滿報復的恨意。「你想要跟別的女人上床。你對你太太不忠實。而因為這樣，一個孩子死了。」

阿倫．高文望著他，眼神近乎厭惡。瑪麗已經走出門，高文也轉身跟在後頭。屋裡只剩下我們了。

「你有必要對他們這麼嚴厲嗎？」我最後終於問。

霍桑聳聳肩。「你替他們覺得難過？」

「不曉得。是吧，或許。」我努力兜攏思緒。「阿倫．高文沒殺黛安娜．庫柏。」

「沒錯。他不怪她造成了迪爾的車禍，他只怪自己。所以他沒有理由殺她。她只不過是事發的工具，不是起因。」

「而那輛車的駕駛人……」

「當時誰在開車並不重要。戴米恩，他母親，隔壁的太太。因為跟車子根本沒有關係。」

香菸的煙霧懸在空中，我稍後得跟我太太解釋了。我還坐在琴凳上，想著自己有關謀殺的頭號理論剛剛在地上摔爛了。

「所以，如果果兇手不是阿倫・高文，那會是誰？」我問：「我們接下來要去哪裡？」

「葛瑞絲・洛威爾，」霍桑回答：「我們明天要去看她。」

20 演員生活

葛瑞絲·洛威爾沒回到紅磚巷的公寓，我不怪她。那裡的血要花很長的時間才能清乾淨，接著要花更久才能消去那許多暴力的記憶。

現在她和艾希莉住在位於豪恩斯洛的娘家，她父親在附近的希斯洛機場裡工作，擔任資深商務經理。馬丁·洛威爾這一天休假。他是個令人望而生畏的大塊頭，身上的馬球衫對他來說太小了，肩膀的布料繃得很緊，屠夫似的壯碩手臂從短袖裡撐出來。他把頭髮都理光，因此很難猜測他的年齡，不過一定是五十五歲以上了。葛瑞絲看起來一點也不像他。他正抱著艾希莉，而且必須抱得小心、專注。我可以輕易想像他一個熊抱，就不小心悶死那個小女孩。艾希莉則一如往常，對周圍進行的事情渾然不覺，完全沉浸在手上的布製繪本中。

這棟房子乾淨而現代化，所在的住宅區一定是跟機場的主跑道完全對齊，因為每隔幾分鐘，飛機起飛的轟鳴就會搞得我們震耳欲聾。看起來葛瑞絲和她父親都沒注意到那個噪音。艾希莉則是非常享受，每回有飛機經過都開心地咯咯笑。葛瑞絲跟我們說，她母親羅絲瑪莉出門工作了，是當地中學的數學老師。於是我們五個人尷尬地緊挨在一起坐，那些沙發和扶手椅在客廳裡似乎嫌太大了些。馬丁問我們要不要喝咖啡，我們婉拒了。他沉默坐在一旁，大部分的話都是葛瑞絲說的。我不時注意到他望著我們的雙眼裡有一種奇怪的、悶燒的怒火。

接下來二十分鐘，葛瑞絲描述了她和戴米恩．庫柏的生活，他們怎麼認識的，他們的感情關係，他們在美國的時光。她跟我們之前幾次見面時不太一樣，彷彿戴米恩的死讓她擺脫了某種責任。她講話時，我才逐漸明白她早就不愛他了，同時想起霍桑曾嘲諷她一點都不像「悲慟的寡婦」。唔，這一點他說得沒錯。她本來就是演員，而現在是她站在聚光燈下的時刻了。我沒有刻薄的意思。我喜歡她。她年輕又有超凡魅力，之前讓自己的人生被奪走。現在，達米恩的死顯然將會給她重新開始的機會，雖然她沒有這麼說。

我把她說的話記錄在下面。

「從我有記憶以來，就一直想當演員。我讀小學、中學時就很喜歡戲劇課，而且只要有錢就會跑去劇院看戲。我會早上起床就跑去國家劇院，排隊買十鎊的戲票，或是買最上層最後一排的票。假日時我在一家美髮店打工，所以買得起戲票，而且媽媽和爸爸都很棒，他們總是支持我。我告訴他們我想申請皇家戲劇藝術學院時，他們都百分之百贊成。」

「我曾試著說服你不要！」馬丁．洛威爾咬牙道。

「我第一次面試時，你還陪我去市區，爹地。你坐在街角的那家酒館等我。」她又轉向我們。「十八歲時，我才剛拿到普通教育高級證書。爸爸希望我先去上大學，等大學畢業後再申請戲劇學校，但是我等不及了。我經過四關面試，一關比一關難。最後一關是最可怕的。我們有三十個人，在那邊待了一整天。我們得上一大堆課，而且從頭到尾都知道有一群不同的人在觀察我們，最後會有一半的人被刷掉。我緊張得好想吐，但是當然，我不能表現出來，否則就完了。幾天後，我接到皇家戲劇藝術學院校長打來的電話——他親自打電話給每個人——說我被錄取了，當時我心想：『老天！不可能！』，那是我的所有夢想成真。

「然後，當然，我得想出辦法付學費。爸爸說他會出一半的錢，這當然是太好了……」

「我這麼做是因為我相信你。」馬丁咕噥道，跟他兩分鐘前說過的話自相矛盾。

「……但是還有另外一半。地區政府已經有五年沒辦獎助學金了，我借不到這筆錢，所以有一陣子我真的很擔心自己沒辦法去讀。到最後，皇家戲劇藝術學院幫了我。有個知名的演員——他們始終沒告訴我名字——想資助剛起步的學生。或許我是黑人也有幫助。我聽說校方很希望種族比例適當，於是我的另一半學費才有了著落，那年九月，我就開始註冊上學。

「我好愛皇家戲劇藝術學院的生活。我喜歡裡頭的每一分鐘。有時候我覺得完全孤立無助。裡頭的氣氛緊繃得不得了，校方逼得我們必須非常努力。我們那一年只有二十八個學生，因為有兩個——一個蘇格蘭男生和一個香港來的女生——輟學了，所以大家很親密，但同時你也就讓自己變得很容易受攻擊。這是訓練的一部分。有幾次我覺得自己實在撐不下去了，回家都會哭，接著就會有一個老師鼓勵我，或是我的好友們會支持我，總之我就熬過去。而終於走出難關後，我就會變得更堅強。

「你想知道關於達米恩的事，就得先了解我們這個團體非常親密。我們都深愛彼此，是真的。我們完全不會競爭——至少前面大部分時間不會，直到最後我們要做特里，會有經紀公司來挑人。」

「什麼是特里？」我問。

「啊，那是一種個人展示演出，以演員比爾博姆．特里命名的。你要表演一小段獨白戲，很多經紀公司會來看。」她又回到原來的思緒。「一開始，當然，每個人都加入不同的小圈子。有三個來自北英格蘭的女生自成一圈，我們都有點怕她們。還有兩、三個同性戀男生。另外有的學生年紀比較大，二十五歲以上，他們覺得彼此相處比較自在。一開始，我完全只有自己一個人。我還記得第一天坐在一個大圈圈裡，心裡想著這些就是我接下來三年要一起生活的人，我一個都不認得。當時我快嚇死了！

「但接著，就像我剛剛說的，我們逐漸親密，而且幾乎從一開始，就有一個人特別突出，就是戴米恩。每個人都認識他。每個人都佩服他。他跟我同年齡，而且他之前很少來倫敦——原先他住在肯特郡——但是他有一種超凡的自信，所有老師全都注意到他。沒有人說他是明星；當時狀況不是那樣的。但是戴米恩總是拿到最好的角色，得到最好的評語，人人都想當他最要好的朋友。不知怎地，後來他最要好的朋友就是我。順便講一下，我們沒有上床。好吧，有過……一次。但是就像我之前告訴過你的，我們在一起是在畢業好幾年之後。

「戴米恩和我非常親密，但是他非常喜歡另一個女生阿曼達．麗，戴米恩總說那不是她真正的名字。她很迷女演員費雯．麗，大家都說她改了名，好更像她。稍後我會再多說一些有關她的事。所以我們這個小圈圈有戴米恩、阿曼達和我，還有另一個男生丹．羅勃茲，他也是很出色的演員。很多人以為戴米恩和丹愛上對方，但其實不是。我們四個是最要好的朋友，在學院的三年都是這樣。直到我們離校之後才走向不同的方向，但是我想這一行就是這樣。我的第一份工作是在格拉斯哥的公民劇院。戴米恩加入了皇家莎士比亞劇團。丹在布里斯托演《第十二夜》。我不記得阿曼達畢業後的第一份工作是什麼，不過重點是我們各奔東西。

「我可以跟你講一整天的皇家戲劇藝術學院。我最記得的是這麼一種歸屬感，在一個對的地方，跟一群對的人在一起。學校逼我們逼得超緊的——肢體運動課、聲音課、歌唱課——而且還有一大堆家庭作業。每個人都窮得要命。這一點很好笑。我們會在一家叫『席得』的破餐館聚會，所有男生會吃大盤的薯條和香腸和諸如此類的，因為很便宜。有些夜晚我們會去馬博洛紋章酒館喝酒。爹地，當初我面試時，你就是在這家酒館裡頭等我。但是大部分時候，每個人只是回家做自己的勞伊德或其他什麼要做的，然後倒頭睡覺。」

我不曉得做勞伊德是什麼意思。但這一回我沒插話。

「不過，如果你們對戴米恩有興趣，那麼我就得告訴你們有關三年級的《哈姆雷特》公演，因為那算是所有一切的最緊要關頭，是非常、非常重要的公演。首先，因為那是《哈姆雷特》，無論誰拿到這個角色，都會有一個絕佳的事業起點。一大堆經紀人都會來看，而且導演會是林賽．波斯納，他在皇家宮廷劇院導過很多了不起的作品，而且我們全都在新維克劇院看過他導了那齣很成功的《美國野牛》。每個人都以為丹會拿到這個角色。他在之前兩次公演都只演小角色，謠傳他是故意保留實力，要在這回的大好機會裡全力發揮。同時，他的特里表現得不如預期——他念錯了一些台詞，所以這回輪到他了。

「我們全都很興奮，等著選角名單公布。在學校的信件格旁邊有個很小、很擠的空間，他們會把演員表貼在那裡，每個人都會擠在那裡看誰要演什麼角色、會在哪個戲院演。此時我們也已經開始緊張了，因為在學校讀了三年，就要畢業了。接下來你能碰上最糟糕的事情，就是畢業後沒有經紀人。所以最後一次公演真的很重要。

「總之，名單公布了，果然，丹要演哈姆雷特。我要演歐菲莉亞，當然很高興。阿曼達只拿到一個小角色，要演朝臣之一奧斯里克——這齣戲將會是跨性別。她只出現在第五幕，但是那年稍早，她已經在《辛白林》裡演過伊摩琴了，所以這樣也夠公平。戴米恩要演雷爾提，他也很滿意，但是很多人都說應該由他演哈姆雷特。他的特里是表演《哈姆雷特》裡『我是個多麼不中用的蠢才』那段獨白，人人都說棒極了。這回的公演是要穿現代服裝，在校內的GBS劇院演出，那是在地下室，是整棟樓最酷的空間，比凡布拉劇院酷多了。

「我們有五個星期排練，聽起來很多，但其實吃力得不得了。然後，排練了一星期，一切都變了——我之所以告訴你這件事，是因為它可以說改變了我的一生。丹感染了淋巴腺熱，沒辦法來排練，所以經過很多討論後，他和戴米恩角色對調，這表示忽然間戴米恩和我常常要一起工作好幾個小時，排練那些情緒非常強烈的戲。回顧起來，我就是在那個時候愛上他的。他在舞台上時，有這麼一種……磁力。我的意思是，當你在街上遇到他，會對他留下深刻印象，但是當他表演時，那就好像看進一池水裡……或是一口井內。他有一種深度和一種清澈。林賽．波斯納很喜歡跟他合作，他就是這樣進入皇家莎士比亞劇團的。林賽在史特拉福和巴比肯藝術中心做了很多戲，他就找戴米恩跟著他。

「到今天還有很多人在談那次的《哈姆雷特》公演。之後戴米恩、丹、我全都被經紀公司簽下，藝術指導跟我說那齣戲是他所看過最棒的之一。我們在圓形舞台上演出，沒有布景，道具也很少。我們用了一大堆面具，因為林賽受到日本能劇很大的影響。而且毫無疑問，戴米恩非常出色。他搶盡了風頭。丹的表現也很棒，在第五幕兩人打鬥的那場戲——他們是用扇子，而不是用劍——你可以感覺到那種能量和暴力。劇終時我們還得到起立鼓掌，這種事情在皇家戲劇藝術學院並不常見，尤其是觀眾裡有那麼多經紀人。

「但是我記得，主要是因為戴米恩。你一定知道這齣戲。第三幕，第一場。我演到最後都掉淚了。啊，一顆多麼高貴的心就這樣殞落了。這場戲裡的種種苦難和瘋狂都留在我的腦海裡。有一刻，達米恩抓住我的喉嚨，臉跟我湊得好近，我的嘴唇都可以感覺到他呼出來的氣息。等到他放開我，我的脖子留下了瘀青。後來我們在一起之後，他說他不想再跟我一起演戲了——但是這個時候我的表演生涯已經暫停下來，因為艾希莉。我想我要說的是，我最愛的是那個演員，而不是那個男人。當一個男人，他有可能……」

她一時想不出適當的字眼，於是她父親開口了：「是個混蛋。」

「爸！」

「他對待你的方式，他利用你的方式——」

「他並不是一直都這樣的。」

「他跟他母親從一開始就是這樣，兩個人都一樣壞。」

葛瑞絲地看著他，但是沒爭執。然後她又繼續說下去。

「我被獨立演藝經紀公司簽下來，第一份工作是出現在一部電視影集《幻術大師》。我只有幾句台詞——但至少這個演出可以列在我的履歷表上。我又接到了幾個電視影集的工作：《急診室》、《霍爾比市》、《警務風雲》。另外我幫比利時的時代啤酒拍了電視廣告，那份工作很棒。我有機會在阿根廷的首都布宜諾斯艾利斯待了一個星期！我也開始接到一大堆舞台劇工作。其中最棒的是在名導演強納森・肯特擔任乾草市場劇院藝術總監的那一年。我在《村婦》和一齣愛德華・邦德執導的《大海》裡都有好角色。甚至劇評還提到我。我的經紀人費歐娜・布朗確定我就要嶄露頭角了。我也得到一些很棒的選角甄試機會。

「然後我跟戴米恩重逢。他來看《村婦》。他甚至沒發現我有演，但是他有一個朋友飾演菲吉特太太。我們在後台碰到，接著大家就去喝一杯。那真的很可怕。我的意思是，我們彼此認識，一度還那麼熟悉，但是卻好多年都沒見過面了。」

「他就是那種人，」馬丁・洛威爾說。艾希莉看完了她的布製繪本，在他的懷裡睡著了。他把她輕輕放在沙發上。「他唯一關心的就是自己的事業。他從來沒有朋友。他利用你。」

「別那樣說，爹地。」葛瑞絲依然不同意他。「那時戴米恩已經相當有名了。我的意思是，大家會認得他的臉，即使不會排隊要他的簽名。他參加了很多大製作電影和電視影集，還得到《旗幟晚報》頒的一個戲劇獎。他已經在好萊塢工作，正要開始拍攝《星際爭霸戰》。我立刻就看出他跟以前不一樣了。他比我記憶中更冷酷，多了一種鐵石心腸的特質，可能是伴隨著富裕和成功而來的——當時他剛買下紅磚巷的公寓——但其實，我想這些特質主要是一種防衛。在這一行，你非得要冷酷不可。我會說，那是演員生活的一部分。

「我們度過了一個很棒的夜晚。每個人都很愛那齣戲，空氣中都鬧烘烘的。我們喝了太多酒，開始聊起皇家戲劇藝術學院和我們曾經共度的那些時光。達米恩跟兩個同校的人一起工作過。他跟我說丹已經放棄表演了，真的很可惜，因為他非常有才華，但是有時候就是這樣。你一直接到小角色和當替補演員，而碰到重要的選角機會，卻始終缺那麼臨門一腳。丹差點就選上了《神鬼奇航》的主角——後來是奧蘭多．布魯拿到那個角色。另外ＩＴＶ電視網的《齊瓦哥醫生》也是跟他擦身而過。另外，阿曼達消失了。戴米恩談了很多關於他自己。《星際爭霸戰》付給他的酬勞很多，夠他付頭期款買下洛杉磯的一棟房子，他正在考慮搬去那裡定居。

「他在英格蘭待三個星期，拍一部迷你影集，那段時間我們幾乎都在一起。我覺得他紅磚巷的公寓很棒。我當時跟另外兩個演員在克拉珀姆合租了一棟小房子，而紅磚巷的公寓就像另一個世界。他的電話一直響個不停。打來的可能是他的經紀人、他的經理人、他的公關、報社、廣播電台。於是我明白，當初我去皇家戲劇藝術學院時，腦袋裡的夢想就是這樣，只不過實現的人是他。」

「你也會實現的，葛瑞絲，現在他走了。」

「這麼說不公平，爸。戴米恩從來沒妨礙過我。」

「正當你事業要起飛的時候，他讓你懷孕了。」

「那是我的選擇。」她轉向我們。「我告訴他我懷孕的消息時，戴米恩就說他想要跟我生下這個小孩。他很興奮，要我搬去跟他一起住。他說他的錢養活我們兩個和寶寶是綽綽有餘。他叫我馬上搭飛機到洛杉磯。」

「你們兩個結婚了嗎？」霍桑問。在葛瑞絲談的時候，霍桑從頭到尾都很不尋常地保持沉默，但是他聽得很認真。

「沒有。我們始終沒結婚。戴米恩不認為結婚有什麼意義。」

「戴米恩只想著戴米恩，」她父親堅持道：「他不想被拴住。他母親也一樣壞。她唯一關心的就是她的寶貝兒子，從來就懶得答理你。」

「不結婚是我們共同的決定，爸。你明知道的。而且黛安娜也沒那麼壞。她只是孤單，又有點悲傷，而且很重視她兒子。」她過去看艾希莉，拂開她眼睛上的頭髮。然後繼續說：「我照他告訴我的去做。他給了我機票……」

「豪華經濟艙。他甚至不肯幫你買商務艙。」

「……然後我搬去跟他住。他的經紀人想辦法幫我們辦了居留簽證。我不曉得怎麼弄的，但是後來艾希莉在美國出生，所以她還有美國公民的身分。我到的時候，戴米恩已經在拍《星際爭霸戰》了，所以我看到他的時間不多，但是我不在乎。他買下的房子是我幫他找到的。只有兩個臥室，但那是在好萊塢山莊一個可愛的小地方，有很棒的視野和一個小小的游泳池。我很喜歡。他讓我按照自己的意思裝潢。我幫艾希莉佈置了一個育嬰室，去西好萊塢和羅迪歐大道購物。戴米恩有時候很晚回家，但是週末我們會一起共度，他把我介紹給他所有的朋友，我以為一切都會沒問題。」

她垂下眼睛，那一剎那，我看到了她眼中的哀傷。

「只不過並不是。其實是我不好。雖然我很努力，但還是不太喜歡洛杉磯。麻煩的是，那裡根本不是個城市。你去哪裡都要開車，但其實也沒有什麼地方可以去。我的意思是，那裡有商店，有餐廳，有海灘，但感覺上一切都有點沒意義。那裡老是太熱，尤其我懷孕的時候。我發現自己有愈來愈多時間獨自待在屋子裡。我剛剛說戴米恩把我介紹給他的朋友，但他其實沒有那麼多朋友，而且他們老是在聊工作，所以我難免會覺得受到冷落。他們大部分是英國人，大部分是演員。在那裡很滑稽，人們似乎有自己的小圈圈，他們不是不友善，但是他們不想讓你加入。我好想家！我想念媽媽和爸爸。我想念倫敦。我想念我的表演事業。

「戴米恩和我沒吵架，但是我們在一起並不完全快樂。我覺得他跟我在皇家戲劇藝術學院認得的那個戴米恩似乎非常不同。或許是因為他變得太有名了。他回家看到我會很高興，有時我們會很親密，但我常常在想這一切都是在演戲。他總是告訴我他見到什麼名人——克里斯．潘恩和李奧納德．尼莫伊和Ｊ．Ｊ．亞伯拉罕——而我成天只是坐在家裡，當然會有怨恨。我想當母親，但我同時也希望不光是母親而已。艾希莉出生了，那真是神奇，戴米恩辦了一個大派對，他是個驕傲的爸爸。但之後我發現他愈來愈常不在家。他被找去拍第四季的《廣告狂人》，他的生活似乎就是派對、首映、跑車、模特兒，而我只是困在家裡，生活裡只有奶瓶、嬰兒車、尿布。他花錢花得好凶。我們從來沒有足夠的錢付園丁和雜貨帳單。那像是某種廉價小說裡的好萊塢，全都是一堆老套。」

「告訴他們有關藥物的事，」她父親說

「他吸古柯鹼和其他的——但是一點也不奇怪。那裡的所有英國人都這樣。你去參加派對，裡頭一定有個人會打電話，幾分鐘之後，就會有個騎摩托車的送貨員拿來一堆裝在塑膠小袋裡的藥物。到最後，我就不再參加派對。我從來沒吃那些藥物，也不覺得自在。」

艾希莉在沙發上稍微動了一下，馬丁又把她抱起來。那孩子幸福地躺在他的懷抱裡。

「我講得好像一切都很糟糕，」葛瑞絲繼續說：「但是只因為我現在要說，一切都結束了。你在洛杉磯不可能完全不快樂。因為太陽照耀，花園裡開滿了九重葛。戴米恩從來沒有傷害過我。他不是壞人。他只是……」

「……自私。」馬丁．洛威爾幫她說完。

「成功，」葛瑞絲反駁他。「他被成功吞噬了。」

「而現在他死了，」霍桑說。他朝她冷冷看了一眼。「你可能會說，他死的時機真是再好不過了。」

「我不懂你的意思！」葛瑞絲很生氣。「我絕對不會這樣說。他是艾希莉的父親。她成長的過程中再也不會有機會見到他了。」

「我知道他留了一份遺囑。」

葛瑞絲猶豫起來。「是的。」

「你知道遺囑上怎麼說的嗎？」

「知道。他的律師查爾斯·肯渥錫去參加了葬禮，我當時問了他。我必須知道我們的生活有保障，即使只是為了艾希莉。結果我不必擔心，他把一切留給了我們。」

「他有人壽保險。」

「這個我就不知道了。」

「我知道，葛瑞絲。」霍桑穿著西裝坐在那裡，雙腿交疊，手臂交抱在胸前，這是他最放鬆，也同時是最無情的狀態。他的深色眼珠盯著她，像是把她固定在原地。「他六個月前投保的。據我所知，你可以領到將近一百萬鎊。更別說紅磚巷的那戶公寓、好萊塢山莊的房子，還有愛快羅密歐 Spider 跑車——」

「你在說什麼？霍桑先生。」她父親問道：「你認為我女兒殺了戴米恩嗎？」

「有何不可？聽起來，你不會覺得太遺憾，而且坦白說，要是跟他困在一起的是我，我也會毫不猶豫動手的。」他又轉回去看著葛瑞絲。「我注意到，你回到英國的時間，是在戴米恩的媽媽死前一天……」

我還沒有機會告訴霍桑我整理筆記的發現。聽到他不必我講，就已經得知同樣的事情，讓我覺得失望。

「你去見了她嗎？」他問。

「我本來要去拜訪黛安娜的。可是艾希莉搭飛機累壞了。」

「想必你又是搭豪華經濟艙吧！所以你去看過她嗎？」

「沒有！」

「葛瑞絲在這裡陪我，」她父親說：「如果必要的話，我會在法庭上發誓。而且戴米恩被殺害的時候，她還在參加葬禮。」

「那麼，葬禮的時候，你人在哪裡，洛威爾先生？」

「我跟艾希莉在里奇蒙公園，我帶她去看鹿。」

霍桑又轉回去看葛瑞絲。「你剛剛談皇家戲劇藝術學院時，提到一個自稱阿曼達．麗的女生，你說還有些關於她的事你想告訴我們，是什麼事？」

「她是戴米恩的第一個女朋友，但是到了快畢業時，他們分手了。事實上，我認為她是為了丹．羅勃茲而離開他的。就在開始排練《哈姆雷特》之前，我看到他們在接吻。拜託接吻耶！他們完全是在熱戀中。

「剛剛我已經跟你說過，那次公演她飾演奧斯里克。畢業後她發展得相當好。她參加了兩齣大型音樂劇；那是她的專長。《獅子王》和《萬能飛天車》。但接著她就消失了。」

「你的意思是，她停止工作了？」我問。

「不。她失蹤了。她有一天走路出門，然後再也沒有回來。報紙上登過。沒有人查出她到底發生了什麼事。」

離開馬丁・洛威爾家之後，我趕緊用我的蘋果手機上網搜尋，查到了八年前的一則新聞報導：

《南倫敦新聞》，二〇〇三年十月十八日

女演員失蹤，父母公開呼籲

一名二十六歲的女子離開她在斯特里薩姆的住家後失蹤，警方已展開搜索行動。

警方正在尋找阿曼達・麗，她是一名女演員，曾參與幾齣西區的音樂劇，包括《獅子王》和《芝加哥》。警方描述她苗條、金色長髮、淡褐色眼珠，有雀斑。

麗小姐在星期天傍晚離開她的公寓。她很講究地穿了一套灰色的絲質褲裝，帶著一個深藍色的愛馬仕凱莉包。她星期二晚上沒去參加《獅子王》在蘭心劇院的表演，就有人通知警方。她失蹤至今已經六天。

警方已經跟幾個網路約會網站的相關人員談過。據知這位單身的女演員會在網路認識男人，失蹤那天可能正要去赴約。他的父母呼籲，希望任何在那天傍晚見過她的人能主動提供消息。

我拿給霍桑看，他點點頭，彷彿早料到會看到這樣的報導。「那你為什麼對阿曼達・麗有興趣？」

他沒回答。我們還站在那個住宅區裡，四周全都是一模一樣的房子和花園，幾輛停著的車都是基本色。此時，又一架飛機尖嘯著掠過我們頭頂，機輪放下，巨大的機身遮蔽了光線。我等著飛機過去。「你打算告訴我那個阿曼達・麗也被謀殺了嗎？但是她跟這個案子根本沒有關係。在今天之前，我們連她的名字都沒聽過。」

霍桑的手機響了。他抬起一隻手，同時另一隻手掏出口袋裡的手機接聽。這段談話持續了大約一分鐘，不過霍桑幾乎沒說什麼，只有兩、三次「是的」，然後是「對」和「好的」。最後他掛掉電話，面色凝重。「是密道斯打來的。」他說。

「發生了什麼事？」

「我得趕回坎特伯里。他想跟我談。」

「為什麼？」

霍桑看著我，那個神色讓我很不安。「昨夜有人放火燒了奈吉爾・魏斯登的房子，」他說。「肇事者從門上的信箱口倒了汽油，然後點了火。」

「老天！他死了嗎？」

「沒有。他和他的男朋友平安逃出來了。魏斯登在醫院裡。他有煙霧吸入性傷害，但是不嚴重。他會沒事的。」他看了一下手錶。「我要去趕火車了。」

「我跟你一起去。」我說。

他搖搖頭。「不，我不認為你應該去。我自己去就好。」

「為什麼？」他不吭聲。我又挑戰他。「你知道這場火該負責任的是誰，對吧？」我說。

結果又來了，他雙眼中的那種冷酷我已經很熟悉，不知怎地讓我知道他看這個世界的方式跟我截然不同，而且我們的關係永遠都不會太親近。

「對，」他說：「是你。」

21

皇家戲劇藝術學院

我不曉得霍桑的意思是什麼，但是我愈想就愈不高興。奈吉爾・魏斯登家被縱火，該負責任的怎麼可能會是我呢？在去他家之前，我根本不曉得他住在哪裡，而且去了之後，在霍桑以他慣常頗不圓滑的方式逼問那位老人之時，我可是一個字都沒說。我也沒告訴過任何人我們要去找他——除了我太太、我的助理，或許還有我的一個兒子。霍桑是故意拿我出氣嗎？如果是，我也不驚訝。一件他沒料到的事情發生了，所以他就遷怒於剛好離他最近的人。

這麼一來，我不知道我們的調查該往哪個方向進行了。之前霍桑在我公寓裡時，幾乎算是把阿倫・高文從嫌疑犯清單中刪去了，另外，我以為法官也不必再調查了。魏斯登和黛安娜・庫柏有關連沒錯，他讓她無罪脫身也令人很不滿，但是沒有證據能證明他犯了什麼罪。然而，現在他被攻擊了！正當我開始想著兩樁謀殺和那件車禍完全無關的時候，結果就證明恰恰相反。

多年前，黛安娜・庫柏開車撞死了提摩西・高文，讓他的兄弟受傷。她逃離現場，想保護她兒子戴米恩・庫柏。魏斯登法官只判她最輕的罪就算了。現在三個人都被攻擊了……其中兩個喪命。不可能是巧合。

但這也引出了另一個問題。幾年前戴米恩・庫柏在皇家戲劇藝術學院的同學阿曼達・麗神秘失蹤，她跟這一切怎麼扯得上關係？當然，有可能其實沒關係。離開葛瑞絲・洛威爾家之後，用蘋果手機查她的人是我，雖然霍桑看了那篇報導，但是完全沒有評論。所以我不太確定她的失蹤跟我們的案子有沒有關係。

我忽然很受不了自己。

我跟霍桑分手後，他去搭地鐵，我就走進緊鄰豪恩斯洛東地鐵站一家廉價、俗麗的咖啡店。現在下午差不多過半，我獨自坐在裡頭，周圍環繞著鏡子、五顏六色的菜單，還有一台平板電視播放著白天的古董介紹節目。我點了兩片吐司麵包和一杯茶，但其實我根本沒胃口。我是怎麼了？剛認識霍桑時，我是個成功的作家。我所創作的一部電視影集在全世界五十個國家播映，而且製作人是我太太。霍桑是來幫我們工作的。我們付他一小時十鎊或二十鎊，請他提供我們資訊，好用在我的劇本裡。

但是才兩個星期，一切都變了。我讓自己成為一個沉默的合夥人，在我自己的書裡成了一個小角色！更糟糕的是，我不知怎地相信自己解不出任何一條線索，非得要問他是怎麼回事才行。我絕對沒那麼笨。我已經跟隨他的腳步太久了。現在，隨著霍桑的離開，我有機會自己主掌局面了。

我那杯茶的表面有一層油光，吐司上塗的東西融化得像是機油似的。我推開盤子，拿起我的手機。霍桑這個下午都不會在倫敦了，於是我有很多時間去調查這個新的嫌疑犯：阿曼達・麗。

奇怪的是，《南倫敦新聞》上頭沒登她的照片。我很好奇她長得什麼樣。網路上找不到她的照片，只有兩則資料提到她。她失蹤了，從來沒被找到過。就這樣。她的父母可能還處於悲慟中，但是一般大眾的興趣早已煙消雲散了。

我想知道更多關於她的事情。如果原先我一直找錯方向——也就是朝向迪爾的方向——那麼現在該去一下我之前遺漏的。皇家戲劇藝術學院有可能發生過什麼事，把阿曼達、戴米恩、黛安娜・庫柏串連起來？又怎麼會導致謀殺呢？

我在思索這個問題時，忽然想到有個門路。皇家戲劇藝術學院偶爾會邀請演員、導演、編劇去幫學生上課，前一年我就受邀去講演員、編劇、劇本這個奇特的愛情三角習題。在那一小時的授課時間裡，我設法跟他們解釋：優秀的演員總會在劇本裡發現一些編劇沒發現的事情；而糟糕的演員則是會在戲裡亂加一些編劇不想要的東西。我跟他們談到一個角色是如何被創造出來的。比方說《戰地神探》影集的男主角克里斯多福・弗伊爾老早存在於劇本中，但直到我們確定找麥可・凱欽來演這個角色，真正的工作才開始。我們兩個之間的關係總是有點緊張。比方說，麥可幾乎從一開始就堅持弗伊爾從來不問問題，這使得我的工作充滿困難，而且毫不誇張地說，這樣的警探也似乎太不尋常了。不過這個主意其實並不壞。我們找到其他更有創意的方式，去取得情節所需的資訊。弗伊爾總有辦法旁敲側擊，讓嫌犯們說出本來不打算說的事情。以這個方式，一年接一年，這個角色就逐漸發展出種種特性。

總之，我跟那些學生說了這些，還有其他很多事情，我不確定他們這堂課得到了多少收穫。

但是我自己非常樂在其中。作家最喜歡的事情，莫過於談寫作了。

當初是一位副主任找我去的。在此我稱她為麗茲，因為她要求我不能寫出她的真實身分。我從咖啡店打電話給她。運氣不錯，她剛好下午就在皇家戲劇藝術學院，答應我三點過去，她可以給我一小時。麗茲是個聰明、頗為熱情的人，比我年長幾歲。她自己受過演員的訓練，但是後來從事編劇和導演。在跟媒體有過一次飽受傷害的經驗之後，她回到學校教書。因為她執導了一齣關於英國錫克教徒的舞台劇，雖然用意良善，卻引發了種種騷動，兩名地區議員（她跟我說他們兩個都沒看過劇本，也沒看過戲）鼓動群眾，搞得群情激憤。這齣戲的藝術總監屈服了，於是取消演出。沒有人幫麗茲講話。即使多年後的現在，她還是寧可保持匿名狀態。

皇家戲劇藝術學院位於高爾街的主校舍是一個怪異的地方。入口有兩座雕塑家亞倫．德斯特於一九二〇年代創作的喜劇與悲劇雕塑，使得這個入口氣勢不凡，同時卻也很不起眼。窄窄的門後頭就是主校舍，感覺上似乎遠遠太小了，難以相信能容納三個劇院、眾多辦公室、排練室、工藝坊等等。我還記得裡頭就像一個由白色走廊和樓梯構成的迷宮，到處都有雙向推門，所以我第一次拜訪時，覺得自己有點像是實驗室裡走迷宮的白老鼠。這一回，我在一樓那家相當時髦的新咖啡店跟麗茲碰面。

「我記得戴米恩．庫柏，記得非常清楚，」她告訴我。我們兩人點了卡布奇諾坐下來，周圍環繞著目前三年級學生的黑白照片。我們附近幾桌還有少數幾個學生在聊天或讀劇本。她壓低聲音。「我一直覺得他會很有成就。不過他是個臭屁的小混蛋。」

「我都不曉得你當時已經在這裡教書了。」我說。

「那是一九九七年，我剛來。戴米恩那時應該是二年級。」

「你不喜歡他。」

「我不會這麼說。我設法把我對所有學生的感覺隱藏起來。這個地方的麻煩就是每個人都超級敏感，你很容易就會被指控偏心。我只是告訴你事實。他非常有野心。只要能幫他拿到角色，他會不惜用刀子刺自己的老媽。」她想了想自己剛剛講的。「以目前的狀況來說，這樣講不太適當。不過你知道我的意思。」

「你看過他演哈姆雷特？」

「看過。他演得太精采了，我簡直不想承認。他能拿到那個角色，只因為原先選中要演的那個學生感染了淋巴腺熱。那一年學校裡有點小流行，有一陣子整個學校就像鼠疫大流行時期的倫敦。當然了，戴米恩從一開始就想演這個角色。他在他的特里表演時就演了一段，這是他炫耀自己的方式。其實呢，你知道，你剛剛說得沒錯。我不喜歡他。他有辦法操弄別人，我覺得有點讓人毛骨悚然，然後又有迪爾發生的那件事。」

「那件事怎麼了？」我忽然感興趣起來。那件車禍和這個戲劇學校之間有什麼關連，是霍桑不曉得、我們兩個都漏掉的嗎？

「唔，只不過他在一堂表演課利用了這件事。我們當時正在探索我們所謂的『當眾孤獨』，學生必須帶一樣對自己很重要的物品，在全班同學面前談它。」她暫停一下。「他帶了一個塑膠玩具，是一輛倫敦巴士。他也放了一首歌的錄音給我們聽，是一首童謠：〈巴士的輪子轉呀轉〉。你一定聽過吧？他告訴我們，這首歌曾在一個小男孩的葬禮上播放，他母親開車時撞死了那個小男孩。」

「到底是哪裡毛骨悚然？」

「其實我事後還跟他稍微爭執了一下。他很激動。他說那首歌讓他傷心欲絕，說他無法把那首歌趕出他的腦海，諸如此類的。但其實，我沒感覺到他跟發生的事情有真正的連結。我感覺他是利用這個事情，幾乎像是個道具。他的獨白太自我中心了。就某種程度來說，那玩具車只不過是課堂練習的物品，但是就他的狀況而言，一個八歲的小男孩死了。或許不完全是戴米恩他母親的責任，但是她畢竟撞死了他。我不認為在上課時講這件事是適當的，也這麼告訴他。」

「有關阿曼達·麗，你能告訴我什麼？」我問。

「我對她比較沒印象。她很有才華，但是安靜。她跟戴米恩交往了一陣子，兩個人非常親密。恐怕她畢業後不是太成功，演了兩、三齣音樂劇，其他就沒有了。」她嘆氣。「有時就是會這樣，你永遠沒辦法預測往後的發展。」

「然後她就失蹤了。」

「報紙上登了消息，甚至警方來這裡問了一些問題，其實她失蹤已經是畢業後四、五年的事情了。有人說她是去見一個粉絲……你知道，是個跟蹤狂，不過後來警方改變說法，說可能是她約會的對象。她那天打扮得很講究，她的室友們說她出門時心情不錯。她當時跟其他人在南倫敦租了一戶公寓。」

「在斯特里薩姆。」

「沒錯。總之，她出門了，往後再也沒人看到她。要是她更有名，或是有人提起她跟戴米恩．庫柏交往過，新聞會鬧得比較大。當時他已經小有名氣了。但是我想，倫敦失蹤的人很多，她只是其中之一而已。」

「你說過你有一張照片。」

「是的，你運氣很好，因為當時的照片比現在少得多。當然了，現在每個人都有手機。但是我們保留了這一張，因為那齣《哈姆雷特》。」她隨身帶著一個大帆布袋，這時拿到桌上。「我是在辦公室裡找到的。」

她拿出一張裱框的黑白照片，放在咖啡杯之間，我發現自己好像透過一扇窗，看著一九九九年。裡頭是四名年輕演員，在空盪的舞台上擺姿勢拍照，神情簡直是認真過頭。我立刻認出戴米恩．庫柏。十二年來他變得不多。當時他比較瘦，也比較俊美……「臭屁」正是我腦袋裡冒出來的字眼。他直視著鏡頭，眼神逼得你不敢忽視他。他穿著黑色牛仔褲和黑色開領襯衫，手裡拿著一個白色的日本能劇面具。飾演歐菲莉亞的葛瑞絲．洛威爾和飾演雷爾提的那個男生站在戴米恩兩旁，手上都拿著摺扇，展開來高舉過頭。

「那個是阿曼達。」麗茲指著一個長髮往後綁的女孩，站在他們後方。她飾演男性角色，穿的衣服跟戴米恩一樣。我必須說，她的照片讓我覺得失望。我不確定自己原先有什麼預期，但她看起來相當平凡……漂亮，有雀斑，頭髮在後頭綁成馬尾。她站在這群人的最邊緣，頭轉向旁邊走過來的男人。

「那是誰？」我問。

那個人稍微進入畫面，我看不清他的臉。是個黑人，戴眼鏡，手裡拿著一束花，比其他人年長許多。

「我不曉得，」麗茲說：「大概是誰的父親吧。這張照片是在第一次演出後拍的，當天劇院滿座。」

「你是否曾經……？」

我正要問她有關阿曼達和戴米恩交往的事情，但就在這個時候，我看到了某個東西，於是講到一半停下來。我看著照片裡的一個人，突然間認出他是誰了。這一點毫無疑問，我興奮地意識到自己發現了一件可能很重要的事情，而且難得一次，我領先霍桑一步了。我知道一件他不知道的事情！之前我們離開葛瑞絲．洛威爾家時，他還故意奚落我，而且一直以來，他都不把我當回事，有時近乎輕蔑。好吧，等到他從坎特伯里回來，如果我可以跟他說他漏掉了什麼，那就好玩了。我忍不住露出微笑。這會是個愉快的回報，不枉我之前花那麼多時間跟著他在倫敦到處跑，只能默默旁觀。

「麗茲，你真是太棒了，」我說：「這個不能借我吧？」我指的是那張照片。

「對不起。照片不能離開這棟校舍。不過你可以拍照。」

「那太好了。」我的蘋果手機已經放在桌上，正在幫我們的對話錄音。我拿起手機，拍了那張照片，然後站起來。「謝了。」

走出皇家戲劇藝術學院，我打了三通電話。首先，我安排一個會面。然後我打電話回辦公室，給正在等著我的助理，我跟她說我今天下午不會回去了。最後，我留言給我太太，說我晚餐可能會稍微遲到。

事實上，我根本就不會吃晚餐了。

22

面具之後

離開皇家戲劇藝術學院後，我搭地鐵到西倫敦，走到富勒姆宮路一棟四方形的紅磚建築物，離漢默史密斯圓環只有五分鐘。順帶一提，漢默史密斯圓環已經不存在了，打掉後蓋了一整區嶄新的辦公樓房，叫艾辛諾苑。詭異的巧合是，哈潑柯林斯出版集團正好在這裡，我著作的美國版就是他們出的。

這一天我前往的這棟建築物是刻意低調的風格，有霧面玻璃窗，完全沒招牌。我按了前門的電鈴後，迎接我的是一個刺耳的嗡響，外加電動解鎖的喀噠聲。一部監視攝影機看著我進入一個空盪的接待區，牆面什麼都沒有，地上鋪著磁磚。這個接待區讓我聯想到診所，或是一家醫院某個冷門的部門，也或許是最近剛關閉的部門。一開始我以為只有我一個人，但接著一個聲音朝外喊我，於是我轉彎進入一個辦公室，喪葬禮儀師羅勃·康瓦利思正在裡面弄兩杯咖啡。這個辦公室跟建築物裡的其他部分同樣不起眼，有一張辦公桌和一些非常實用的椅子——上頭的椅墊一點也不舒服。房間一側的支架桌上有一台咖啡機，牆上掛了月曆。

前兩天我們去康瓦利思家時，他提過這個地方。他的顧客都到南肯辛頓的店面商討諮詢，但是遺體都送來這裡。他曾說這裡頭設了一個小教堂，艾齡．婁司說「是個提供親友探視的地方」。當然，不是這間，因為我進入的這個房間無法提供絲毫撫慰。我仔細傾聽，想知道有沒有其他人。我原先完全沒想到這裡只會有我們兩人，但是現在已經是傍晚，或許其他人都回家了。我之前是打到康瓦利思的辦公室，但是他堅持跟我在這裡碰面。

我進門時，他喊了我的名字打招呼，我坐下來，發現他似乎比前兩次見面時更溫暖也更放鬆。他穿著西裝，但是拿掉了領帶，而且襯衫最頂端的兩顆釦子解開了。

「我原先都不知道你是誰，」他說，把一杯咖啡遞給我。我之前在電話裡才跟他說了我的名字。「你是作家！我不得不說，真是沒想到。你們到我辦公室，還有我家的那兩次，我一直以為你是幫警方工作的。」

「在某種程度上來說，我是啊。」我回答。

「不。我的意思是，我本來以為你是警探。霍桑先生人呢？」

我喝了點咖啡。他沒問過我就在裡頭加了糖。「他目前不在倫敦。」

康瓦利思想了一下，滿臉困惑。「在電話裡，你說你們在寫一本書。」

「是的。」

「這樣不太合乎常規吧？我以為警方的謀殺調查，應該是私下進行的。我會出現在你們這本書裡嗎？」

「我想有這個可能，」我說。

「我不確定我願意。這整件有關黛安娜．庫柏母子的事情讓人心煩極了，我真的不希望我們葬儀社被捲進去。事實上，我相信你會發現不少牽涉在內的人會反對。」

「我想我會取得他們的同意。如果真的有人不願意，我可以把他們的名字改掉。」我其實還可以說，只要這些真實人物是在公共領域範圍內，就沒有什麼能阻止我把他們寫出來，但是我不想惹他生氣。「你希望我把你的名字改掉嗎？」我問。

「恐怕我得堅持你改了。」

「我可以幫你改成丹．羅勃茲。」

他好奇地看著我，臉上浮現出微笑。「這個名字我好些年沒用了。」

「我知道。」

他拿出一包香菸。我都不曉得他抽菸，但是這時我回想到，我在他辦公室裡看到過菸灰缸。他點了一根菸，然後狠狠搖熄火柴。「你在電話裡說，你是從皇家戲劇藝術學院打來的。」

「沒錯，」我說：「我今天下午在那裡。我去見……」我告訴他那個副主任的名字。他似乎沒印象。「你都沒提你以前就讀過皇家戲劇藝術學院。」我又說。我喝掉半杯咖啡，放下馬克杯。

「我相信我說過。」

「霍桑跟你談過兩次，我都在場。你不光是讀過皇家戲劇藝術學院，而且你跟戴米恩．庫柏是同學。你跟他一起演過戲。」

我原先認定他會否認，但是他完全不眨眼。「我再也不提皇家戲劇藝術學院了。那不是我記憶中很喜歡的一段時光，而且從你們的說法，我不認為那是相關的。你們到我南肯辛頓的辦公室時，你曾表明你這個調查——或者我應該說，是霍桑先生的調查——的方向，是朝向迪爾發生的那件車禍。」

「或許還是有關連，」我說：「戴米恩在課堂上談這件車禍的時候，你在場嗎？顯然他在你們的表演課上用來當成材料。」

「事實上，我在場。當然，那是很久以前的事了，要不是你提起，我早都忘了。」他走到辦公桌一側，靠著桌緣，往下看著我。房間裡有個刺眼的霓虹燈，映照在他的眼鏡上。「他帶了一個小小的紅色巴士來，放了音樂。他談起發生的事情，以及對他造成的影響。」羅勃．康瓦利思想了一會兒。「你知道嗎？他母親撞倒兩個孩子，結果其中一個死亡，但她當場滿心想的都是他和他的演藝事業，這一點其實讓他很得意。這對母子真是了不起，你不覺得嗎？」

「你跟他一起演過戲，」我說：「你們演過《哈姆雷特》。」

「那個能劇的版本。根據日本古典戲劇改編的。一大堆面具和扇子和共同經驗。其實很荒謬。我們只不過是孩子，對自己有種種遠大的想法，但當時，這齣戲的重要程度遠超過你所能想像的。」

「每個人都說你非常出色。」我說。

他聳聳肩。「有一段時間，我想成為演員。」

「但是結果你成為喪葬禮儀師。」

「這件事在我家時就討論過了。這是家族事業。我父親，我祖父……記得嗎？」他似乎想到一件事。「有個東西我想給你看，你可能會覺得有趣。」

「什麼東西？」

「不在這裡。在隔壁……」

他起身，等著我跟上。我也想跟上，但是我要移動雙腳時，卻發現自己辦不到。

其實遠遠不只如此。我正在描述的，無疑是我這輩子最可怕的一刻。我動不了。我的大腦傳送訊息給我的雙腿，叫它們站起來，但是我的雙腿不聽使喚。我的手臂變得不像是我的，連在我身上卻無法相通。我感覺到自己的腦袋像個足球，身軀成為一堆無用的肌肉和骨頭，而在體內某處，我的心臟恐慌地猛跳，好像想要衝出來。我永遠也沒有辦法完整描述我那一刻所感受到的掏空腹腸的恐懼。我知道自己被下藥了，而且我現在極其危險。

「你還好嗎？」康瓦利思問，一臉關心的表情。

「你做了什麼？」就連我的聲音聽起來都不像我。我的嘴巴還得花雙倍的力氣，才能形成字句。

「站起來……」

「我沒辦法！」

然後他露出微笑。那是個令人毛骨悚然的微笑。

他動作很慢地走向我，然後掏出一條手帕，我瑟縮了一下，他硬把手帕塞進我嘴裡，堵住我的嘴巴。我直到這一刻才想到自己剛剛應該大叫的，不過大概也沒差。我現在知道，他一定先確定過這棟建築裡沒有別人。

「我只是要去拿個東西，很快就回來。」他說。

他走出房間，沒關門。我坐在那裡，探索著自己種種新的感官知覺——或者該說，缺乏感官知覺。我什麼都感受不到，只除了恐懼。我設法減緩呼吸。我的心臟還是跳得好厲害。那手帕緊緊抵著我的喉嚨後方，塞得我半窒息。我其實嚇壞了，根本沒搞清本來應該很明顯的事情：我毫無戒心地走進了一個死亡之地，而我自己的死亡也幾乎是必然的結果。

康瓦利思推著一把輪椅回來了。或許他也曾利用這個輪椅來運屍體，不過更可能的用途，是給那些來向死者做最後致敬的年老親友。他兀自低聲吹著口哨，他臉上有一種奇怪的、空盪的特質。他拿掉了原先戴著的染色眼鏡，我看著他發亮的雙眼、整齊的短絡腮鬍、稀疏的頭髮，心知這些不過是面具，之前掩蓋了某些頗為醜惡的東西，但現在逐漸顯露了。他知道我動不了。他一定是在我的咖啡裡放了什麼，而我就這麼笨，居然喝下去。我已經在心裡吼自己。就是這個人勒死了黛安娜．庫柏，還割爛了她兒子。但是為什麼？另外，我來這裡之前，為什麼沒想到——這不是很明顯嗎？

他彎腰，一時之間我以為他要吻我。我厭惡地往後縮，結果他只是把我抱起來，扔在輪椅上。我的體重大約是八十五公斤，他抱完之後暫停下來喘氣。然後他拍拍身上的灰塵，拉直我的雙腿，接著照樣吹著口哨，把我推出辦公室。

我們經過一扇打開的門，裡面就是個小教堂。我瞥見蠟燭、木鑲板，以及一個祭壇，上頭可能有十字架或猶太教的連燈燭台，或隨便任何適當的宗教聖像。走廊盡頭有個載貨電梯，大得可以裝下一副棺材。他把我推進去，按了一個鈕。電梯門關上時，我覺得自己的整個人生也被關在外頭了。電梯震動了一下，然後我們開始往下降。

電梯門又打開，外頭是一個大大的、低天花板的工作間，裡頭有一些以均勻間隔分布的霓虹燈。我所看到的每樣東西都讓我心中生出新的恐懼，而因為我完全無能為力的事實，更加強了這些恐懼的程度。在工作間的另一頭有六個銀色的櫃子，那是冷凍小隔間，兩組各三排，每個都可以容納一具人類屍體。工作間的一整個側邊看起來像個基本的手術室，有一張金屬推床，幾格架子上排列著深色罐子和小藥水瓶，一張桌子上放了各種手術刀、注射針、刀子。他停下來，讓我面對著這些，背對電梯。牆面是塗白的磚牆。地板上貼著灰色塑膠皮。一個角落放著水桶和拖把。

「我真的希望你沒有來這裡，」康瓦利思說。他講話還是那種非常理智、有點做作的口吻，那是他多年鍛鍊出來的，以符合他所扮演的角色。因為現在我知道那只是個角色。隨著過去的每一秒鐘，真正的羅勃．康瓦利思逐漸展現在我面前了。

「我跟你無冤無仇，也不想傷害你，但是你決定來到這裡，刺探我操他媽的事情。」他的嗓門愈來愈大，所以講出最後的粗話時，變成了一種高音的嘶喊。他又稍微鎮定下來。「為什麼你非得問起皇家戲劇藝術學院？」他繼續說：「為什麼你非得挖出過去的事情？你來這裡問我那些愚蠢的問題，害我必須告訴你，接著我就得處理你——可是我真的很不想這麼做。」

我想講話，但是那條手帕堵住我的嘴。他把手帕拉出來，我就立刻開口了。「我跟我太太說過我要來這裡，」我說：「還有我的助理。要是你對我怎麼樣，他們會知道的。」

「那也要他們能找到你，」康瓦利思回答，聲音很冷靜。我正想再說話，但是他舉起一手。「我不在乎。我不想再聽你講話了。反正你說什麼，對我來說都沒差。但是我想要解釋。」

他的指尖摸著腦袋側邊，凝視著不遠處，努力集中精神。而我只是坐在那裡，在心裡無聲吶喊著。我是作家。這不可能發生在我身上。這些都不是我想要的。

「我的生活是什麼樣，你有任何概念嗎？」康瓦利思終於說：「你以為我喜歡我的工作嗎？一天一天又一天，我坐在那裡傾聽那些難過的人講著他們過世的父母或祖父母有多悲慘，安排葬禮和火化和棺材和墓碑，同時太陽照耀，其他人都繼續過自己的日子，你以為那是什麼滋味？人們看著我，看到了這個無趣的男人，穿著西裝，從來不笑，說的話永遠得體——『致上我的哀悼，啊真是遺憾，我拿張面紙給你』——而在內心裡，我其實很想給他們臉上一拳，因為那不是我，我從來不想當這樣的人。

「康瓦利思父子。我就生在這個家庭。我父親是喪葬禮儀師，我祖父是喪葬禮儀師，他的父親也是喪葬禮儀師。我叔伯們和姑姑們，都是喪葬禮儀師。我小時候，每個認識的人都穿黑衣服。大人要逗我開心時，會帶我出去看馬拉著靈車在街上走。我看著我父親吃晚餐，會想著他一整天都跟死人在一起，那雙曾經擁抱我的手，也會去碰觸死人。死亡跟著他進入房間。全家人都被感染了。死亡就是我們的生活！而最糟糕的是，有一天我也會跟他一模一樣，因為他們對我的計畫就是如此，從來沒有疑問。因為我們就是康瓦利思父子——而我就是兒子。

「我以前在學校裡都被取笑。每個人都認得康瓦利思這個姓氏。他們搭巴士時會經過這家葬儀社，而且這個姓又不像瓊斯或史密斯或其他看了就忘的。他們喊我『葬儀社男孩』、『死亡男孩』。他們想知道死人沒穿衣服是什麼樣子，會勃起嗎？指甲還會繼續長嗎？一半的老師認為我很詭異——不是因為我這個人，而是因為我家裡從事的行業。其他小孩談論著上大學、談論著事業。他們有夢想，他們有未來。我沒有。我的未來，名副其實，就是死亡。

「只不過，好玩的是，我的確有夢想。有些事發生得好奇怪，不是嗎？有一年，他們讓我在學校戲劇公演裡演一個角色。不是什麼大角色，只是《馴悍記》裡的霍坦西奧。不過重點是，我愛極了。我愛莎士比亞。他的語言好豐富，他創造出一整個世界。身穿戲服、燈光打在身上，讓我覺得好興奮。或許只是因為我發現了當另一個人的快樂。我十五歲時明白自己想當個演員，從那一刻起，這個想法就不曾動搖。我不光是想當演員，還想當個有名的演員。我不會是羅勃．康瓦利思，我會是另外一個人。這就是我生來要做的事情。

「我告訴我爸媽說我想去皇家戲劇藝術學院面試，他們聽了很不高興。但是你猜怎麼著？他們讓我去了，因為他們不認為我有機會錄取。他們暗地裡嘲笑我，但是決定不如讓我徹底斷念，就會忘了這件事，乖乖回頭接手家族事業。我申請了皇家戲劇藝術學院，但是沒告訴他們我也申請了倫敦的韋伯．道格拉斯戲劇藝術學院、中央戲劇學院，還有布里斯托的舊維克劇場學院，而且我還打算再申請其他一打別的戲劇學校，直到有人收我為止。但結果我不必，因為事實上我很厲害。我真的很厲害。我演戲時整個人就活了過來，於是輕鬆錄取皇家戲劇藝術學院。面試時我就知道，他們絕對不可能刷掉我。」

我說了些話，但是冒出嘴巴的只是一堆含混的噪音，因為此時藥物已經影響了我的聲帶，要講話非常困難。我想著要懇求他放我走，但那是浪費時間。康瓦利思皺眉，走到桌旁拿起一把手術刀。我注視著他走過來，看到霓虹燈的光在那銀刀上閃爍。然後，毫不猶豫地，他把刀刺入我。

我大驚地瞪著刀柄從我胸部突出來。奇怪的是並不很痛，也沒有一大堆血。我實在不敢相信他這麼做。

「我說過我不想聽你講話！」康瓦利思解釋，音調再度高得像嘶吼。「你說的話不會有我想聽的。所以閉嘴！你懂嗎？閉嘴！」

他又鎮定下來，然後繼續講，彷彿什麼事都沒有發生過。

「我進入皇家戲劇藝術學院的第一天，就接受自己是什麼樣的人、適合做什麼。我沒用羅勃．康瓦利思這個名字，也從不談自己的家庭。我自稱丹．羅勃茲……沒有人在乎這類事情，反正以後我會用這個當藝名。我就是安東尼．霍普金斯。我就是肯尼斯．布萊納。我就是戴瑞克．傑寇比。我就是伊恩．霍姆。這些校友全都是戲劇界名人，而我也將會加入，就跟他們一樣。每回走進校舍，我就覺得找到了自己。我告訴你，那是我一生中最快樂的三年。那是我一生中唯一快樂的三年！

「戴米恩．庫柏當時也在那個學校裡。這一點你說得沒錯，而且不要誤會，我喜歡他。一開始，我佩服他。但那是因為我還不了解他。我以為他是我的朋友，而且是最要好的朋友，我沒看清他其實是個冷酷、野心十足、愛操弄他人的下流胚子。」

我往下看著那把手術刀，還是噁心地從我身上突出。有一小灘血擴散開來，不會比我的手掌大。傷口現在陣陣抽痛，我覺得想吐。

「到了三年級，正是緊要關頭，各種競爭都比以前更激烈。我們全都假裝是彼此的朋友。但是我告訴你，到了個人展示演出和畢業公演，就是準備好要動手打架了。那棟校舍裡，只要你認為能幫助自己簽到經紀公司，沒有任何一個人不會把自己最要好的朋友推下防火梯。而且當然，每個人都在巴結學校裡的教職員。戴米恩在這方面很擅長。他會微笑，說好聽的話，從頭到尾他都巴望著最大的獎，但是到最後，猜猜他做了什麼？」

康瓦利思暫停下來，我害怕得不敢開口。他瞪著我，然後又抓起第二把手術刀，即使我叫出聲，他還是朝我身上插，這回是肩膀，然後讓刀留在那裡。「猜猜他做了什麼！」他吼道。

「他騙了你！」我設法說出口。我不曉得自己說了什麼，只是知道自己非說點話不可。

「他不光是騙我而已。我拿到哈姆雷特這個角色時，他快氣死了。他以為他才有資格演這個角色。他已經在他的特里中表演過一段了。他想要每個人看看他有多行。但結果輪到我了，這個角色是我的。畢業公演是我的機會，要讓全世界看看我有多厲害，而他和他那個賤貨女友騙我。

他們一起幹的。他們刻意害我生病，這樣我就不能去排演，他們就得換角。」

我不太明白他在講些什麼，但是當時我也不在乎了。我坐在那兒，像鬥牛場裡的一隻公牛，有兩把手術刀插在我身上，而且愈來愈痛。我很確定自己會被殺死。他似乎在等著我講話。我擔心自己的沉默只會激怒他，於是喃喃說：「阿曼達‧麗……」

「阿曼達‧麗。就是她。他利用她接近我，但是最後我逮住她，讓她付出了代價。」他咯咯笑了起來。如果他是在表演一個人精神錯亂，那麼這是我所見過最具說服力的演出。「我讓她受苦，然後她消失了。你知道她現在人在哪裡嗎？你想知道的話，我可以告訴你——不過如果你想找到她，就得挖開七座墳墓了。」

「你殺了戴米恩。」我啞著嗓子說。我用盡力氣才講出這幾個字，感覺自己的心臟快要爆炸了。

「沒錯。」他雙手交握並垂下頭，像是在祈禱，即使在當時，我都覺得這個姿態有點做作。這是個表演，只有一個觀眾。「大家都說我在《哈姆雷特》公演前的準備期表現很棒，」他繼續說：「我應該飾演哈姆雷特的。但是我沒辦法，因為我生病了，所以最後我演雷爾提，而我演得也很棒。不過問題是，雷爾提只有六場戲。這齣戲大部分的時間，我都不在台上。我只有大約六十句台詞，就這樣。到最後，我沒得到我想要的經紀公司，而我畢業後，也就沒得到我想要的事業發展。我試過了。我努力保持健康，我去上表演課，我去參加選角甄試。但是始終就是沒能成功。

「我在布里斯托的舊維克劇場演了一季《第十二夜》的小丑費斯特，我以為這會是一切的開始。但演完之後，什麼下文都沒有。我曾經那麼接近了！我被《神鬼奇航》電影的籌拍小組找回去面試三次，但是最後他們把角色給了別人。還有一些電視影集、新舞台劇……我總是想著，我就要有突破了，但出於某些原因，始終都沒有。而這段時間，我年紀更大了，錢也快花光了，幾個月過去，接著是幾年，我必須接受我心裡有個什麼壞掉了，而且是阿曼達和戴米恩弄壞的。身為一個演員，失業就像癌症。你拖得愈久，治癒的機會就愈小。而從頭到尾，我家人他媽的都在冷眼旁觀，等著我失敗，等著我回到他們的行列。他們巴不得我失敗。

「唔，倒楣的事情接二連三：我的經紀公司決定跟我結束合作。我喝酒喝太多。我醒來發現自己住在一個骯髒的小房間，口袋裡沒半毛錢，然後我明白自己的生活太不像樣了。最後我終於覺悟。我再也不當丹．羅勃茲了。我回去當羅勃．康瓦利思。我穿上深色西裝，去南肯辛頓加入我堂姊艾齡的行列——於是就這樣。遊戲結束。」

他暫停下來，我瑟縮一下，不曉得他會不會又去拿一把手術刀。前兩把已經在我體內讓我劇痛難當。但是他太沉浸在自己的故事裡，沒空再來傷害我。

「我其實做這份工作很在行。我猜想，你可以說我血液裡有這方面的因子吧。我討厭這份工作的每一分鐘，但是世上難道有歡樂的喪葬禮儀師？我過往悲慘的遭遇，大概讓我更適合這個角色。就像那首歌的歌詞，我過著別人安排好的生活。我認識了芭芭拉，在她叔叔的葬禮上——很浪漫吧？——然後我們結婚了！我從來沒有真的愛過她，我只是非結婚不可。我們生了三個兒子，我一直努力想當個好父親，但是老實說，他們對我來說很陌生。我從來不想要他們，我其實一個都不想要。」他半微笑著。「當安德魯說他想成為演員，我忍不住覺得好笑。你以為會是遺傳誰的？當然了，我絕對不會讓這種事發生。我會盡一切努力保護他，不要受那個地獄圈子的傷害。

「地獄大致就是我過去十二年生活的寫照。最後我設法逮到阿曼達。有一天，我再也受不了，就查到她的下落，邀請她出來吃晚餐。她是我第一個殺的，而且我承認，做這件事帶給我一種真正的滿足感。你大概以為我瘋了，但是你不明白她對我所做的，還有戴米恩。他才是我真正想處理的：戴米恩．庫柏。他贏得幾個獎項，愈來愈有名，而且在美國拍電影。但是我知道那只是個夢，因為我根本接觸不到他。我怎麼會有辦法靠近他呢？

「所以你可以想像，有一天，當他母親走進葬儀社時，我有什麼感受。就像那首知名的寓言詩，來我的客廳玩吧，蜘蛛對著蒼蠅說！我立刻就認出她是誰。她來過皇家戲劇藝術學院好幾次，包括《哈姆雷特》的公演。她當時甚至還恭維我演得好。而現在她來了，坐在我面前，安排她自己的葬禮！她沒認出我，但是也難怪。我離開戲劇學校後這段時間，已經改變很多。我的頭髮變少了，還留了短絡腮鬍、戴了眼鏡。何況說到底，誰會仔細看一個喪葬禮儀師？我們只是一種類型，我們住在陰影裡處理死者，沒有人想承認我們的存在。所以她跟我商量，挑了柳枝棺材、音樂、禱詞，她始終沒注意到我很震驚地坐在那裡。

「你知道，我忽然想出了這個絕妙的主意：要是我殺了她，戴米恩就會來參加她的葬禮，然後我就可以殺他了！就在那大約一分鐘的時間，我有了這個想法。後來我所做的正是如此。她給了我她家的地址，後來我就去她家勒死她。然後，過了兩個星期，我在戴米恩那個昂貴的公寓裡用刀刺死他。你無法想像我有多麼享受做這件事。我在葬禮上小心避開他，讓艾齡負責所有的面對面接觸。但是當我告訴他我是誰的時候，你真該看看他臉上的表情！我還沒拿出刀子，他就知道我會殺他了。而且他知道為什麼。我只是恨不得能把整個過程拖得更久一點。我想讓他受更多苦。」

我等著他繼續。還有好多事他沒有解釋，而且他講話的時候就不會攻擊我了。但是他突然停下來，那一刻，我想我們彼此都知道他沒有其他要講的了。我的雙腿和雙臂還是動不了。我不曉得他給我下了什麼藥。但是雖然身體癱瘓了，我並沒有失去感覺。我胸口和手臂的疼痛往外輻射，而且我襯衫上有好多血。

「你打算怎麼對付我？」我勉強把這幾個字說得清楚。

他木然看著我。

「我跟這事情一點關係都沒有，」我說：「我是作家。我會介入純粹是霍桑找我寫他。要是你殺了我，他會知道是你幹的。我想他已經知道了。」我得很努力才能把話講得夠清楚，但是感覺上我跟他講愈多，保住命的希望就愈大。「我有太太和兩個兒子，」我說：「我明白你為什麼殺了戴米恩．庫柏，我也覺得他是個大爛人。但是殺了我就不一樣了，我跟這件事毫無關係。」

「我當然是要殺了你！」

我的心往下直沉，同時康瓦利思從桌上抓起第三把手術刀。這一把將會是凶器。他現在已經有點失控了，他的臉色蒼白，雙眼失焦。

「你真以為我告訴你這一切之後，還會留下活口？這都是你的錯！」他舉著那手術刀對空揮動，強調著。「沒有其他人知道皇家戲劇藝術學院的事……」

「我跟很多人說了！」

「我不相信。而且反正也沒差別了。你應該乖乖繼續寫你那些愚蠢童書。你不該插手的。」

他朝我走過來，每一步都走得很慎重。

「我真的很抱歉……」他說：「但這是你自找的。」

在這最後一刻，他臉上露出了喪葬禮儀師招呼新顧客的那種哀戚神情。手術刀被握在他手中，斜斜往上。他的雙眼上下打量著我，考慮該攻擊哪裡。

然後之前我根本沒注意到的一扇門猛然打開，一個人影進入房間，在我視野的最邊緣。我設法轉頭，發現是霍桑，他的風衣拿在身前，簡直像個盾牌。我完全不明白他是怎麼來到這裡的，但我真是太高興能看到他了。

「把那個放下，」我聽到他說：「結束了。」

康瓦利思站在我前面，不到兩公尺。他的目光從霍桑回到我身上，我納悶著他會怎麼做，接著就看到他下定決心的那一刻。他沒放下手術刀，而是舉向自己的喉嚨，果斷地劃下水平的一刀。

血從他身上噴出來。流過他的手，落到他胸部，圍繞著他雙腳積聚。他依然站著，臉上的表情到今天還會讓我做惡夢。我想那表情是歡喜、勝利。然後他垮下，整個身體抽搐著，同時更多血在他身體周圍擴散開來。

接著我就沒看到了。因為霍桑已經抓住我的輪椅，把我轉過去。同時，我聽到令人安慰的警笛聲，知道警察快來了，就在上方的某處。

「你在這裡做什麼？耶穌基督啊！」

霍桑蹲在我旁邊，瞪大眼睛看著那兩把手術刀，不明白我為什麼沒站起來。我可以誠實地說，華生對福爾摩斯的仰慕，或是海斯汀對白羅的欽佩，都比不過這一刻我對霍桑的愛，而在我暈過去之前的最後想法，就是我何其有幸，能有他陪在我身邊。

23

探病時間

事後回顧，可惜我決定用第一人稱觀點寫這本書，因為從一開始就擺明了我不會死。第一人稱敘述者不會被殺死，是文學上的慣例，不過我最喜歡的電影之一《日落大道》的開場鏡頭就打破了所有的規則，另外也有一、兩本小說同樣破了例，比方《蘇西的世界》。我真希望有個方法可以掩蓋事實，讓讀者不知道我會活到這一章，在查令十字醫院的急診室（離富勒姆宮路只有一小段距離）醒來，但是恐怕我一個辦法都想不出來。真是太沒有懸疑效果了！

我對於自己居然在這個案子的調查期間第二度昏倒有點難為情，但是醫師跟我保證，這回暈倒主要是因為我被下了藥，而不是因為我膽小。結果那藥物居然是羅眠樂，一般稱為約會強姦藥。我們永遠也查不出康瓦利思是怎麼弄到的，不過他太太芭芭拉是藥劑師，所以或許他是透過她拿到的。順帶一提，我始終不曉得芭芭拉和他們的小孩後來怎麼了。發現自己嫁了個精神變態的丈夫，恐怕不會太好玩。

我被醫師安排住院觀察一夜，不過整體上我的狀況沒那麼差。兩把手術刀造成的傷口很痛，但只要各縫兩針而已。我之前飽受驚嚇。另外羅眠樂的藥效得花八到十二個小時才能逐漸消退。

我有幾個訪客。第一個趕來的是我太太，她中斷了忙碌的電視製作工作，來到我的病房，此時我已經被轉到二樓。她看到我不太高興。「你到底做了什麼？」她問道。「你有可能被殺死。」

「我知道。」我說。

「你不會真的還要寫這本書吧？你看起來好可笑！你為什麼會跑進那棟建築物裡？如果你知道他是兇手……」

「我不知道那棟樓房裡頭是空的。而且我原先不認為他是兇手。我只是以為，他所知道的事情可能有些沒說出來。」

這是真的。我在麗茲給我看的那張照片上認出了羅勃．康瓦利思，但麻煩的是，我心底早已認定兩樁謀殺案的兇手如果不是阿倫．高文，就是葛瑞絲的父親馬丁．洛威爾，而他也在照片裡，就是照片邊緣拿著花的那個男人。他有理由希望戴米恩．庫柏死。他會不惜一切保護自己的女兒，讓她的表演事業重新開始。我太確定自己是對的，因而沒好好想清楚，差點害自己送了命。

「你為什麼都沒告訴我你在寫這本書？」我太太問。「你通常都不會瞞著我什麼的。」

「我知道。對不起。」我覺得好難受。「我知道你會覺得寫這本書是個糟糕的主意。」

「我不喜歡你讓自己陷入危險。然後看看你現在人在哪裡：特別照護病房！」

「我只縫了四針而已。」

「你運氣很好。」此時她的手機響了。她看了一眼手機螢幕，然後站起來。「我帶了這個給你。」她說。

她帶了一本書來，放在我床上。那是麗貝卡．威斯特的《叛國罪的意義》，我為了《戰地神探》正在閱讀的書。「ＩＴＶ電視網等著要聽你報告新一季的想法。」她提醒我。

「我下一個就會寫。」我跟她保證。

「如果你死掉，就寫不成了。」

我的兩個兒子都傳了安慰的簡訊給我，但是沒來醫院。去年我在希臘騎摩托車出了車禍，他們也沒到醫院探望。他們很怕看到我躺在病床上，那會搞得他們非常難受。

不過我的經紀人希爾妲．史塔克來了。自從我們共進午餐之後，她就沒再跟我聯絡過，而且她正趕著要去看一場英國影藝學院的試片。她匆忙走進我的病房，坐在一張椅子上打量了我一下。「你還好吧？」她問。

「我還好。他們留我住院真的只是為了觀察而已。」

她一臉懷疑。

「我被下藥了。」我解釋道。

「這個人，羅勃．康瓦利思，他攻擊你？」

「對，然後他自殺了。」

她點點頭。「好吧，我得承認這麼一來這本書就有個非常精采的結局。順便講一聲，這本書有一些新消息。有好有壞。壞消息是獵戶座出版集團不想要。我跟他們說了這本書的想法，他們沒興趣。同時，他們要你遵守原先簽的那三本書合約，所以你可能得過一陣子才能寫這本了。」

「那好消息是什麼？」我問。

「哈潑柯林斯已經確定要出美國版了。而且我跟一個很棒的主編瑟琳娜．沃克談過，她喜歡你的作品，也準備好要等你的稿子。她會把條件擬好來跟我談。」

我可以想像好多書堆在我面前。有時候我坐在書桌前，就覺得彷彿有一輛垃圾車停在我後方。我聽到引擎的呼呼聲，接著裡頭的垃圾就忽然倒出來……幾百萬又幾百萬的文字。那些文字持續往下傾瀉，而我不曉得後頭還會有多少，但是我也無力阻止。我想，文字就是我的生命。

「我也跟警方聯絡了，」希爾妲繼續說：「顯然，這案子有些部分會登上報紙，但是我們正在設法讓你不要見報。首先，他們對於你會加入調查就覺得很難堪了，但是更重要的是，在你寫出來之前，我們不希望大家知道整個故事。」她站起來，準備要離開。「另外跟你講一聲，」她又說，幾乎像是忽然才想到，「我跟霍桑先生談過了。書名是『霍桑探案』，另外版稅是五五分帳。」

「慢著！」我驚呆了。「這不是書名，而且你說過你絕對不會答應五五分帳的。」

她好奇地看著我。「那是你已經同意的。」她提醒我。「而且他只接受這個條件。」她看起來有點緊張，我不禁納悶霍桑是不是知道她的什麼事，於是用來跟她談判。「總之，等我聽到瑟琳娜的消息，再來談這件事吧。」她暫停一下。「你還需要什麼嗎？」

「沒有。我明天就會出院回家了。」

「那我到時候再打電話給你。」她沒等我再說一個字，就離開了。

我最後一個訪客是在那天下午稍後來的，此時早已過了探病時間。我聽到一個護理師想阻止他，但是他凶巴巴地說：「沒關係。我是警察。」然後霍桑出現在我的床尾，手裡拿著一個皺皺的褐色紙袋。

「哈囉，東尼。」他說。

「哈囉，霍桑。」說來奇怪，但是我非常高興看到他。不光是如此，我覺得對他有一種完全沒道理、沒來由的親切感。在那一刻，我最想見到的人就是他了。

他坐在希爾妲之前坐過的那張椅子上。「你覺得怎麼樣？」他問。

「現在好多了。」

「我帶了這個給你。」他把那紙袋遞給我。我打開來，裡頭是一大串葡萄。

「非常謝謝你。」

「不是這個，就是葡萄適能量飲料了。我想你大概比較喜歡葡萄。」

「你真好心。」我把紙袋放到旁邊。院方給了我一個單人房，或許是因為我參與了一樁警方的調查。燈光很暗，病房裡只有我們兩個、那張椅子、床。「有關漢默史密斯，」我說：「我很高興你出現了。羅勃·康瓦利思打算殺了我。」

「他完全瘋了。你不該自己一個人去那裡的，老哥。你應該先打電話給我。」

「你原先知道他是兇手嗎？」

霍桑點頭。「我本來正要逮捕他。但是我得先處理奈吉爾．魏斯登那邊的事情。」

「他怎麼樣了？」

「有點生氣自己的房子被燒掉了。除此之外他沒事。」

我嘆氣。「這一切我真是不明白，」我說：「你是什麼時候知道是康瓦利思的？」

「你現在就要聽？」

「除非你告訴我，否則我根本睡不著。等一下！」我去拿我的蘋果手機。這個動作扯到我胸部和肩膀的傷口，害我皺起臉。但是我得錄下他的話。我打開錄音功能。「從一開始說吧，」我說：「不要有任何遺漏。」

霍桑點頭。「好吧。」

以下就是他所說的。

「從一開始，我就告訴你我們有個難題。密道斯和其他人都沒搞懂的就是這個。一個女人走進一家葬儀社安排自己的葬禮，六個小時後她就死了。這是基本狀況。要是她沒去葬儀社，她被謀殺就不會太奇怪，兇手有可能是密道斯在查的那個竊賊。但是我們有兩個不尋常的事件，而麻煩就出在：我們找不出其中的連結。

「但其實，黛安娜．庫柏會去康瓦利思父子葬儀社的原因，我後來覺得很明顯，也就是我在火車上告訴過你的：你得想想她的心理狀態。這個女人獨自生活。她想念過世的丈夫，想念到還常回到他們的舊居，去探訪他的紀念花園。她信不過任何人。雷蒙．克魯恩才剛坑了她一筆錢。

她心愛的兒子不在身邊，跑去美國了。她的朋友少到她過世整整兩天後才有人注意到，而且還是清潔工發現的。我從一開始就覺得她的日子過得真他媽的悲慘。而且這就是為什麼她考慮要……」

我猛吸一口氣。「要自殺？」

「一點也沒錯。你在她家浴室也看到了，三小袋替馬西泮，要死掉是綽綽有餘了。」

「可是我們問過她的醫師！」我說：「她有失眠的問題。」

「那是她告訴他的。但是她拿了藥都沒吃，而是囤積起來。她差不多是判定自己活夠了，然後她的貓不見了。我猜想是提布斯先生的失蹤，把她逼到了極限。之前已經有阿倫．高文去找過她，還威脅她，而且她看了他寫來的信，一定以為是他殺了那隻貓。我知道你最心愛的是什麼。提布斯先生的失蹤是壓垮她的最後一件事：此時她決定動手去做了。但是像她這樣的人，這麼整潔又井井有條，她希望一切都安排好，包括自己的葬禮。於是，在同一天，她辭掉了環球劇場的董事，還去了康瓦利思父子葬儀社。」

他講得好像一切都很明顯。「這就是為什麼她知道自己快要死了，」我說：「因為她就要自殺了！」

「一點也沒錯。」

「她沒留下遺書。」

「從某種角度來看，其實有。我們看到她葬禮的種種安排。首先是〈艾蓮娜瑞比〉那首歌。這些孤獨的人，他們都來自何方？這根本擺明了是求助的叫喊。然後還有雪維亞．普拉絲的那首詩，以及那首曲子的作曲者傑瑞邁亞．克拉克。這兩個人後來都是自殺的，我想這不是巧合。」

「那麼聖經《詩篇》呢？」

「《詩篇》三十四。義人多有苦難，但上主救他脫離這一切。這是自殺者的《詩篇》。你應該去找個牧師談談的。」

「我想你去找了。」

「那當然。」

「那麼黛安娜．庫柏走進葬儀社時，第一個看到的是什麼？」我問：「你說過這很重要。」

「沒錯，就是櫥窗裡的那本大理石書，上頭有一段引文。」

悲傷來臨時，都不是單槍匹馬，而是成群結隊。這段話我會背。

「引文是出自《哈姆雷特》。我對莎士比亞知道得不多——這應該是你的專長——但有趣的是，他在這個案子裡無處不在。黛安娜．庫柏的冰箱上有莎士比亞的句子，她家樓梯旁有一大堆莎劇的演出海報。我們還在迪爾她舊居的噴泉上看到另一段引文。」

「睡著了，或許還會作夢。也是出自《哈姆雷特》。」我說。

「沒錯。她到葬儀社時，心裡想的就是《哈姆雷特》——因為她在櫥窗看見的那本書——而且稍後《哈姆雷特》會再度扮演一個角色。不過首先是羅勃．康瓦利思認出她了。顯然她的姓很有名，但我的猜想是她拿戴米恩來誇耀。然後康瓦利思就瘋了。事實上，他老早就瘋了。

「你已經知道康瓦利思在皇家戲劇藝術學院跟戴米恩．庫柏是同學。」霍桑往後靠坐，講得正在興頭上。「你還記得我們在他辦公室裡看到的那個菸灰缸嗎？那是頒給年度喪葬禮儀師羅勃．丹尼爾．康瓦利思的。他挑了他的中間名和首名，顛倒過來當藝名，成了丹．羅勃茲。」

「他跟我說過。他不想讓任何人知道他們家的人都是喪葬禮儀師。」

「有趣的是，葛瑞絲．洛威爾以為阿曼達．麗是藝名。這些讀戲劇的人好像不太在乎同學自稱什麼名字。過了幾年，這一點忽然就對康瓦利思很有用了。他不想讓我們知道他曾想當演員卻失敗。他不想讓我們把他和皇家戲劇藝術學院連接起來。」

但是我發現了，我連接起來了，即使我沒有搞懂完整的意義。要是昨天離開皇家戲劇藝術學院時，我拿起電話打給霍桑，那麼一切會多麼不同！

「我們在他家時，他很小心不要告訴我們他二十來歲的時候做哪一行，」霍桑繼續說：「他說他浪蕩了一陣子，但是你只要算一下就知道！他現在三十五歲左右。他說過他當葬儀禮儀師大約十年。所以他加入這一行之前，至少有五年是在做別的。而且我們在他家時，他兒子安德魯宣布他想成為演員。那就是芭芭拉告訴我們的：他血管裡流著演戲的血液。她指的是從他爸那邊遺傳的。但是當安德魯下樓來，開始談起自己，他父親立刻打斷：我們現在先別談這個吧。安德魯知道他爸去讀過戲劇學校，而康瓦利思很害怕兒子會說出來。」

「原來如此，」我說，一切都理出頭緒了。「一齣《哈姆雷特》！本來應該是羅勃．康瓦利思——我的意思是，丹．羅勃茲——發光發亮的時刻。他在這齣畢業公演裡擔任主角，到時候每家重要的經紀公司都會派人來。但接著戴米恩偷走了這個角色。」

「他跟你說過是怎麼回事嗎？」

「沒有。」我回想。「戴米恩．庫柏當時在跟阿曼達．麗交往。但是葛瑞絲跟我們說過他們分手了，而且就在排練開始之前，她看到阿曼達跟丹熱烈擁吻。」忽然間一切都合理了。「不是這樣的！」我喊道：「是戴米恩叫她去勾引他的！」我又想到另一件事。「我在皇家戲劇藝術學院當老師的朋友麗茲說，當時學校裡有淋巴腺熱的小疫情發生……」

「淋巴腺熱，一般又稱為接吻病，」霍桑說：「阿曼達故意把病毒傳染給丹。丹被迫讓出主角的位置。戴米恩當上了主角，接下來的事大家都知道了。只不過羅勃．康瓦利思始終不曾原諒他們。四年後，他逮到阿曼達．麗，殺了她。」

「他把她分屍，屍塊在接下來的七場葬禮中分別處理掉。」我想起康瓦利思告訴我的。

霍桑點頭。「如果你想擺脫一具屍體，我想，當個喪葬禮儀師一定是有幫助的。」

「我很驚訝他太太竟然從沒注意到有什麼不對勁。」

「芭芭拉．康瓦利思誤解了，」霍桑說：「她跟我們說他看過戴米恩的所有作品。他一遍又一遍看那些DVD光碟。她以為他是粉絲。她不明白他其實是對戴米恩有執迷。他一心只想著自己失敗的表演生涯。他只有過一次成功，甚至用來幫他的小孩取名字。」

「托比、塞巴斯欽、安德魯，全都是《第十二夜》中的角色。為什麼我之前沒看出來？」

「那是他離開戲劇學校後演過的一齣戲。那可憐的混蛋大概天天都夢想著要殺掉戴米恩．庫柏。他把自己不順遂的一切，全都怪罪到戴米恩頭上。」

「接著黛安娜．庫柏走進了他的葬儀社。」

「一點也沒錯。康瓦利思接近不了戴米恩。戴米恩人在美國，是個名人，身邊總是有隨行人員。但是回倫敦參加葬禮——那會是他絕佳的下手機會，是他夢想好多年的。這就是為什麼他殺了他母親，其實只是為了要讓戴米恩回來。」

「這個他跟我說了。」

沒想到霍桑咧嘴笑了。「要把那個音樂鬧鐘放進棺材，就得有內應。想想看，這個人必須知道葬禮用的是哪種棺材，知道是花幾秒鐘就能打開的，另外還得知道什麼時候可以接觸到棺材。康瓦利思是負責發號施令的人，他隨時都可以單獨跟棺材在一起。他知道那首兒歌對戴米恩的意義有多麼重大；他在學校的表演課上聽過他講。葬禮時他一定是偷偷躲在墓園裡，觀察著整件事的發生。他的想法是讓戴米恩回到公寓裡，然後在那裡殺他——結果完全奏效。你知道，我在葬禮後打電話給康瓦利思時，他大概正在戴米恩家的陽台上等著。而當戴米恩回到家，就這樣，發瘋時間！」霍桑用一把看不見的刀對空揮著。

「他怎麼有辦法那麼快趕到那裡？」我問。他離開葬禮的時間不可能比戴米恩早太久。

「他有一輛摩托車。你沒看到那輛車停在他家車庫裡嗎？而且當然，他行凶時外頭穿著皮衣，免得裡面被血噴濺到。他殺了戴米恩之後，就脫掉皮衣，不是丟掉就是帶回家。這傢伙很聰明。我們那天下午去他家時，他太太問他為什麼還穿著西裝。那是因為他知道我們要去，想讓我們看到他的西裝乾乾淨淨，上頭沒有血。他殺了人之後，就去兒子的學校看戲劇公演，然後回家，吃了簡單的茶點。這一切都發生在他殺害老同學的同一天。」

我躺在那裡，想著霍桑剛剛所說的。一切都很合理，但同時又缺了些什麼。「那迪爾鎮跟這兩樁命案毫無關係了？」我問。

「沒錯。」

「那攻擊奈吉爾．魏斯登的是誰？你為什麼說是我的錯？」

「因為的確是你的錯。」霍桑掏出一包香菸，然後才想起自己在醫院裡，於是又收起來。「我們第一次去拜訪羅勃．康瓦利思時，你問他，黛安娜．庫柏有沒有說過任何有關提摩西．高文的事情。」

「你當時很氣我。」

「那是新手錯誤，老哥。你所做的，就是告訴他，我們對迪爾鎮發生過的那件車禍有興趣。於是他決定利用這件事來誤導我們。這也同時給了他〈巴士輪子轉呀轉〉的主意。他知道這首歌會讓戴米恩心慌，但同時也會讓我們查錯方向。去魏斯登家放火則是神來之筆。魏斯登是讓黛安娜無罪脫身的法官，所以他也成了目標。但就像我一直以來告訴你的：那不是車禍的十週年，而是九年又十一個月。如果阿倫．高文或他太太真的想報復黛安娜．庫柏，他們就應該會挑正確的日子。」

「那黛安娜．庫柏發的那則簡訊呢？」

霍桑緩緩點頭。「我們再回到第一宗謀殺案，」他說：「那不是事先計畫的……有點臨時起意。庫柏太太來到康瓦利思葬儀社，接著他知道她住在哪裡。有可能她提到自己獨居——我相信他設法打探出來了。但是他需要一個藉口，以便稍後去她家找她。你還記得我問過她在葬儀社裡是否曾落單過嗎？我是想知道她在那裡的所有確切活動，結果她上過洗手間。我猜想當時她把手提袋留在康瓦利思的辦公室，他就是在這個時候偷走它。」

「偷走什麼？」

「她的信用卡。在犯罪現場，信用卡就放在她客廳的餐具櫃上，當時我就納悶為什麼會放在那裡。我們也知道康瓦利思剛過兩點時打過電話給她，那時她在環球劇場。我問過他關於這通電話，他鬼扯說要問她丈夫埋葬的墓地號碼。他為什麼會認為她有這個資訊？為什麼不乾脆打電話到墓園管理處查？我當時就知道他跟我們說謊。其實他打電話給她，就是很親切有禮地告訴她說他撿到了她的信用卡，說他稍晚會送去她家：『別擔心，庫柏太太。一點都不麻煩。』

「所以後來，他去她家，雖然天快黑了，她又獨居，但她當然會讓他進門。『這是您的信用卡！』他放在餐具櫃上，但是留下來聊了一會兒。這是恍然大悟的時刻。黛安娜．庫柏想起她在葬儀社櫥窗看見的《哈姆雷特》引文，另外，她家樓梯上的那些節目單和冰箱上的磁鐵或許也有幫助。忽然間，她認出了羅勃．康瓦利思，而且想起自己曾在哪裡看過他。那是很久以前的事情，而且那時他們大概沒講過幾句話。他變了很多，現在他是穿著深色西裝的喪葬禮儀師。但她知道他是丹．羅勃茲，而且或許他的態度有點讓人心裡發毛。她當下就曉得他是來傷害她的。

「接著她做了什麼？要是她引起他的警覺，他就會攻擊她。或許她看得出他完全瘋了。所以她朝他微笑，問他要不要喝什麼。『是的，麻煩了，我想喝杯水。』她進入廚房——此時康瓦利思拆下窗簾的繫繩，準備用來勒死她。同時，黛安娜盡快發給兒子一則簡訊。」

終於，他就要講出來時，我明白了。「手機會自動校正她的拼字！」我說。

「沒錯，老哥。我看到那個演過雷爾提的男孩，我很害怕（I have seen the boy who was Laertes and I'm afraid）。她不記得他的名字，但是她要他兒子知道誰在她的客廳裡。她打得很快，因為她很緊張。她甚至來不及打句號。

「她沒看到訊息被自動校正過，成了我看到那個曾受傷的男孩，我很害怕（I have seen the boy who was lacerated and I'm afraid）。我原先看到簡訊時就覺得有點怪。即使庫柏太太當時很匆忙，也絕對不會把傑瑞米·高文說成『曾受傷的男孩』。要講受傷，或許會打 injured，或是 hurt，只有四個字母。只不過很不幸，我們在新聞報導上看過腦部受傷（brain lacerations）的字眼，於是就做出錯誤的結論。」

我不知道這是不是實情。霍桑是按日計酬。他的調查愈廣泛、去的地方愈多，能賺到的錢也愈多。也許這麼想太過分，但是為了他的利益，他就該盡量調查每個可能性。

他繼續說：「她發完簡訊後，就端著水回到客廳。她大概打算請康瓦利思離開她家。我可以想像此時她比較勇敢了，因為她已經告訴戴米恩發生了什麼事。但是康瓦利思的動作太快了。她一放下水杯，他就把繩子套住她的脖子並勒死她。接下來他在屋裡巡了一下，拿走幾樣東西，弄得像是遭小偷。然後他就離開了。」

醫院是個奇怪的地方。我剛抵達查令十字醫院時，整個地方都明亮、忙碌、混亂。但是過了探病時間後，彷彿有個人關掉開關，一切都突然停擺了。燈光黯淡，走廊安靜。那種靜止幾乎讓人難受。我累了。我縫起來的傷口好痛，而且我的四肢雖然可以動，但是我不想。有可能我還驚魂未定。

霍桑看得出來他該離開了。

「他們要你住院多久？」他問。

「我明天就回家了。」

他點點頭。「你運氣不錯，我及時趕到了。」

「你怎麼知道要去那個停屍處？」

「我打電話給你助理問你的狀況。她跟我說你去了哪裡。我聽到時簡直不敢相信。我很擔心你。」

「謝謝。」

「唔，如果你怎麼樣了，誰要來寫這本書？」他突然露出不好意思的表情。這一面是我沒見過的，而且讓我短暫看到他小時候的模樣，儘管他外表已經是成人了，那個小孩依然躲在他心中。「聽我說，老哥，我一直想跟你說……我跟你撒了謊。」

「什麼時候？」

「在坎特伯里。你當時指責我，我很氣你——但是我其實沒找過其他作家寫這本書。我唯一找的就是你。」

接著是好一段沉默。我不知道該說什麼。

「謝謝，」最後我喃喃說。

他站起來。「你的經紀人跟我談過了，」他繼續說，語氣輕快。「我喜歡她。看起來這本書還要等一陣子才會出版，不過她說她可以幫我們談到不錯的預付版稅。」他露出微笑。「至少，以這個案子的發展，你有東西可以寫了。我想這本書會很不錯的。」

他離開了，我躺在那兒想著他剛剛講的。「這本書會很不錯的。」他說得沒錯，這個案子進行到現在，我第一次覺得有機會寫出不錯的書了。

24
河庭大樓

我回到家，開始工作。

我看得出來，這回我的工作方法會跟以往大不相同。通常，當我有一本書的點子時，這個點子會在我腦袋裡放至少一年，才會開始動筆。如果是謀殺解謎小說，起點就會是謀殺本身。有個人出於某個原因，殺了另一個人。這是整本書的核心。我會創造出這些角色，然後環繞著他們逐步建立起整個世界，在各個嫌疑犯之間畫出連結，給他們一段歷史，編造出他們之間的關係。我出門走路、躺在床上、坐在浴缸裡，都會想著這一切，而且我要等到整個故事有起碼的雛形，才會開始寫。常常有人問我，會不會在不曉得結局的狀況下開始寫一本書？對我來說，那就像是在建造一座橋，卻不知道要通到哪裡。

這回所有的素材都是現成的，所以主要問題不是創造，而是如何配置，但是我對某些材料並不完全滿意。坦白說，如果我自己寫小說，就不會選擇寫一個被寵壞的好萊塢男演員，因為我認識太多這種人，偶爾甚至還跟他們合作過。但是很不幸，這回被殺害的是戴米恩·庫柏，我非寫他不可，還有他的母親、他的伴侶，以及各個出現在葬禮上的人物。我也擔心自己跟他們見面的時間那麼短暫。雷蒙．克魯恩、布魯諾．汪、巴特摩醫師，還有其他故事裡只是非常邊緣的角色，而且因為跟他們講話的全都是霍桑，我沒辦法查出很多有關他們的事情。我應該自己增加更多角色嗎？而且果然，多年前發生在迪爾鎮的事情，至少在某種程度上是跟謀殺案無關的。我不曉得把這部分寫出來，是不是合理。

我必須問自己的問題是：我應該多麼忠於事實？我知道我得改掉一些名字，所以為什麼不能改掉一些事件呢？雖然我討厭用卡片系統，但是我這回用了，為每次訪談和每個事件寫下一個標題，然後分散放在我的書桌上，從黛安娜．庫柏來到葬儀社開始，接著是我的參與、我去她家拜訪等等。我的資料要寫九萬字的書已經綽綽有餘。事實上，有幾個場景——花掉我人生中的幾個小時——我可以完全放棄不寫。比方安爵雅絮絮叨叨講著她的童年，還有我們去找雷蒙．克魯恩的會計師所度過那個極其無聊的下午。

我瀏覽自己的筆記和蘋果手機的錄音整理稿，很放心地發現自己並不是愚鈍不堪。我第一次見到羅勃．康瓦利思時，就寫他「簡直就像是一個演員在扮演這個角色」——這也正是他一直在做的。另外，我也問過他是否樂於當喪葬禮儀師，結果這正是整件事的核心。整體而言，我做得並不是太差。我注意到停在他家外頭的那輛摩托車、門廳裡的摩托車安全帽、冰箱上的磁鐵、那杯水、鑰匙架……事實上，我想最重要的線索，至少有百分之七十五都寫在我的筆記本裡了。只不過我原先不太明白它們的重要性。

接下來兩天，我寫了前兩章。我努力想找出這本書的「聲音」。要是我真的要出現在這本書裡，那就得確定自己不會太顯眼，也沒有礙事。但即使在嘗試性的這兩章初稿裡（後來還會有五份草稿），我也看得出來還有個更嚴重許多的問題，就是霍桑。要刻畫他的長相和講話的模樣並不難。我對他的種種感覺也相當簡單明確。問題出在，我對他了解有多少？

- 他跟他太太分居了，他太太住在間士丘。
- 他有個十一歲的兒子。
- 他是個聰明、直覺準確的偵探，但是他人緣不好。
- 他不喝酒。
- 他本來是警隊謀殺小組的督察，因為把一個據知是戀童癖的嫌犯推下一層樓的樓梯，而遭到開除。
- 他恐同。（順便說一句，我不是暗示同性戀者與戀童癖之間有任何關係，但這兩者似乎都值得注意。）
- 他加入了一個讀書會。
- 他對二次大戰的戰鬥機很有研究。
- 他住在泰晤士河畔一棟昂貴的公寓大樓。

這樣不夠。我們在一起時，除了手上的正事，都幾乎不談別的。我們沒一起喝過酒，連一起好好吃頓飯都沒有過（在哈羅山丘的咖啡店吃早餐不算）。他唯一對我表現出任何善意的一次，就是去醫院探望我的那一回。我不知道他住在哪裡，也不曉得他是怎麼住進去的，怎麼有辦法寫他？家是第一個、也最能反映一個人性格的地方，但是他始終沒有邀我去過。

我考慮要打電話給霍桑，但接著我有個更好的主意。密道斯曾告訴我他的地址，在泰晤士河南岸的河庭大樓，於是我出院後大約一個星期，有一天就拋下散佈在書桌上的索引卡、揉成一團團的紙、各種便利貼，出門前往泰晤士河南岸。那天的天氣很舒適，儘管襯衫底下的傷口還是隱隱作痛，但是我很享受走在溫暖的春日戶外。我沿著法靈頓路一直走到黑衣修士橋，看到前方河流對岸就是那棟公寓大樓……我去國家劇院或舊維克劇場的途中已經看過上百次了。想到霍桑住在裡頭，感覺上好奇怪。我的第一個想法，就跟密道斯頭一次告訴我的時候一樣：他怎麼可能住得起？

儘管地段很好——很靠近黑衣修士橋，對岸就是聯合利華大樓和聖保羅大教堂——但河庭大樓一點也不優美。這棟公寓是一九七〇年代建造的，我想蓋的人是一群色盲建築師，從最簡單的數學形狀（很可能是火柴盒）獲得靈感。樓高十二層，有窄窄的窗子和一些感覺上很雜亂的陽台。有些戶有陽台，有些沒有：就是要看運氣。在一個幾乎每天都有壯觀玻璃帷幕大樓冒出來的城市，這棟公寓大樓感覺上過時得難堪。然而，或許就因為這棟大樓太荒唐可笑了，它頑強地（doggedly）屹立在那裡，決心要撐過二十一世紀（隔壁棟的酒館名還偏巧是道吉特〔Doggett's〕），因而產生了某種吸引力，而且視野絕佳。

這棟大樓的入口要繞到後方，在通往奧克斯塔和國家劇院的那條路上。密道斯告訴我這棟大樓名，但是他不知道戶號。我看到一個警衛站在一扇打開的門邊，於是走向他。我原先已經想到帶著一個信封在身上，這時從口袋裡拿出來。

「我有一封信要給丹尼爾・霍桑，」我說：「二〇五室。他正在等，但是我按了門鈴，沒有人回應。」

那警衛是個老人，正在陽光下抽菸。「霍桑？」他摩挲著下巴。「他住頂樓。要從另一扇門進去。」

頂樓？他住在這棟大樓就已經夠令人驚訝了，我沒想到他還住在頂樓。我揮著那個信封，走向另一扇門，但是沒按電鈴。我不想讓霍桑有藉口不讓我進去。於是我等了大約二十分鐘，直到終於有一個住戶剛好出來。在那一刻，我走上前，拿著一串鑰匙，像是正要自己開門似的。那個住戶沒看我第二眼。

我搭電梯來到頂樓，這裡有三戶，但是直覺告訴我直奔有泰晤士河視野的那戶。我按了門鈴。接著是好一段沉默，我以為霍桑一定不在家，但接著，正當我暗自咒罵時，門打開來，他就站在那裡看著我，臉上有一種困惑的表情，身上穿著平常那套西裝，但是沒穿外套，襯衫的袖子捲了起來。他的手指上有灰色漆。

霍桑「在家」。

「東尼！」他喊道：「你是怎麼找到我的？」

「我有我的辦法。」我浮誇地說。

「你去找密道斯，他給你地址的。」他若有所思地注視著我。「你沒按樓下的電鈴。」

「我想給你一個驚喜。」

「我很想請你進來，老哥。但是我正要出門。」

「沒關係，」我說：「我不會待太久。」這是個僵持局面；霍桑擋住了門，我不肯離開。「我想跟你談談有關這本書。」我說。

他又想了一下，才下定決心接受不可避免的現實，然後他後退，把門全部打開。「進來吧！」他說，彷彿他始終就很高興看到我。

於是，前任偵緝督察丹尼爾・霍桑之謎的一部分，就在我面前揭露。他的這戶公寓很大，至少五十六坪。幾個主要的房間打通，成為單一的大空間，最大的起居室有寬闊的門洞通向一個廚房和一個書房。外頭的確就是俯瞰著泰晤士河，不過天花板太低、窗子太窄，所以不太有令人驚歎的效果。跟大樓外部的顏色一樣，屋裡一切都是米白色，同時很現代化。地毯是嶄新的。整個客廳幾乎沒有特色。牆上沒掛半幅畫。而且幾乎沒有家具：只有一張沙發、一張桌子、兩把椅子，還有幾個架子。書房的書桌上有電腦，不是一台，而是兩台，還有許多電線連著一些看起來很厲害的硬體。

我注意到一些書散佈在餐桌上。卡繆的《異鄉人》放在最上方。旁邊是一疊雜誌，至少有五十本。《航空模型世界》、《模型工程師》、《國際船舶模型》，那些粗黑字體的雜誌名吸引了我的注意力，讓我想起在迪爾鎮的古物店。所以他的興趣不是歷史方面的，而是做模型。我四下看看，發現有好幾打模型，飛機、火車、軍艦、坦克車、吉普車，全都是軍用的，放在架子上、地板上，或是用鐵絲懸吊著，桌上還有成品。我按門鈴時，他正在組裝一輛坦克車，我想這就是為什麼他拖那麼久才來開門。

他看到我在打量那些模型。「這是我的嗜好。」他說。

「組裝模型。」

「沒錯。」霍桑的西裝外套掛在剛剛他坐的那張椅子的椅背上。他拿起來穿上。

我看著他正在組裝的那輛坦克，一堆東西攤在餐桌上，其中有的零件小到應該要用鑷子才能拿起來。我想起小時候大人會送我航空模型組。我組裝的一開始總是滿懷志氣，但是每次都太快就出錯。那些零件不會彼此黏著，而是會黏住我。黏膠會在我手指間形成蜘蛛網。我老是等不到黏膠乾燥，所以如果我極其難得地設法完成一個模型，成品也會歪向一邊，看起來根本無法上戰場。塗漆就更糟糕了。我會把那些小罐模型漆排列整齊，但是我老是用太多。漆會流下來，會形成污漬。等到我次日早晨醒來，就會滿懷內疚地把整組玩具收成一包，扔進垃圾桶裡。

霍桑的作品則是一個截然不同的世界。客廳裡每個模型都組裝得一絲不苟，一定是花了很大的心力和耐性。塗裝也非常漂亮。我毫不懷疑各式各樣的標記——叢林迷彩、旗子、機翼的條紋——都精準無誤。這些東西一定是花了他幾百個小時。他有兩台電腦，但是屋裡沒有電視。我懷疑他在家裡唯一做的事情就是組裝模型。

「這是什麼？」我問，打量著那輛坦克車。

「這是酋長式Mark 10坦克車。英國製造的。一九六〇年代開始在北約服役。」

「看起來好複雜。」

「塗裝之前要先遮蓋住一些局部，有點不好處理。這表示你得上完漆之後，才能組裝幾個分組的零件。另外，砲塔吊籃難弄得要命，不過其他的部分還算容易。整套模型設計得非常好，這家公司很內行，開模很完美。」

我之前只見過他這樣講話一次，就是他在迪爾鎮描述福克．沃夫飛機的時候。

「這個你做多久了？」我問。

我看到他遲疑了。即使到了現在，他還是不願意透露任何事。然後他讓步了。「有一陣子了，」他說：「這是我從小的嗜好。」

「你有兄弟姊妹嗎？」

「我有一個算是一半血緣的兄弟。」暫停一下。「他是房地產仲介商。」

於是就解釋了這戶公寓。

「我很不會組模型。」我說。

「那只是耐心的問題，東尼。一定要慢慢來。」

接著有一段短暫的沉默，但是我頭一次覺得並不尷尬。跟他在一起，我幾乎覺得自在起來。

「所以這就是你住的地方。」我說。

「目前是這樣。只是暫時的。」

「所以你算是幫人看家？」

「屋主住在新加坡。他們從來沒來過，但是希望有人住在裡頭。」

「所以你一半血緣的兄弟就安排你住進來。」

「是啊。」餐桌上有一包香菸，他抓起來，但是我注意到屋裡沒有菸味。他一定都在屋外抽。「你說過你想談書的事。」

「我想出書名了。」我說。

「『霍桑探案』有什麼不好？」

「這個我們已經討論過了。」

「那要叫什麼？」

「我今天早上翻了一下我的筆記，看到了你跟我說過的一句話，是我們第一次在克勒肯維爾碰面的時候，當時你要求我寫有關你的書。我說讀者閱讀偵探小說，是因為他們對裡頭的角色有興趣，你不贊同。關鍵詞是謀殺。謀殺本身才重要。當時你這麼說。」

「所以……？」

「『關鍵詞是謀殺』。我覺得這會是一個好書名。畢竟，我是作家，你是偵探。這本書寫的就是我們兩個人。」

他想了一下，然後聳聳肩。「我想可以吧。」

「你的口氣好像不太肯定。」

「只不過這書名有點太花俏。不是我會帶去海灘閱讀的。」

「你去過海灘嗎？」

他沒回答。

我對著桌上那疊書點了個頭。「你那本《異鄉人》讀得怎麼樣了？」

「讀完了。結果我滿喜歡的。卡繆……他真會寫。」

我們兩個面對面站在那裡，我開始想著我來這裡是不是來錯了。我得到自己需要的，得知有關霍桑的一些事情。但同時我也有一種不安，覺得我破壞了信任，背著霍桑跑去找密道斯，又不經允許就跑來這裡。

「或許我們下星期可以一起吃晚餐，」我說：「到時候我可能會有兩章初稿可以給你看。」

他點頭。「或許吧。」

「那我們就到時候見了。」

本來可能就是這樣。我可能只會走出去，有點後悔自己跑來。但是當我轉身時，注意到一個架子上有一張裱框的照片。裡頭是個金髮女人，眼鏡吊在繞脖的鍊子上。她一隻手放在一個小男孩肩膀。我立刻知道這就是霍桑的太太和兒子，腦中浮現的第一個想法是他之前對我太不公平了。我們在黛安娜．庫柏的屋裡時，我看到一張她死去丈夫的照片，他當時還凶我。如果他們是離婚，她就不會留著他的照片。但是他離婚了，卻照樣留著前妻的照片。

我正要跟他這麼說，忽然又被另一件事觸動了。我認識這個女人，我見過她。

然後我想起來了。

「你混蛋！」我說：「你他媽的混蛋！」

「什麼？」

「這是你老婆？」

「是啊。」

「我見過她。」

「我不認為。」

「她去了瓦伊河畔海伊，那個文學節，就在你來找我的兩天之後。她責備我，說我的書不真實、不切實際。她就是為什麼我……」我忍住了。「是你支使她的！」

「我不曉得你在講什麼。」

他用那種純真，甚至像小孩的眼神看著我，但是我才不買帳。我不敢相信自己竟然這麼輕易被操弄。他真以為我那麼笨？我氣壞了。「不要跟我撒謊。」我幾乎是用吼的。「她是你派來的。你很清楚你在做什麼。」

「東尼……」

「那不是我的名字，我是安東尼，從來沒有人叫我東尼。另外你可以忘掉整件事了，這是個壞主意，而且差點害我被殺掉。我從一開始就根本不該聽你的話。我不會寫這本書了。」

我氣沖沖走出他家，沒費事去搭電梯。我走了十二層樓的樓梯回到一樓，出來呼吸著室外的新鮮空氣。我一直走個不停，直到黑衣修士橋過了一半。

我拿出我的手機。

我本來要打電話給我的經紀人，打算跟她說這本書取消了。我還欠獵戶座出版集團兩本書。還有《戰地神探》的新一季劇本要寫。我已經有夠多工作要忙了。

然而……

要是我不寫，霍桑只會去找另一個作家，結果會怎樣？最後我就只是個微不足道的小角色，在別人的書裡頂多只是個小助手，比起在我自己的書裡會是個起碼的人物，那要糟糕太多了。別的作家可以愛怎麼寫就怎麼寫，如果想要的話，還可以把我寫成一個徹頭徹尾的白癡。

另一方面，如果我寫這本書，就有了控制權。霍桑已經承認他只來找過我。這是我的故事。希爾妲已經談好出版社，而且現在我仔細一想，其實我已經做完一半的工作了。

我手裡還是握著手機。

我的大拇指懸在速撥鍵上方。

等我走過橋，我已經想清楚自己會怎麼做了。

致謝

有很多人協助我寫出這本書。

非常感激皇家戲劇藝術學院的校長Edward Kempul邀請我進入該校，參觀他們的排練。還有表演訓練主任Lucy Skilbeck提供我進一步的背景素材，同時介紹我認識Zoe Waites，跟我精采地說明了她的在校時光——她跟本書人物戴米恩．庫柏大約同時代。也要感激比較晚畢業的Charlie Archer，他也跟我描述自己的選角甄試經驗，同時給了我更深刻的內行觀點，還要謝謝劇場導演林賽．波斯納把他至今仍備受稱頌的《哈姆雷特》筆記提供給我。

為了了解羅勃．孔瓦利思，我花了時間跟Andrew Leverton在一起，他自己的葬儀社一點也不像本書裡所描述的那樣。前任警探Colin Sutton跟本書主角霍桑一樣，曾跟許多電視公司合作。我必須說，對於提供背景細節方面，他遠比霍桑肯幫忙。我的兄弟Philip Horowitz幫我針對黛安娜．庫柏的車禍和後續的官司，做了法律部分的簡略解說。

我在企鵝藍燈書屋（Penguin Random House）有個很棒的新主編瑟琳娜．沃克，霍桑和我都很高興她接受這本書。我們也要感謝勤勉的文稿編輯Caroline Pretty，另外還要感謝Curtis Brown文學經紀公司的Jonathan Lloyd，當希爾妲．史塔克沒空的時候，他給了我們寶貴的建議。

一如往常，我要感謝我的太太Jill Green，還有我的兩個兒子Nick和Cass，他們不光是閱讀這本書、在早期準備階段協助我，後來他們發現自己被寫進去時，也沒有太過反對。

Storytella 244

關鍵詞是謀殺
The Word Is Murder

關鍵詞是謀殺 / 安東尼.赫洛維茲作 ; 尤傳莉譯. -- 初版. -- 臺北市 : 春天出版國際文化股份有限公司, 2025.07
面 ; 公分. -- (Storytella ; 244)
譯自 : The Word Is Murder.
ISBN 978-957-741-974-3(平裝)

873.57 113016250

ISBN 978-957-741-974-3
Printed in Taiwan

作　者　安東尼·赫洛維茲
譯　者　尤傳莉
總編輯　莊宜勳
主　編　鍾靈

出版者　春天出版國際文化股份有限公司
地　址　台北市大安區忠孝東路四段303號4樓之1
電　話　02-7733-4070
傳　眞　02-7733-4069
E−mail　bookspring@bookspring.com.tw
網　址　http://www.bookspring.com.tw
部落格　http://blog.pixnet.net/bookspring
郵政帳號　19705538
戶　名　春天出版國際文化股份有限公司
出版日期　二〇二五年七月初版

定　價　440元

總經銷　楨德圖書事業有限公司
地　址　新北市新店區中興路二段196號8樓
電　話　02-8919-3186
傳　眞　02-8914-5524
香港總代理　一代匯集
地　址　九龍旺角塘尾道64號 龍駒企業大廈10 B&D室
電　話　852-2783-8102
傳　眞　852-2396-0050